倪焕之

叶圣陶 著

四川文艺出版社

图书在版编目（CIP）数据

倪焕之 / 叶圣陶著. -- 成都：四川文艺出版社, 2018.5
（2020.5重印）
ISBN 978-7-5411-5061-6

Ⅰ.①倪… Ⅱ.①叶… Ⅲ.①长篇小说—中国—现代 Ⅳ.
①I246.5

中国版本图书馆CIP数据核字(2018)第077962号

NIHUANZHI
倪焕之
叶圣陶 著

责任编辑	梁康伟
封面设计	叶 茂
内文设计	史小燕
责任校对	王 冉
责任印制	崔 娜

出版发行	四川文艺出版社（成都市槐树街2号）
网　　址	www.scwys.com
电　　话	028-86259287（发行部） 028-86259303（编辑部）
传　　真	028-86259306
邮购地址	成都市槐树街2号四川文艺出版社邮购部 610031
排　　版	四川最近文化传播有限公司
印　　刷	成都勤德印务有限公司
成品尺寸	145mm×210mm　　开　本　32开
印　　张	9.25　　字　数　190千
版　　次	2018年6月第一版　　印　次　2020年5月第二次印刷
书　　号	ISBN 978-7-5411-5061-6
定　　价	28.00元

版权所有·侵权必究。如有质量问题，请与出版社联系更换。028-86259301

导 读

《倪焕之》是叶圣陶先生的代表作,也是他的唯一一部长篇小说。更重要的是,《倪焕之》是我国现代小说发展史上一座巍峨的里程碑。

五四运动之后,新文学创作界率先成熟的是中短篇小说、散文小品,却鲜见出色的长篇小说。正如《孽海花》作者曾朴所说,"现在名为长篇,实不过是中篇"。直到《倪焕之》的出现,才成为划时代的长篇。茅盾为此写了长篇论文《读〈倪焕之〉》,并称《倪焕之》是"描写了广阔的世间"的"抗鼎"之作。

1927年大革命失败后,叶圣陶先生感愤于心,用时一年写出这部描写1911年到1927年十七年间中国社会以及人们思想急剧变革的"划一时代"的作品。小说虽然是在讲述一个青年知识分子的生活和思想,却不同程度地反映了辛亥革命、袁世凯称帝、张勋复辟、五四运动、五卅运动以及四一二反革命政变等重大历史事件。

叶圣陶先生是非常严谨的,尽管是作小说,但是对于历史事件的描述,仍是非常准确的。这种准确不仅仅是时间和空间坐标的精确性,更重要的在于作者对于这些重大事件的认知与评议。比如在描述五四运动的时候,书中就指出,"这是中国人意识到国家的第一遭,是大众的心凝聚于一,对一件大事情表示反抗意志的新纪元"。而对于距离写作时间更近的五卅运动和大革命,书中更是撷取了极具代表性的壮烈场面进行了生动的实录性描写。

小说中所描写的十七年,是中国从近代转向现代的转折期,是中国历史上"空前的大时代",是中国社会,尤其是在民众的思想层面发生重大变革的过渡期。本书正是在讲那个大时代背景下普通民众的故事,而且"每一个人物,我都用严正的态度如实地写,不敢存着玩弄的心思"。因此这部小说在当时就具有社会实录的性质,而在今天以及后世,就有了"秘史"的意义。

也有人诟病,小说的前半部分进程平缓,而后半部分却情势陡急,在狂风暴雨之中又戛然而止。但这不难理解,因为与现实的轨迹相一致。小说的成书时间就在大革命失败之后,根本来不及平复这种暴烈的惨痛。但是我们可以从倪焕之的死看出作者的决绝态度。倪焕之必须死,但这不是肉体的死亡,而是他所秉承的精神的幻灭。这种幻灭恰恰就是与旧时代彻底的决裂,也是作者对所有知识分子吹响的冲锋号。所以叶圣陶先生说,他创作《倪焕之》的目的"不但在认识以往,而且在启发未来"。

一

吴淞江上，天色完全黑了。浓云重叠，两岸田亩及疏落的村屋都消融在黑暗里。近岸随处有高高挺立的银杏树，西南风一阵阵卷过来涌过来，把落尽了叶子的权桠的树枝吹动，望去像深黑的鬼影，披散着蓬乱的头发。

江面只有一条低篷的船，向南行驶。正是逆风，船唇响着汩汩的水声。后艄两支橹，年轻的农家夫妇两个摇右边的一支，四十左右的一个驼背摇左边的。天气很冷，他们摇橹的手都有棉手笼裹着。大家侧转些头，眼光从蓬顶直望黑暗的前程；手里的橹不像风平浪静时那样轻松，每一回扳动都得用一个肩头往前一搁，一条腿往下一顿，借以助势；急风吹来，紧紧裹着头面，又从衣领往里钻，周遍地贴着前胸后背。他们一声不响，鼻管里粗暴地透着气。

舱里小桌子上点着一支红烛，风从前头板门缝里钻进来，火焰时时像将落的花瓣一样　下来，因此烛身积了好些烛泪。红烛的黄光照见舱里的一切。靠后壁平铺的板上叠着被褥，一个二十五六的人躺在上面。他虽然生长在水乡，却似乎害着先天的晕船病，只要踏上船头，船身晃几晃，便觉胃里作泛，头也晕起来。这一回又碰到逆风，下午一点钟上船时便横下来，直到现在,还不曾坐起过。躺着,自然不觉得什么;近视眼悠闲地略微闭上,一支卷烟斜插在嘴角里,一缕青烟从点着的那一头徐徐袅起,可见他并不在那里吸。他的两颊有点瘦削,冻得发红,端正的鼻子,不浓不淡的眉毛,中间加上一副椭圆金丝边眼镜,就颇有青年绅士的风度。

在板床前面,一条胳臂靠着小桌子坐的,是一个更为年轻的青年。他清湛的眼睛凝视着烛焰,正在想自己的前途。但是与其说想,还不如说朦胧地感觉来得适切。他感觉烦闷的生活完全过去了,眼前闷坐在小舱里,行那逆风的水程,就是完篇的结笔。等候在前头的,是志同道合的伴侣,是称心满意的事业,是理想与事实的一致;这些全是必然的,犹如今夜虽然是风狂云阴的天气,但不是明天,便是后天或大后天,总有个笑颜似的可爱的朝晨。

初次经过的道路往往觉得特别长,更兼身体一颠一荡地延续了半天的时光,这坐着的青年不免感到一阵烦躁,移过眼光望着那躺着的同伴问道:"快到了吧?"虽然烦躁,他的神态依然非常温和,率真;浓浓的两道眉毛稍稍蹙紧,这是他惯于多想的表征,饱满的前额承着烛光发亮,散乱而不觉得粗野的头发分披在上面。

"你心焦了,焕之,"那躺着的用两个指头夹着嘴里的卷烟,眼睛慢慢地张开来,"真不巧,你第一趟走这条路就是逆风。要是顺风的话,张起满帆来一吹,四点钟就吹到了。现在……"他说到这里,略微仰起身子,旋转头来,闭着一只眼，一只眼从舱板缝里往外张，想辨认那熟识的沿途的标记。但是除了沿岸几株深黑的树影外，只有一片昏暗。他便敲着与后艄相隔的板门问道："阿土，陶村过了么？"

"刚刚过呢。"后艄那青年农人回答，从声音里可以辨出他与猛烈的西南风奋斗的那种忍耐力。

"唔，陶村过了，还有六里路；至多点半钟可以到了。"那躺着的说着，身子重又躺平；看看手里的卷烟所剩不多，随手灭掉，拉起被头的一角来盖自己的两腿。

"再要点半钟，"焕之望同伴的左腕，"现在六点半了吧？到学校要八点了。"

那躺着的举起左腕来端详，又凑到耳边听了听，说道："现在六点半过七分。"

"那么，到学校的时候，恐怕蒋先生已经回去了。"

"我想不会的。他知道今天逆风，一定在校里等着你。他想你想得急切呢。今天我去接你，也是他催得紧的缘故。不然，等明后天息了风去不好么？"

焕之有点激动，讷讷地说："树伯，我只怕将来会使他失望。不过我愿意尽心竭力服务，为他的好意，也为自己的兴趣。"

"你们两个颇有点相像。"树伯斜睨着焕之说。

"什么？你说的是……"

"我说你们两个都喜欢理想，这一点颇相像。"

"这由于干的都是教育事业的缘故。譬如木匠，做一张桌子，做一把椅子，用不着理想；或者是泥水匠，他砌墙头只要把一块一块砖头叠上去就是,也用不着理想。教育事业是培养'人'的,——'人'应该培养成什么样子?'人'应该怎样培养?——这非有理想不可。"焕之清朗地说着,仿佛连带代表了蒋先生向一般人宣告。他平时遇见些太不喜欢理想的人,听到他的自以为不很理想的议论,就说他"天马行空","远于事实",往往使他感到受了冤屈似的不快。现在树伯提起理想的话,虽没有鄙夷他的意思,他不禁也说了以上的辩解的话。

"老蒋大约也是这样意思。"树伯闭了闭眼,继续说,"所以我曾经告诉你,他做好一篇对于教育的意见的文章,那篇文章就是他的理想。"

"你记得他那篇文章怎样说么?"焕之的眼里透出热望的光。

"他开头辨别什么是'性',什么是'习',又讲儿童对于教育的容受与排斥,又讲美育体育的真意义,——啊!记不清楚,二十多张稿纸呢。反正他要请各位教员看,尤其巴望先与你商酌,等会儿一登岸,他一定立刻拿出他那份一刻不离身的稿纸来。"

"有这样热心的人!"焕之感服地说。便悬拟蒋先生的容貌、举止、性格、癖好,一时又陷入沉思;似乎把捉到一些儿,但立即觉得完全茫然。然而无论如何,点半钟之后,就要会见这悬拟的人的实体;这样想时,不免欣慰而且兴奋。

风似乎更大了,船头汩汩的水声带着呜咽的调子;烛焰尽往下 ,烛泪直淌,堆在锡烛台的底盘里;船身摇荡也更为厉害，这见得后艄的三个人在那里格外用力。

树伯把两腿蜷起一点，又把盖着的被头角掀了一掀，耸耸肩说："事情往往不能预料。早先你当了小学教员，不是常常写信给我，说这是人间唯一乏味事，能早日脱离为幸么？"

"唔，是的。"焕之安顿了心头的欣慰与兴奋，郑重地答应。

"到现在，相隔不过一二年，你却说教育事业最有意义，情愿终身以之了。"

"记得给你写过信。"焕之现出得意的笑容，"后来我遇到一个同事，他那种忘了自己，忘了一切，只知为儿童服务，只知往儿童的世界里钻的精神，啊！我说不来，我唯有佩服，唯有羡慕。"

"他便把你厌恶教育事业的心思改变过来了？"

"当然改变过来了。不论什么事情，当机的触发都不必特别重大；譬如我喜欢看看哲学书，只因为当初曾经用三个铜子从地摊上买了一本《希腊三大哲学家》；又如我向往社会主义，只因为五年前报纸上登载过一篇讲英国社会党和工党的文章，而那篇文章刚刚让我看见了。我那同事给我的就是个触发。我想，我何必从别的地方去找充实的满意的生活呢？我那同事就觉得自己的生活很充实，很满意，而我正同他一样，当着教员，难道我不能得到他所得到的感受么？能，能，能，我十二分地肯定。观念一变，什么都变了：身边的学生不再是龌龊可厌的孩子；四角方方的教室不再是生趣索然的牢狱。前天离开那些孩子，想到以后不再同他们做伴了，心里着实有点难受。"焕之说到这里，眼皮阁拢来，追寻那保存在记忆里的甘味。

"那是一样的，"树伯微笑说，"那边当教员，这边也当教员；那边有学生，这边也有学生；说不定这边的学生更可爱呢。"

"我也这样想。"焕之把身子坐直，全神贯注地望着前方，似乎透过了中舱头舱的板门，透过了前途浓厚的黑暗，已望见了正去就事的校里的好些学生。

"像蒋先生那样，也是不可多得的。"焕之从未来的学生身上想到他们的幸福，因为他们有个对于教育特别感兴趣喜欢研究的校长蒋先生，于是这样感叹说。他共过事的校长有三个，认识的校长少说点也有一二十个，哪里有像蒋先生那样对于教育感兴趣的呢？研究自然更说不上。他们无非为吃饭，看教职同厘卡司员的位置一模一样。他也相信任教职为的换饭吃，但是除了吃饭还该有点别的；要是单为吃饭，就该老实去谋充厘卡司员，不该任学校教师。现在听说那蒋先生，似乎与其他校长大不相同，虽还不曾见面，早引为难得的同志了。

"他没有事做，"树伯说得很淡然，"田，有账房管着；店，有当手管着；外面去跑跑，嫌跋涉；闷坐在家里，等着成胃病；倒不如当个校长，出点主意，拿小孩弄着玩。"

焕之看了树伯一眼；他对于"弄着玩"三个字颇觉不满，想树伯家居四五年，不干什么，竟养成玩世不恭的态度了。当年与树伯同学时，有所见就直说出来，这习惯依然存在，便说："你怎么说玩？教育事业是玩么？"

"哈哈，你这样认真！"树伯狡笑着说，"字眼不同罢了。你们说研究，说服务，我说玩，实际上还不是一个样？——老蒋如果处在我的地位，他决不当什么校长了。你想，我家里琐琐屑屑的事都要管，几亩田的租也得磨细了心去收，还有闲空工夫干别的事情么？"

树伯说到末了一句时，焕之觉得他突然是中年人了，老练，精明，世俗，完全在眉宇之间刻画出来。

"老蒋他还有一点儿私心……"树伯又低声说。

"什么？"焕之惊异地问。

"他有两个儿子，他要把他们教得非常之好。别人办的学校不中他的意；自己当了校长，一切都可以如意安排，两个儿子就便宜了。"

"这算不得私心，"焕之这才松了一口气说，"便宜了自己的儿子，同时也便宜了人家的儿子。从实际说，不论哪一种公益事里边都含着这样的私心；不过私了自己，同时也私了别人，就不是私心而是公益了。"

"我也不是说老蒋坏，"树伯辩解说，"我不过告诉你事实，他的确这样存心。——蜡烛又快完了，你再换一支吧。"

焕之便从桌子抽斗里取出一支红烛，点上，插上烛台，把取下的残烛吹熄了。刺鼻的油气立刻弥漫在小舱里。新点的蜡烛火焰不大，两人相对，彼此的面目都有点朦胧。

"嘘，碰到逆风！"树伯自语；把脖子缩紧一点，从衣袋里摸出一个卷烟盒来……

换上的红烛点到三分之二时，船唇的水声不再汩汩地鸣咽，而像小溪流一样活活地潺潺地发响了。风改从左面板窗缝里吹进来，烛焰便尽向焕之点头。

树伯半睡半醒地迷糊了一阵，忽然感觉水声与前不同，坐起来敲着板门问阿土道："进了港么？"

"进了一会了，学堂里楼上的灯光也望得见了。"阿土的声音比刚才轻松悠闲得多。

"我上船头去望望！"焕之抱着异常兴奋的心情，把前面板门推开，两步就站在船头。一阵猛风像一只巨大无比的手掌，把他的头面身体重重地压抑，呼吸都窒塞了。寒冷突然侵袭，使他紧咬着牙齿。

一阵风过去了，他开始嗅到清新而近乎芳香的乡野的空气，胸中非常舒爽。犬声散在远处，若沉若起，彼此相应。两岸都靠近船身，沿岸枯树的黑影，摇摇地往后退去。前面二三十丈远的地方，排列着浓黑的房屋的剪影。中间高起一座楼，楼窗里亮着可爱的灯光。灯光倒映河心，现出一条活动屈曲的明亮的波痕。

"啊！到了，新生活从此开幕了！"焕之这样想着，凝望楼头的光。一会儿，那光似乎扩大开来，挡住他的全视野，无边的黑暗消失了，他全身浴在明亮可爱的光里……

二

倪焕之的父亲是钱庄里的伙友，后来升了当手。性情忠厚方正，与他的职业实在不大相应。他的妻是个柔顺的女子；但是有点神经质，操作家务之余，常常蹙着眉头无端地发愁。他们的生活当然并不优裕，可是男俭女勤，也不至于怎样竭蹶。

焕之出生时，他父亲已经四十多了，母亲还不到三十。他父亲想，像自己这样做到当手，还只是个勉强敷衍过去；儿子总要让他发达，习商当然是不对的。那时还行着科举，出身寒素，不多时便飞黄腾达的，城里就有好几个。他的儿子不是也有这巴望么？到焕之四五岁时，他就把焕之交给一个笔下很好、颇有声望的塾师去启蒙，因为他不是预备叫焕之识几个字，记记账目就算了事的。

焕之十岁时开笔作文，常常得塾师的奖赞。父亲看着文稿上浓朱的夹圈，笑意逗留在嘴角边，捻着短髭摇头说先生奖励他太厉害了；这自然是欢喜的意思。不上两年，作经义作策论居然能到三百字以上。这时候，科举却废止了，使父亲颇为失望。幸而有学堂，听说与科举异途而同归，便叫焕之去考中学堂。考上了。

学堂生活真像进了另一个又新鲜又广阔的世界。排着队伍练体操，提高喉咙唱风雅或 丽的歌，看动物植物的解剖，从英文读本里得知闻所未闻的故事，从国文课里读到经义策论以外的古人的诗篇：在焕之都觉得十二分醉心。他又与同学吟诗，刻图章，访问旧书摊；又瞒着父母和教师，打牌，喝酒，骑马。他不想自己的前途和父母的期望，只觉得眼前的生活挺适意。

当三年级生的那一年,有一天,他父亲忽然向他说出他意所不料的话来。父亲说,在中学堂毕业还得两年多;毕了业不升上去,没有什么大巴望;升上去呢,哪有这样的力量来栽培?不如就此休止吧。

父亲这样说,并不是他不希望焕之发达起来,是因为他发见了比学堂更好的捷径,那捷径便是电报局。是终身职,照章程薪水逐渐有增加,而且一开始就比钱庄当手的薪俸大,如果被派到远地去,又有特别增加;这不是又优越又稳固的职业么?

父亲说了一番不必再读下去的理由以后,就落到本题,要焕之去考电报生;并且说,中学堂三年级生的程度去应考,是绰乎有余裕的了。

焕之心里有点生气,劈口就回说电报这一行没有什么干头。他不曾参观过电报局,只从理化实验室里见过电报机的模型,两件玩具似的家伙通了电流,这边一按,那边嗒的一响;这边按,按,按,那边"嗒,嗒,嗒"。他也没有细细地想,只觉得在"嗒,嗒,嗒"的声音中讨生活,未免太没出息,太难为情了。

父亲意外地碰了钉子,也动了感情,说什么事情都是人干的,有什么有干头没干头呢?

焕之不由自主地透露说,这事情没出息,因为不必用多少思想,只是呆板的事。并且,干这事情不能给多数人什么益处。他说,要干事情总要干那于多数人有益处的。这个观念萌生在他心头已有一二年了,不过并不清晰,只粗粗地有这么个轮廓。现在既经父亲追问，便吐露出来，好叫父亲了解他，可是没有说得透彻。

父亲听他说喜欢用思想，要叫人家得到益处，那就非让他高等学堂大学堂一步步升上去不可。但是自己老了，身体渐见衰弱，当初要把焕之一径栽培上去的愿望，只怕徒成梦想。他急于要见焕之的成立。他便酸楚地说出"自己老了"一类的话。

母亲坐在旁边，当然垂着眼光惊怯地发愁。

焕之听父亲说到老，非常感动；先前的意气消释了，只觉父亲可亲又可怜，很想投入他怀里撒一阵娇，让他忘了老。但是已届青年期的焕之又颇看不起那种孩子气的撒娇。他只把声音故意发得柔和一点，请求父亲让他在中学堂毕了业，再想法去干旁的事情。他说，到那时候，什么事情他都愿意干。

父亲一转念，觉得焕之也没有什么不是，而且很有点志气，不免感到满意，安慰。他就把去考电报生的拟议自行打消了。

后两年的中秋节后，报纸上突然传布震动人心的消息：武昌新军起事，占领火药局，直攻督署。总督瑞澂和统制张彪都仓皇逃走。于是武昌光复。不到几天，汉口和汉阳也就下来了。

起事的是民军，是反抗清政府的，占据的地方又是全国的枢纽，取给，运输，色色都便利：这使昏昏然的民众从迷梦中惊醒，张开眼来看一看自身所处的地位，而知的确是在泥潭里，火坑里；同时怀着感动惊讶的心情望长江上游那班新出场的角色，相信他们演出来一定是一出伟大的戏剧，虽然还只看见个序幕。各处城市依然是平时的样子，晨光唤起它们的响动,夜色送它们归于沉寂;但是有与平时不同的,里边已经包藏着无量数被激动的心,不安,忧惧,希望,欣幸,——一致相信大变动正在大踏步而来。

中学堂里,当然也包藏着被激动的心。学生们这样想:现在革命了,还上什么课呢!这意思是说,革命这件事情非常之重大,把学堂里的功课同它相比,简直微细不足道了。

这一天下午,焕之这一级上西洋史课。那个西洋史教师是深度的近视眼,鼻子尖而高,看书等于嗅书。他教了十几年的历史,有个不可更改的习惯,就是轮流地嗅讲义和札记本。讲义是正文,学生也摊着看的,所有穿插全在札记本里。他讲一句正文,连忙要看附带的穿插,便放下讲义,拿起札记本;尖鼻子在札记本上嗅不多时,穿插完了,便又换上讲义来嗅。这样,人家就只见他的右手一上一下地移动。这就取得他的第二个绰号,叫"杠杆作用"(他的第一个绰号是"嗅讲义")。他的声音很响,有好些字因为读得响,以致失了本音。学生们说这在他也有意思:一来是安慰自己,每上一课就听见自己的声音足足响上五十分钟,绝不能算溺职,薪水当然不是白拿;二来也是安慰自己,耳朵里塞满了自己的声音,学生们谈话嬉笑的声音就听不见了。

"上海光复了!"焕之挟着一份报纸踅进课堂来,一只手挡在嘴边,表示这是私语,其实呢,连提高喉咙讲的教师都听见了;他脸上现出兴奋的红晕,气息咻咻的,见得他是跑回来的。

在这几天里,《上海报》特别名贵,迟钝一点的人,往往只好看报贩子的空布袋。因此,他们同学中间定了个公约,轮流到火车站去买报;买到了赶回来,大家知道新消息比闲坐在家里的绅士们还要早,当然绝不至于落空看不到报纸了。教师自然并未表示准许;但买报专使出去了,既而回来了,甚而至于跑进正在上课的教室,教师也回转了头,只作没有看见。这一天,这差使轮到了焕之。

"啊!上海!上海光复了!好!哈罗!"一阵故作禁抑,其实并不轻微的欢呼声出自许多学生的嘴里。少数人便踅到焕之的座位旁边,抢着看他买来的报纸;其余的人都耸起身子,伸长脖子,向焕之那里望,仿佛看见了径尺的大字"上海光复",同时仿佛看见了好些迸出火星来的炸弹。

西洋史教师心里也不能无动;但立刻省悟教师的尊严与功课的神圣,无论如何必须维持,便按一按心头,把声音提得更高,念了一句正文,连忙由"杠杆作用"拿起札记本来上下地嗅。

学生们简直把西洋史教师忘了。他们你一句我一句,说上海已经光复,这里就快了;说料不定就在今天晚上;说明天市上要插满白旗了;说大家应该立刻把辫子剪掉,谁要留着这猪尾巴谁就是猪!

西洋史教师似乎是不干涉主义的信徒,教室里这样骚动,他只把鱼眼似的眼睛在讲义上边透出来,瞪了两瞪,同时讲说声转为尖锐,仿佛有角有刺似的:这是他平时惯用的促起学生注意的方法。

这个方法向来就不大见效，这一天尤其无用。学生们依然嚷嚷，讨论革命党该从哪个门进来，他们的炸弹该投在谁身上等问题。有几个学生看教师演独角戏似的那种傻样子，觉得可厌又可笑，甚而至于像嘲讽又像自语地说："讲给谁听呢？大家要看革命军去了！只好讲给墙头听！"

　　这一天，焕之放学回家，觉得与往日不同，仿佛有一股新鲜强烈的力量袭进身体，遍布到四肢百骸，急于要发散出来——要做一点事。一面旗子也好，一颗炸弹也好，一支枪也好，不论什么，只要拿得到，他都愿意接到手就往前冲。但是，在眼前的只有父亲和母亲，父亲正为时局影响到金融发愁，母亲恐怕兵乱闭市，在那里打算买些腌鱼咸肉，他们两个什么也不吩咐他，什么也不给他。他在室内来回踱了一阵，坐下来，翻开课本来看，一行行的字似乎都逃开了。忽然想作一首七律，便支着头凝思。直到上了床，时辰钟打过一点，五十六个字的腹稿才算完成，中间嵌着"神州""故物""胡虏""汉家"那些词儿。

　　那时候学生界流行看一些秘密书报。这个人是借来的，后来借与那个人，那个人当然也是借来的；结果人人是借来的，不知道谁是分布者。焕之对于那些书报都喜欢，《复报》的封面题字故意印反，他尤觉含有深意。

　　他对于校长的演说，也深深感动。校长是日本留学生，剪了发的，出外时戴一顶缀着假辫子的帽子。他的演说并不怎么好，又冗长又重复；但态度非常真挚，说到恳切时眼角里亮着水光。他讲朝鲜,讲印度,讲政治的腐败,讲自强的必要,其实每回都是那一套,但学生们没有在背后说他"老调"的。

种族的仇恨,平等的思想,早就燃烧着这个青年的心,现在霹雳一声,眼见立刻要跨进希望的境界,叫他怎能不兴奋欲狂呢?

但是他随即失望了。这个城也挂了白旗,光复了。他的辫子也同校长一样剪掉了。此外就不见有什么与以前不同。他身体里那一股新鲜强烈的力量,像无数小蛇,只是要往外钻;又仿佛觉得如果钻出来时,一定能够做出许多与以前不同的来,——他对于一切的改革似乎都有把握,都以为非常简单,直接,——然而哪里来机会呢!毕业期是近在眼前了,倘若父亲再叫他去考电报生,他只有拿着毛笔钢笔就走,更没别的话说。于是,"嗒,嗒,嗒",平平淡淡的一生……

他开始感觉人生的悲哀。他想一个人来到世间,只是悲角登场,捧心,皱眉,哀啼,甚而至于泣血,到末了深黑的幕落下,什么事情都完了。不要登场吧,自己实在做不得主,因为父母早已把你送到剧场的后台。上去演一出喜剧吧,那舞台就不是演喜剧的舞台,你要高兴,你要欢笑,无非加深你的失望和寂寞。他想自己是到了登场的时刻了,装扮好了,怀着怯弱的怨抑的心情踅上去,怎知道等在场上的是一个青面獠牙的魔鬼,还是一条口中喷火的毒龙?魔鬼也罢,毒龙也罢,自己要演悲剧是注定的了。

这可以说是一种无端的哀愁;虽说为了没看见什么重要的

改革，又担心着父亲重提前议，但是仔细剖析，又并不全为这些。这哀愁却像夏雨前的浓云一般，越堆越厚，竟遮没了所有心头的光明。有一天，他独个儿走过一个废园的池塘边，看淡蓝的天印在池心，又横斜地印着饶有画意的寒枝的影子，两只白鹅并不想下池去游泳，那么悠闲地互相顾盼，他觉得这景色好极了。忽然心头一动，萌生了跳下池塘去死的强烈欲望，似乎只有这样做，是最爽快最解脱的办法。但一转念想到垂老的父亲，慈爱的母亲，以及好些同学，这欲望便衰退了，眼眶里渗出两颗心酸的眼泪。

但他并不是就没有兴高采烈的时候。只要处在同学中间，同大家看报纸上各地次第光复的消息，以及清廷应付困难的窘状，他还是一个"哈罗，哈罗"的乐观主义者。

同学中像焕之那样的，自然也有，他们要让身体里那一股新鲜强烈的力量钻出来，便想到去见校长；这时候校长是一省都督府的代表，请他分配些事情与学生做当然不难。焕之听到这计划，一道希望的光在心头一耀，就表示愿意同去。

这一晚，校长从南京选举了临时大总统回来，五六个学生便去叩他的办公室的门。焕之心里怀着羞惭，以为这近于干求，未免有点卑鄙。但同时自尊心也冒出头来，以为要求的是为国家办事，尽一份义务，校长又是个光明磊落的人，这里头并没有什么卑鄙。希望的心，得失的心，又刺枪似的一来一往，他不禁惴惴然，两手感觉冰冷。

校长把学生迎了进去，彼此坐定了，预先推定发言的一个学生便向校长陈述大家的请求。说是为力量所限，不能升学，又看当前时势，事情正等人去干，也不想升学。大家有的是热心，不论军界政界，不论怎样卑微细小，只要能够干的，值得干的，都愿意去干。末了儿自然说校长识人多，方面广，请为大家着实留意。这学生说完了，几个学生都屏着气息，垂下眼光，只听见书桌上小时辰钟札札的声音。

校长捻着颔下的长髯，灯光照着他冻红的脸，细细的眼睛显得非常慈祥。但是他的答语却像给同学们浇了一桶冷水。他一开口就说军界政界于同学们完全不相宜。在南京，什么事情都乱糟糟，各处地方当然也一样。以毫无社会经验的青年，在这变动时期里，骤然投进最难处的军界政界，绝没有好处。他说同学们不想升学，要做事情，也好，他可以介绍。末了儿他说同学们应该去当小学教员。

"小学教员"四个字刺入焕之的耳朵，犹如前年听见了"电报生"那样，引起强度的反感。先前怀抱的希望何等阔大，而校长答应的却这样微小！虽然不是"嗒，嗒，嗒"，一世的"猢狲王"未见得就好了多少。

他在回家的路上这样决定：要是校长果真给他介绍教职，他不就，即使同学们都就，他也不就。无端的哀愁照例又向他侵袭了，而且更见厉害。他望见前面完全是黑暗，正像这夜晚的途中一样。

但是到了家就不免把校长的意思告诉父母；他暂不吐露自己的决定，因为校长还没有介绍停当，犯不着凭空表示反对。

父亲却欢喜了。他说教那些小孩子，就是对人家有益处的事情；他料想儿子一定合意。母亲看见小学堂里的先生成天叫着跳着管教学生，不禁担忧，说干这事情恐怕很辛苦的。

焕之想辛苦倒不在乎；这也是对人家有益处的事情，父亲说的有点对。同时曾经看过的几本教育书籍里的理论和方法涌上心头，觉得这事业仿佛也有点价值，至少同"嗒，嗒，嗒"打电报不能相提并论。可是还没有愿意去干的意思，无端的哀愁依旧萦绕着。

但是十余天之后，他就怀着一半好奇一半不快的心情，去会见第六小学校的校长了。

三

第六小学校的校长是两颊丛生短胡的中年人；身材不高，却颇粗大，远看像个墨水瓶；两眼骨碌骨碌尽在那里转，似乎一转就产生一个新机变；脸上的皮肤板板的，仿佛老练的侦探，专等人家的疏失。他担任第六小学校的校长有四五年了，这就是说他享受这份产业已历四五年。他想尽方法招徕主顾，学生倒也不少；他又想尽方法减少支出，增加自己的盈余，所以每一学期学生只领到一支新毛笔，写坏了由家长重买，否则就在石板上练习书算。现在他听得有个新伙计来了，不免略微添些心事：那新伙计纵不能帮他经营，至少也要不致对他有碍，这能够如愿以偿么？……

焕之初次看见校长的相貌,就觉得生疏,嫌厌,他不曾预料校长是这样一个人。但他陈说自己愿承指教的时候,却怀着绝对的真诚;他以为自己完全没有经验,来同这位四五年的老经验家合伙,多少是抱歉的事。从这上头,校长看出新伙计完全是个容易对付的小孩子,心便放松了。

校舍是一所阴森而破旧的庙宇。大殿是一个课堂,两庑各是一个课堂。中庭便是运动场。两株桃树底下,散置着几个木哑铃上掉下来的木球,还有一些甘蔗渣。

三个课堂里一律是黑漆转为灰白色的桌椅,墙上的黑板显出横条的裂纹。沉寂,幽暗,寒冷。尤其是那大殿,高高的藻井,纠结着灰尘和蛛网,好像随时可以掉下一条蛇或者一个鬼怪来似的。

焕之用疑怪的眼光望着大殿上的课堂,心想这就是他将要在这里耗费精神,消磨岁月的地方了。他以为学校至少要有玻璃窗,要有明亮的光线,要有可以坐下来看书的预备室,——哪知道完全是梦想!这里的生活,难道是有价值有趣味的么?他很想勉强相信有,可是总觉得这是自己骗自己。

他怅然回转头来,只见校长的眼睛骨碌骨碌对他转,像躲在树丛中的猫头鹰。他心里想这个人就是他共事的伙伴了。他平时模拟教师的神态,以为总该是和颜悦色的。可是这校长的脸就证明他模拟的错误。他又觉得同这校长没有三句话可以谈的,讨论,商量,不像是他喜欢的事。那么,虽说一校三个课堂,还不是各自独立门户么?

他辞别校长回家时，抱着一种冤屈的心情，眼前没有别的，准备做牺牲而已，好像美丽贞洁的处女违心嫁给轻薄儿一般。夜间在床上，半夜没有好睡。起先是温理那习惯了的哀怨；后来转为达观，以为一个人渺小得很，就是牺牲了也没有什么；末了儿想到生与死的分别，想到废园的池塘，想到《大乘起信论》……

新春时节，学校开学了。焕之第一天当教员，正是个阴沉的雨天。走进那庙宇，只见许多孩子在中庭里乱窜。湿衣裳东一摊西一搭地放着，泥浆的鞋印一个个留在砖地上。有好几个十五六岁的学生，并不比焕之小多少，正站起在教桌上唱不成腔的京戏，这是他们新年游乐的余兴。

经校长介绍，焕之认识了另一个伙伴。这人是第二期的肺病患者，两颊陷下去成两个潭，鼻子像一片竖放的木片，前额耀着滞暗的苍白的光，发音很低，嘶嘶的，喉咙头像网着乱丝。

焕之不禁一凛，心里想："这个人也是学生们的教师么！教育学说虽然深奥万端，也可以用一句包括，就是要学生'生'。怎么给他们一个'死'的化身呢！不过看了这所庙宇，这个人当教师倒也配。要不然就不调和了。但是我……也成了'死'的化身么！"

关于登台教课，焕之没有一点把握；虽然看过一些讲教授法的书，到这里便忘得干干净净了。好几天以来，他只有看两个伙伴的样，跟着他们做。他们教课是拉起喉咙直喊的，就是那个肺病患者，居然也迸出还算响亮的哑音。喊的大半是问句。问的时候,不惮一而再,再而三,直到听见了他们预想的答语方才罢休。譬如问:我们天天吃什么东西的?回答说:粥。于是又问:粥以外,吃什么东西呢?回答说:饭。于是又问:饭以外,吃什么东西呢?回答说:面,馒头,大饼,油条。于是只得换个方法问:我们每天不是吃茶么?回答说:真的,我们每天吃茶。这才算满意,开始转入本题说:我们今天就讲这个"茶"。

问以外,大部分的工夫是唱。一课国文讲罢了,一种算法歌诀教过了,教师开始独唱,既而学生跟着教师合唱,既而各个学生独唱,既而全体学生合唱。那调子有点像和尚道士念经忏,又有点像水作工人悠长的"杭育"声。这是一校的"校粹",它自有它的命脉;新加入的教师和学生一开口唱就落在它的窠臼里,绝没有力量左右它。

焕之除了照样喊照样唱,还有什么法子呢?但是他实在看不起自己这样做。二十将近的年纪,自问还不曾堕落过,现在却开始堕落了。街上卖唱的盲女,癞叫花子,站定了朝着人家就喊就唱,为的是一个两个铜子。自己的情形,与他们有什么两样!而且比他们更坏;他们也许有一两句很好的腔调,一两段动人的唱白,能使听的人点头称赏;而自己与那些小听众,简直漠不相关,喊着唱着的固然不知所云,坐着听的也无异看大猩猩指手画脚长嗥。

他又觉得那些小听众太不可爱了。他所教的原是低年级,最大的学生也不过十岁光景,与又粗又高的殿柱对比,更见得他们微小。儿童的爱娇，活泼，敏慧，仿佛从来不曾在他们身上透过芽，他们有的是奸诈，呆钝，粗暴。街头那些歪戴着帽子，两手插在对襟短衣的口袋里，身体一斜一转的，牙齿紧咬，预备一放开时就吐出一句恶毒的咒骂的流氓的典型，在他们里头似乎很可以找出几个。

焕之起初也想，别的不用管，自己教的是学生，就从学生里头寻点安慰吧。但不久便证明这只是妄想。他叫他们静听不要响，他们却依然说笑，争骂；他听见自己求救一般的讲说的声音，同时总伴着各种噪音，甚至自己的声音反而消沉在噪音里。他没法，只好停嘴。学生们起初觉得异样，像夏雨收点一般零落地住了声。但随后就是一阵带着戏弄意味的笑。这使焕之发怒了，便把教鞭扬起来，想在不论哪一个身上乱抽一顿（两个伙伴常常这样做，在当时似乎颇有点效验），然而手还没有这种习惯，要抽下去仿佛很不顺，半路里缩住了。只剩又愤慨又悲哀地喃喃斥骂："讨厌的小东西！"

下了课的时候，耳朵里是茶馆一般喧嚷，眼前一片扰乱，好像上演全武行的戏。晴天，灰尘飞进口腔里，上下牙齿磨着，只觉悉刹悉刹；雨天，路上和庭中的烂泥被带进教室，到处都是，踏一步看了三四看，还是没有地方落脚。简直没个可以安顿的所在！到预备室里坐坐吧（实在是中庭前二门后的一个后轩，狭长的一条，钉一点板，开几扇窗，就算是预备室了），又怕听校长背诵隔夜的麻将牌，以及肺病患者咻咻地喘气。他同他们好像语言隔阂的两个国度的人，很艰难地说了一两句日常短语就继续不下去了。同坐在一起而彼此不理睬，不好，又加不喜欢旁听他们的谈话，就只好站在阶沿数那殿顶的瓦楞。

庭中两株桃树开花的时候，阳光带着醉人的暖气，这陈旧的庙宇居然也满蕴着青春。焕之两眼望着那锦样光彩的繁花，四肢百骸酥酥的，软软的；忽觉花枝殿影都浮动起来，——眼泪渗出来了。

于是他独个儿上酒店去喝闷酒。每夜带着七八分酒意回家，矜持着吃晚饭，同父母说话。一躺到床上，仿佛有什么东西在头顶上一盖，再也做不得主了，他总是轻轻地呜咽地哭。他一边哭，一边迷惘地想："人间的苦趣，冠冕的处罚，就是教师生活了！什么时候脱离呢？什么时候脱离呢！"

他实在不敢公然说出"脱离"两个字。父母正在欣慰，儿子有相当的职业了，当然不好说出逆耳的话伤他们的心。此外，又仿佛对谁负了一种责任，突然说不负了，良心上万分过不去。于是当一学年终了时，他设法换了个学校。他希望新境界比较好一点，虽然不是脱离，总不至于像沉沦在那可厌的庙宇里那么痛苦。

然而还是一个样！不过庙宇换了祠堂，同事和学生换了姓名不同的一批罢了。

这一年，他父亲因旧有的肾脏病去世了。摧心地伤痛，担上家计的重负，工作又十二分不如意，他憔悴了；两三年前青年蓬勃的气概，消逝得几乎一丝不剩。回家来与母亲寂寂相对,一个低头,一个叹气,情况真是凄惨。

过了两年,他又换过学校,却遇见了一个值得感佩的同事。那同事是个诚朴的人,担任教师有六七年了,没有一般教师的江湖气;他不只教学生识几个字,还随时留心学生的一举一动,以及体格和心性;他并不这般那般多所指说,只是与学生混在一起,同他们呼笑,同他们奔跑。

有一次,一个学生犯了欺侮同学的过失,颇顽强,那教师问他,他也不认错,也不辩解,只不开口。那教师慈和的眼光对着他,叫他平心静气,想想这样的事情该不该。那学生忽然显出流氓似的凶相说,"不知道!随你怎样处罚就是了!"

"不要这样,这样你以后会自觉懊悔,"那教师握住那学生的颤动的手说,"犯点儿错没有什么要紧,用不着蛮强;只要自己明白,以后再也不会错了。"

这场谈判延长到两点钟之久。结果是学生哭了,自陈悔悟,那教师眼角里也留着感激的泪痕。

焕之看在眼里,不禁对那教师说,用这么多的工夫处理一个学生,未免太辛苦了。

"并不辛苦,我喜欢这样做,"那教师带着满意的微笑说,"而且我很感激他,他相信我,结果听了我的劝告。"

这似乎是十分平常的话,然而当了三数年教师的焕之从没听见过。这一听见叫他的心转了个方向,他原以为自己沉沦在地狱里,谁知竟有人严饰这个地狱,使它成为天堂。自己的青春还在,生命力还丰富,徒然悲伤,有什么意思!就算所处是地狱，倒不如也把它严饰起来吧！

他于是检出从前看过的几本教育书籍，另外又添购了一些；仿效着那个同事的态度来教功课，来对待学生；又时常与那同事讨究教育上的问题和眼前的事实；从这些里头他得到了好些新鲜的浓厚的趣味。有如多年的夫妇，起初不相投合，后来真情触发，恋爱到白热的程度，比开头就相好的又自不同了。

金树伯是焕之中学时代的同学，彼此颇说得来。树伯毕业后回乡间去管理田产，两人就难得见面。但隔一个半个月总通一回信，也与常常晤见无异。到这时候，焕之去信的调子忽然一变，由忧郁转为光昌；信中又描写好些理想，有的是正待着手的，有的是渺茫难期的。树伯看了这些信，自然觉得安慰，但也带起"不料焕之要做教育家了"的想头。

树伯的同乡蒋冰如是日本留学回来的，又是旧家，在乡间虽没什么名目，但是谁都承认他有特殊的地位。当地公立高等小学的校长因事他去时，他就继任了校长。他为什么肯出来当小学校长，一般人当然不很明白，但知道他绝不为饭碗，因为他有田有店，而且都不少。

这年年初，学校里要添请一个级任教员，树伯便提起焕之，把他最近两年间的思想行动叙述得又仔细又生动。冰如听得高兴极了，立刻决定请他；并且催促树伯放船去接，说这一点点对于地方的义务是应该尽的。

四

"啊！倪先生，欢迎，欢迎！"蒋冰如站在学校水后门外，举起一条胳臂招动着，声音里透露出衷心的愉快。一个校役擎着一盏白瓷罩的台摆煤油灯，索瑟地站在旁边，把冰如的半面照得很明显。他的脸略见丰满，高大的鼻子，温和而兼聪慧的嘴唇，眼睛耀着晶莹的光。

"今天刚是逆风，辛苦了。天气又冷。到里边坐坐，休息一会吧。"冰如说着，一只手拉住刚从石埠上小孩子样跳上来的焕之的衣袖，似乎迎接个稔熟的朋友。

"就是蒋先生吧？"焕之的呼吸有点急促，顿了一顿，继续说，"听树伯所说，对于先生非常佩服。此刻见面，快活得很。"他说着，眼睛注视冰如的脸，觉得这就完全中了意。

"树伯，怎么了？还不上来！"

冰如弯下身子望着船舱里。

"来了。"树伯从船舱里钻出来，跨上石埠，一边说，"料知你还没有回去，一定在校里等候。我这迎接专使可有点不容易当，一直在船里躺着，头都昏了。"

"哈哈，谁叫你水乡的人却犯了北方人的毛病。倪先生，你不晕船吧？"

"不。"

焕之并不推让，嘴里回答着，首先跨进学校的后门。

走过一道廊，折入一条甬道。这境界在焕之是完全新鲜的，有些渺茫莫测的感觉。廊外摇动着深黑的树枝；风震撼着门窗发出些声响，更见得异样静寂。好像这学校很广大，几乎没有边际，他现在处在学校的哪一方，哪一角，实在不可捉摸。

煤油灯引导从后门进来的几个人进了休憩室。休憩室里原有三个人围着一张铺有白布的桌子坐着（桌子上点着同样的煤油灯，却似乎比校役手里的明亮得多），这时候一齐站起来，迎到门口。

"这位是徐佑甫先生，三年级级任先生。"冰如指着那四十光景的瘦长脸说。

那瘦长脸便用三个指头撮着眼镜脚点头。脸上当然堆着笑意；但与其说他发于内心的喜悦，还不如说他故意叫面部的肌肉松了一松；一会儿就恢复原来的呆板。

"这位是李毅公先生，他担任理科。"

"焕之先生，久仰得很。"

李毅公也戴眼镜，不过是平光的，两颗眼珠在玻璃里面亮光光的，表示亲近的意思。

"这位是陆三复先生，我们的体操教师。"

陆三复涨红了脸，右颊上一个创疤显得很清楚；嘴唇动了动，却没说出什么来；深深地鞠个躬，犹如在操场上给学生们示范。

"这位是倪焕之先生，各位早已听我说起了。"冰如说这一句，特别带着鼓舞的神情。同时重又凝神端详焕之，像看一件新到手的宝物。他看焕之有一对敏锐而清澈的眼睛；前额丰满，里面蕴蓄着的思想当然不会俭约；嘴唇秀雅，吐出来的一定是学生们爱悦信服的话语吧；穿一件棉布的长袍，不穿棉鞋而穿皮鞋，又朴素，又精健……总之，从这个青年人身上，一时竟想不出一句不好的批评。他不禁带笑回望着树伯点头。

"诸位先生，"焕之逐一向三个教师招呼，态度颇端重；一眼不眨地看着他们，似乎要识透他们的魂灵，"今天同诸位先生见面，高兴得很。此后同在一起，要请教的地方多着呢。"

"我们彼此没有客气，什么事情都要谈，都要讨论。我们干这事业应该这样；一个人干不成，必得共同想方设法才行。"

冰如这么说，自然是给焕之说明同事间不用客气的意思，却不自觉地透露了对于旧同事的希求。他要他们同自己一样，抱着热忱，怀着完美的理想，一致努力，把学校搞成个理想的学校。但是他们却有意无意的，他说这样，他们说是的，他说那样，他们说不错，没有商酌，没有修正；而最使他失望的，他们似乎没有一点精健活泼的力量，松松懈懈，像大磨盘旁疲劳的老牛。他感觉孤立了。是教育许多孩子的事情，一只手怎么担当得来！于是热切地起了纠合新同志的欲望。对于旧同事，还是希望他们能够转化过来。他想他们只是没有尝到教育事业的真味罢了；一旦尝到了这人世间至高无上的真味，那就硬教他们淡漠也绝不肯了。他于是动手写文章，表白自己对于教育的意见；他以为一篇文章就是一盘精美的食品，摆在他们面前，引得他们馋涎直流，他们一定会急起直追，在老职业里注入一股新力量。那时候,共同想方设法的情形自然就出现了;什么事情都要谈,都要讨论,比起每天循例教课来显然就两样,学校哪有不理想化的……

他重又把焕之贪婪地看了一眼,得意的笑容便浮现在颧颊嘴角间。

"我写了一篇文章,倪先生,要请你看看。"他说着,伸手到对襟马褂的口袋里。但随即空手回出来,"还是草稿呢,涂涂改改很不清楚。等一会拿出来,让先生带回卧室去仔细看吧。"

"我就知道你有这么个脾气。何必亟亟呢?人家冒着风寒坐了半天的船,上得岸来,还没有坐定,就要看文章!"树伯带着游戏的态度说。他先自坐下,点一支卷烟悠闲地抽着。

焕之却觉得树伯的话很可以不必说;给风吹得发红的脸更见得红,几乎发紫了;因为他有与冰如同等的热望,他急于要看那篇稿子。他像诚实的学生似的向冰如说:"现在看也好。我很喜欢知道先生的意思。树伯同我讲起了,我恨不得立刻拿到手里看。"

"是这样么?"冰如仿佛听到了出乎意料的奖赞,"那么我就拿出来。"

焕之接稿子在手,是二十多张蓝格纸,直行细字,涂改添加的地方确是不少,却还保存着清朗的行款。正同大家围着桌子坐下,要开头看时,校役捧着一盘肴馔进来了。几个碟子,两碗菜,一个热气蓬蓬的暖锅,还有特设的酒。

桌面的白布撤去了,煤油灯移过一边,盘子里的东西都摆上桌子,杯筷陈设在各人面前,暖锅里发出嗞嗞的有味的声响;一个温暖安舒的小宴开始了。水程的困倦,寒风的侵袭,在焕之,都已消失在阅读那篇文章的兴致里。

"倪先生,能喝酒吧?文章,还是请你等一会看。现在先喝一杯酒。"冰如首先在焕之的杯子里斟满了,以次斟满各人的杯子。

"我们喝酒!"冰如高兴地举起杯子。同时各人的杯子一齐举起。焕之只得把稿子塞进长袍的口袋里。

"教育不是我的专门,却是我的嗜好。"冰如喝过一杯以后,一抹薄红飞上双颊;他的酒量原来并不高明,但少许的酒意更能增加欢快,他就这样倾心地诉说。

"我也没有学过教育,只在中学校毕了业,"焕之接着坦白地说,"我的意思,专门不专门,学过没学过,倒没有什么大关系,重要的就在这个'嗜好'。要是你嗜好的话,对这事业有了兴趣,就是不专门,也能够胜任愉快。小学校里的功课到底不是深文大义,没有什么难教。小学校里有的是境遇资质个个不同而同样需要培养的儿童,要同他们混在一起生活,从春到夏,从秋到冬,这就不是一般人受得了的事。假如不是嗜好着,往往会感觉干燥,厌倦。"

"所以我主张我们当教师的第一要认识儿童!"冰如僻处在乡间,觉得此刻还是第一次听见同调的言论,不禁拍着桌沿说。

徐佑甫的眼光从眼镜侧边斜溜过来睨着冰如,他心里暗自好笑。他想:"教师哪有不认识儿童的,就是新学生,一个礼拜也就认得够熟了;亏你会一回两回地向人家这样说!"

李毅公是师范学校出身,他本在那里等候插嘴的机会,便抢着说:"不错,这是顶要紧的。同样是儿童,各有各的个性;一概而论就不对了。"

冰如点点头,喝了一小口酒,又说:"要认识儿童就得研究到根上去。单就一个一个儿童看,至多知道谁是胖的,谁是瘦的,谁是白皙的,谁是黝黑的,那是不行的;我们要懂得潜伏在他们里面的心灵才算数。这就涉及心理学、伦理学等等的范围。人类的'性'是怎样的,'习'又是怎样的,不能不考察明白。明白了这些,我们才有把握,才好着着实实发展儿童的'性',长养儿童的'习'。同时浓厚的趣味自然也来了;与种植家比较起来,有同样的切望而含着更深远的意义,哪里再会感到干燥和厌倦?"

"是这样!"焕之本来是能喝酒的,说了这一句,就端起杯子来一呷而空。冰如的酒壶嘴随即伸了过来。焕之拿起杯子来承受,又说:"兴味好越要研究,越研究兴味越好。这是人生的幸福,值得羡慕而不是可以侥幸得到的。我看见好些同业,一点也不高兴研究,守着教职像店倌伙计一样,单为要吃一碗饭:我为他们难受。就是我,初当教师的几年,也是在这样的情形中度过的。啊!那个时候,只觉得教师生涯是人间唯一乏味事,如果有地狱,这也就差不多。不料到今天还在当教师,而心情全变了。"

一种怀旧的情绪兜上他心头,似乎有点怅然,但绝不带感伤的成分。

"我也常常说,当教师不单为生活,为糊口,"冰如的声音颇为洪亮,"如果单为糊口,什么事情不好做,何必要好些儿童陪着你作牺牲!"

他们这样一唱一酬,原是无所指的;彼此心头蓄着这样的观念,谈得对劲,就尽情吐露出来。不料那位似乎粗鲁又似乎精细的体操教师却生了心。他曾经为薪水的事情同冰如交涉;结果,二十点钟的功课作为二十四点钟算,他胜利了。但同时受了冰如含有讽刺意味的一句话:"我们干教育事业的,犯不着在几块钱上打算盘:陆先生,你以为不错吧?"当时他看定冰如的笑脸,实在有点窘;再也想不出一句适当的答话,只好赧颜点了点头。现在听冰如的话,显然是把当时的话反过来说;脸上一阵热,眼光不自主地落到自己的杯中。近乎愤恨的心思于是默默地活动起来:"你有钱,你富翁,不为糊口!我穷,不为糊口,倒是来陪你玩!这新来的家伙,看他的模样就知道是个等着糊口的货色,却也说得这样好听。嗤!无非迎合校长的意思。"

在喝了一口酒咂着嘴唇,似乎很能领略酒的真趣的徐佑甫,对于这一番话又有不同的意思,倒不在糊口不糊口。他觉得冰如和这个年轻人说得浮泛极了。什么"性"哩,"习"哩,"研究"哩,"嗜好"哩,全是些字眼,有的用在宋儒的语录里才配,有的只合写入什么科的论文;总之,当教员的完全用不着。他们用这些字眼描绘出他们的幻梦来,那样地起劲,仿佛安身立命的根本大法就在这里了;这于自己,于学童,究竟有什么益处呢?

原来徐佑甫对于学校的观念,就把它看作一家商店。学生是顾客,教师是店员,某科某科的知识是店里的商品。货真价实,是商店的唯一的道德,所以教师拆烂污是不应该的。至于顾客接受了商品,回去受用也好,半途失掉也好,甚而至于才到手就打烂也好,那是顾客自己的事,商店都可以不负责任。他就根据这样的见解教他的国文课:预备必须十分充足,一个字,一个典故,略有疑惑,就翻查《辞源》(在先是《康熙字典》),抄在笔记簿里;上堂必须十分卖力,讲解,发问,笔录,轮来倒去地做,直到听见退课的铃声;学生作了文,必须认真给他们改,如果实在看不下去,不惜完全勾去了,依自己的意思重行写上一篇。他这样做也有十四五年了;他相信这样做就是整个的教育。此外如还有什么教育的主张,教育的理论,不是花言巧语,聊资谈助,就是愚不可及,自欺欺人。

不当教师的树伯,却又有另外的想头。他有二斤以上的酒量,一杯连一杯喝着,不客气地提起酒壶给自己斟。他想今夜两个聪明的傻子碰了头,就只听见些傻话了。世间的事情何必认真呢?眼前适意,过得去,什么都是好的,还问什么为这个,为那个?一阵高兴,他举起杯子喊道:"你们三句不离本行,教育,教育,把我门外汉冷落了。现在听我的'将令':不许谈教育,违令的罚三杯!这一杯是令杯,大家先喝了。"

"哈！哈！哈！"

"有这样专制的'将令'？"冰如凝眸对树伯，表示抗议，但酒杯已端在手里。

"'将令'还有共和的么？喝吧，不要多说！"树伯说着，举杯的手在众人面前画了个圈，然后凑近自己的嘴唇。

"今天倪先生初到，我们理合欢迎，这一杯就欢迎他吧。"李毅公笑容可掬地这样说；端着酒杯在焕之面前一扬，也缩回自己的嘴边。

大家的一口喝干了酒。酒壶重又在各人面前巡行。暖锅里依然蓬蓬地冒着热气，炽红的炭块仿佛盈盈的笑颜。手里的筷子文雅地伸入碗碟，又送到嘴里。酒杯先先后后地随意吻着嘴唇。

他们谈到袁世凯想做皇帝，谈到欧洲无休无歇的空前大战争。焕之表示他对于政治冷淡极了。在辛亥那年，曾做过美满的梦，以为增进大众福利的政治立刻就实现了。谁知开了个新局面，只把清朝皇帝的权威分给了一班武人！这个倒了，那个起来了；你占这里，他据那里：听听这班人的名字就讨厌。所以近来连报纸也不大高兴看了；谁耐费脑费力去记这班人的升沉成败？但是他相信中国总有好起来的一天；就是全世界，也总有一天彼此不以枪炮相见，而以谅解与同情来代替。这自然在各个人懂得了怎样做个正当的人以后。养成正当的人，除了教育还有什么事业能够担当？一切的希望在教育。所以他不管别的，只愿对教育尽力。

冰如自然十分赞同这意思。他说有昏聩的袁世凯，有捧袁世凯的那班无耻的东西，帝制的滑稽戏当然就登场了。假如人人明白，帝制是过去的了，许多人绝没有臣服于一个人的道理，谁还去上劝进表？并且，谁还想，谁还敢想做皇帝？再说欧洲的打仗，他们各有各的"正义"，自称为什么什么而战，认为错误全在敌人方面：这就是很深的迷惑。实际上全是些野心的政治家，贪狠的财阀在背后牵线。谁相信为什么什么而战，正是登台的木偶！假如多数人看穿了这把戏，知道人类共存是最高的理想，种界和国界原是不必要的障壁，德国人不能丢下枪来握着法国人的手么？奥国人又何妨搭着英国人的肩同去喝一杯酒？不过要人人明白，人人看穿，培养的工夫真不知要多少。尤其是中国，教育兴了也有好多年，结果民国里会演出帝制的丑戏；这就可知以前的教育完全没有效力。办教育的若不赶快觉悟，朝新的道路走去，谁说得定不会再有第二回第三回的帝制把戏呢！

"你们两个犯令了！"树伯抢着酒壶斟满了冰如和焕之的空了一半的杯子，得意地喊道，"快喝干了！还有两杯！"

"这不是教育的本题，是从袁世凯转到教育的；似乎可以从轻处罚，每人喝一杯也就够了。"李毅公向树伯这样说，是公正人的口吻，但是像媒妁那样软和。

"好的，就是一杯吧，"徐佑甫说，呆板的瘦脸上浮着微笑，"况且大家也没有正式承认这个号令。"

"'将令'也有打折扣的么？"树伯把金丝边眼镜抬了

抬,哈了一口酒气,庄重地说,"既然你们大家这样说,本将军也未便故拂舆情;就是一杯吧。不过要轮到我说话了;你们只顾自己滔滔不绝地说话,不管别人家喉咙头痒。"

因为斟酌得最勤,树伯显然半醺了。冰如和焕之依他的话各喝了满满的一杯。冰如今晚是例外地多喝,只觉得酒到喉间很顺流地下去,而且举起杯来也高兴;但头脑里是岑岑地跳了。

树伯从袁世凯想起了前年本乡办初选的情形,开始说道:"你们讲正经话,我来说个笑话吧。说的是那年办初选,——冰如,你是不睬这些事情的,我却喜欢去看看,随随便便投一票也丢不了什么身份,——办初选,蒋老虎拼命出来打干;客居外边的,不高兴投票的,那些选民的名字他都抄了去,——冰如,说不定你的名字也归了他,——已有足够的数目。但是轿夫不多;每个轿夫投了票出来了又进去,至多也只好三四回,选举监督到底不是瞎子。他就在茶馆里招揽一批不相干的人,每人给一张自己的名片,叫他们进去投票,出来吃一餐两块钱的和菜。那些临时轿夫在杯盘狼藉的当儿,大家说笑道:'真难得,我们今天吃老虎了!'这不算好笑。有一个轿夫投了票出来对他说道:'你的大名里的镳字笔画多,写不清楚;我就写了蒋老虎,反正是一样的。'这句话把蒋老虎气得鼓起腮帮,像河豚的肚皮,一把拉住那轿夫,硬不许他入座吃和菜……"

树伯说到这里,忍不住扑哧地笑了。大家也都笑了。而冰如的笑里,更带着鄙夷不屑的成分。他向来就看不起那个同姓不同宗、绰号"老虎"的蒋士镰。蒋士镰颇交往一些所谓"白相人";他是如意茶馆的常年主顾,是赌博的专门家;而镇上的一般舆论,往往是他的议论的复述。冰如有时想起本乡该怎样革新,自然而然就想到蒋士镰;以为这个人就是革新的大障碍,真好比当路的老虎。彼此见了面是互相招呼的,但没有话可以谈,只有立刻走开。在宴会酬酢中遇见时,仿佛有一种默契,他们避不同席,有过什么深仇阔恨似的。其实,连一句轻微的争论也不曾有过。

酒罢饭毕以后,大家又随便谈了一会。谈起后天的开学,谈起初等学校升上来的学生的众多。窗外虽是寒风怒吼,春的脚步却已默默地走近来了;酒后的人们都有一种燠暖的感觉,这不就是春的气息么?春回大地,学期开始,新学生不少,又增添一位生力军似的新同事:冰如只看见希望涎着脸儿在前边笑了。他走回家去,一路迎着风,仿佛锋利的刀在皮肤上刮削,总消不了他心头的温暖和高兴。

焕之看冰如树伯回去,各有一个用人提一盏纸灯笼照着,人影几乎同黑暗融和了,只淡黄的一团光一摇一荡地移过去;觉得这景象很有诗意,同时又似乎回复到幼年时代。街头的火把和纸灯笼,在幼年总引起幽悄而微带惊怖的有趣的情绪,自从城里用了电灯,这种趣味就没有了;不料今夜在这里又尝到。

"在事业上,我愿意现在是幼年,从头做起。"他这样想着,同住校的三位先生回进来。李毅公就招呼他,说同他一个卧室,在楼上靠东边的一间。徐陆两位先生同室,就在隔壁,过去就是三年级的教室。楼下本来是两个教室,此刻升学的新生多,要开三个教室了,好在房子还有。

走进卧室时,校役已把带来的行李送上来;一只箱子,一个铺盖,还有一网篮书。铺位也已布置好,朝着东面的窗。靠窗一张广漆的三抽斗桌子,一把榉木的靠椅。桌子上空无一物,煤油灯摆上去,很清楚地显出个倒影来。桌子横头有书架,也是空着。李毅公的铺位与焕之的并排;一只大书桌摆在全室的中央,因为他有些时要弄动植物标本,理化试验器的缘故。

"水根,你替倪先生把床铺好了。"毅公吩咐了校役,回转身来亲切地向焕之说:"倪先生,你坐了逆风船,想来很疲倦了,可以早点儿休息。这里是乡镇,夜间都安歇得早。你听,这时候也不过十点钟,风声之外就没有一些别的声响。"

焕之经他一点醒,开始注意耳际的感觉确然与平日不同。风从田原上吹来,挟着无数管乐器似的,呜呜,嘘嘘,嘶嘶,其间夹杂着宏放无比的一声声的"哗……"。虽然这样,却更见得夜的寂静。似乎凡是动的东西都僵伏了,凡是有口的东西都封闭了;似乎立足在大海里块然的一座顽石上。如果在前几年,焕之一定要温理那哀愁的功课了,因为这正是感伤的境界。但是今晚他却从另一方面想,以为这地方这样安静,夜间看书做事倒是很合适的。他回答毅公道:"现在不疲倦。刚才在船上确有点疲倦;上得岸来,一阵谈话,又喝了酒,倒不觉得了。"

水根刚把铺盖捧上了床,手忙脚乱地解开绳子,理出被褥来,焕之和蔼地阻止他说:"这个我自己来,很便当的。"

那拖着粗黑大发辫的乡下人缩住了手,似乎羞惭似乎惊奇地看定这位新来的先生。一会儿露出牙龈肉一笑,便踏着他惯常的沉重的脚步下楼去了。

焕之抢着垫褥铺被,被褥新浆洗,带着太阳光的甘味,嗅到时立刻想起为这些事辛劳的母亲,当晚一定要写封信给她,而衣袋里的那篇文稿,又非把它看完不可。这使他略微现出匆遽的神态。

"何不让他们弄呢?"毅公似乎自语般说。

"便当得很的事情,自己还弄得来,就不必烦别人了。"

焕之收拾停当了,两手按在头顶,往后梳理头发;舒一口气。再把床铺有味地相了一相,便带着一种好奇的心情,坐在那把将要天天为伴的椅子上。他从衣袋里珍重地取出冰如那篇文章,为求仔细,重又从头看起;同时想,书籍之类的东西只好待明天理出来了。

五

夜来风转了方向,而且渐渐平静了。曙色遍布时,田野,河流,丛树,屋舍,显现在淡青色的寒冷而清冽的大气里;小鸟开始不疾不徐地叫;早起劳作的人们发出种种声响,汇合成跃动的人籁。

焕之突然醒来,一骨碌爬起身,直望对面的窗:想到天气晴好，两条胳臂不禁高高举起，脸上浮现高兴的神色。一会儿，重又把卧室环视一周；角落里，桌子底下，以及不甚工致的白垩的天花板，都给加上个新的记认。看李毅公的床，帐门垂着；他还没有醒。便轻捷地披衣起床，去开那窗子。

窗下是校里的园地，种着蒜菜。园墙之外，迤斜地躺着一条明亮的小河，轻风吹动，皱起粼粼的波纹。一条没篷船正要出发；竖起桅杆，拉上白布帆，就轻快地前去了。河两岸是连接的麦田。麦苗还沉睡着似的，但承受着朝阳，已有欣欣的意思。田亩尽处，白茫茫一片，那是一个湖。几抹远山，更在湖的那边，若有若无，几乎与天色混合了。

"啊，可爱的田野！在这里，若说世间各处正流行着卑鄙、丑陋、凶恶、残暴等等的事情，又说人类将没有希望，终于是长不好教不灵的动物，谁还会相信？那轻快地驶去的船里的人物，他们多么幸福，来往出进，总在这个自然的乐园里。我对他们惭愧了。"

他除了出城去扫墓，几趟近地山水的旅行以外，简直在城圈子里禁锢了二十多年。现在对着这朴素而新鲜的自然景色，一种亲切欣慕的感情禁不住涌了上来。既而想，此后将同这可爱的景色朝夕相亲了；便仰起了头，深深地吸入一腔清新的空气。他从没有这样舒快过，他似乎嗅到了向未领略的田土的甘芳气息。

他走下楼。水根正在庭中扫地，大发辫盘在帽檐，青布围裙裹着身，带着惊异的样子说："先生，你这样早！他们几个先生,这两天放学,起来还要等好一会呢。"

"我是早了一点。"焕之随口说。回身望那座楼,是模仿西式的建筑,随处可以看出工匠的技术不到家。却收拾得很干净;白粉的墙壁,广漆的窗框和栏杆,都使人看着愉快。庭前一排平屋是预备室藏书室以及昨夜在那里谈饮的休憩室。预备室的左侧,引出一道廊。沿廊一并排栽着刚透出檐头的柳树;树枝上头,欢迎晴朝的麻雀这里那里飞跳。一片广场展开在前边。五株很高大的银杏树错落地站在那里,已经满缀着母牛的乳头似的新芽。靠东的一株下,有一架秋千;距秋千二十步光景,又横挂一架浪木。场的围墙高不过头顶;南面墙外正是行人道,场中的一切,从墙外都能望见。

一种幻象涌现在他眼前:阳光比此刻还要光明而可爱;银杏和柳树都已绿叶成荫,树下有深林幽壑那样美妙;不知什么地方飞来些美丽的鸟儿,安适地剔羽,快乐地顾盼。其间跳跃着,偃卧着,歌唱着的,全是天真纯洁的孩子,体格壮健而优美。墙外好些行人停步观看,指点笑语。

"这不就是神仙境界么!"

他低下头来,一缕快感似乎直咽到肚里;两臂反剪着,两手互捏,关节作响。他记起昨夜的谈话和仔细看完的那篇文章,便忖量自己的前途:"其他的同事还没完全看见,看见了的几个也不知道他们怎样;但是据蒋冰如的表示,他总是个有良心肯思想的教育者。一个人既愿尽力于教育,就是孤立无助,也得往前做去;何况他确有同志,而且他正引我为同志。

我应当比去年更用心力,凡是可能的地方总要做到极度才对。明天开学了,我愿意此刻尚未见面的许多学生受到我丰盛而有实惠的贡献。啊,尚未见面的学生,我已经看见你们在这里游戏了!"

两个钟头以后,他同李毅公在市街上了;他急于要投寄给母亲的信,带便认一认邮政局。市街是头东头西的,有三里多长。这时候早市还没有散,卖蔬菜卖鱼虾的担子常常碍着行人的脚步。谈话的,论价的,拣选东西的,颇有扰攘之概。各种店铺也是城市风,不过规模都比较小;一两个伙友坐在店柜里,特别清闲似的。

市上来了个面生的人,大家不由得用好奇的眼光注视他一会。有的看了看也就完事;有的却指点着他同别人研究,是学校里先生的朋友呢,还是上头派来查学校的?焕之觉得自己引起了别人的注意,虽然没有什么羞惭,总觉得有点不自在,只低垂着眼光看前面的路。

邮政局是极小的一个店面,短短的字迹已经认不大清的一块牌子隐藏在屋檐下,要不是毅公招呼说:"郭先生,邮包还没封吗?"谁也会错过的。

"没有,没有,现在正要封包呢。你先生有信?"

斜射的阳光只照在这小店屋的屋顶上,屋里非常暗;焕之闭了闭眼,再张开来细认,才看清柜台里一个人正在包扎一叠叠的信件。

"不。是这位倪先生有信。他是我们学校里新聘的先生。

你又多一个主顾了。"

"好的,好的,欢迎得很。"

那邮局长看寄信的人走了,便抬起头来朝对街茶叶店里的伙计喊道:"喂!这个面生人姓倪,是'高等'里的新先生。"

"是先生?"茶叶店伙计仿佛觉得爽然,"年纪那样轻,我看他至多二十岁呢。"

停一会,茶叶店伙计又找机会去告诉了邻近的店家。在有些人的心头便引起了轻微的绝不狠毒的一种敌意。要是问他们何以有这种意识,他们也说不上来,只仿佛觉得自己又让别地方人拔去了一根头发似的……

焕之毅公两人走完了市街,拐弯上一座很高的桥;当年的石工很工致,现在坍坏了,石级缝里砌满了枯草。回转身朝来的方向望,就是一排市屋后面的一条河。各式的船停泊了不少,也有来往行驶的。一个个石埠上蹲着青年女子或者老妇人,她们洗濯衣服,菜蔬,碗碟。鳞鳞的屋面一直伸展到天际;白粉墙耀着晴明的光;中间耸起浓绿的柏树枇杷树之类,又袅起几缕卷舒自如的炊烟。

对着这一幅乡镇生活的图画,焕之又沉入优美的默想。他想今晨看见的那些人,他们的内心似乎都非常安定,非常闲适;就是一个卖菜的老婆子,她同别人争论价钱,也仿佛随意为之,一点不紧张。几年以来,在城市的社会里混,看见的大部分是争夺欺骗的把戏。这里,大概还没有传染到这种病毒吧。

他想过一些时候,可以在这鳞鳞的屋面下租定两三间房子，把母亲接来住；于是教学生以外，仍得陪伴着母亲。这样，就是从此终身也很好，当教师本来应该终身以之的。

恬适的笑浮上他的脸。

"过桥去不远，就是蒋先生的家。"毅公指点桥的那边。那边房屋就很稀，密丛丛的，有好几个竹林；更远是一望无际的麦田，这时候全被着耀眼的阳光。

"我们去看他吧？"

"好的。"

毅公在前引导，走进冰如的客室。这是一间西式的屋子：壁炉上面，横挂一幅复制的油画，画的是一个少女，一手支颐，美妙的眼睛微微下垂，在那里沉思。两只式样不同安舒则一的大沙发，八字分开，摆在壁炉前面。对面是一张玲珑的琴桌；雨过天青的花瓶里，插几枝尚未全开的蜡梅。里面墙上挂四条吴昌硕的行书屏条，生动而凝练，整个地望去更比逐个逐个字看来得有味。墙下是一只茶几，两把有矮矮的靠背的椅子。中央一张圆桌，四把圆椅围着。地板上铺着地毯。光线从两个又高又宽的窗台间射进来，全室很够明亮了。右壁偏前的一只挂钟，嘀嗒嘀嗒奏出轻巧温和的调子。

李毅公很熟习地给焕之拉出一把圆椅，自己又去拉另外一把，同时用努嘴来示意，随即说道："造这房子，都是蒋先生自己给匠人指导的。你看，这天花板和墙壁接触处的装饰花纹，也是他打了图样，教匠人照样涂饰的。"

焕之坐下来，抬起头看，说道："我看出他有这么个脾气:什么事情都要通过他自己,才认为满意。他那篇文章里,中国古人的,今人的,外国教育家的,心理学家的,社会学家的,种种的言论都采取;但是他说,并不因为他们是某人某人而采取,是因为他们的话有理,故而采来作为他自己的话。这不是靠傍,他自己有个系统。"

"这些话,他平时常常说起。他简直是个哲学家。"毅公说着,松快地笑了。

这时候,冰如走了进来,高兴地说道:"我本要到学校去了,两位却先来了。我的文章看了吧?"他用期待的眼光看定焕之;轻轻地,也拉出一把椅子坐下。

"看了,仔细地看了。"

"最要紧的,有什么不对不周到的地方?"冰如的脸色很庄重,声音里透露心头的顾虑。

"没有觉得,"焕之说得极沉着,表示绝不是寻常的敷衍,"老实说,关于教育,我所知也有这么些;不过我没有把这些材料组织起来,成一种系统的见解。现在看了先生的文章,再自己省察;的确,从事教育的人至少要有这些认识。我从先生处得到不少益处了!"

焕之又继续说:"我极端相信先生的意思,就是说:我们不能把什么东西给予儿童;只能为儿童布置一种适宜的境界,让他们自己去寻求,去长养,我们就从旁给他们这样那样的帮助。现在的教育太偏重书本了,教着,学着,无非是文字,文字!殊不知儿童是到学校里来生活的;单单搞些文字,就把他们的生活压榨得又干又瘪了。"

"所以我一直想要改变。醒悟了不改变,比不能醒悟还要难受,还要惭愧。可是我没有——"冰如简直把焕之看成多年的知友,这时候他不比昨晚喝酒时一味地高兴,眉头略微皱起,要对这位知友诉说向来没有联手人的苦处;但是猛想起有个毅公在旁边,话便顿住了。他干咳了一声,继续说道:"可是我没有具体的办法,一时无从着手。以后同各位仔细商量,总要慢慢地改变过来。"

他又特别叮咛地向毅公说:"你的功课是最容易脱离书本的;张开眼来就是材料,真所谓'俯拾即是'。用得到文字的地方,至多是研究观察的记录和报告。"

毅公误会了,以为冰如含有责备的意思,连忙说:"这,这不错。我从前太着重记诵了。以后想多用乡土材料,不叫他们专记教科书。"

冰如又问焕之,他那篇文章有没有感动人家的力量。焕之不知道他写那篇文章有特别的用意,只说说理文章不比抒情文章,即使说得惬当,透彻,还是一副理智的脸相。

"不。我是说经我这样一说明,看了文章的人对于自己的事业,会不会更为高兴起来?"

"高兴呀!譬如我,就觉得更认清了自己的道路,唯有昂着头朝前走去。"

用人轻轻走进来,呈上一封信。冰如拆开来看毕,自语道:"他要免费!"他露出略微不快的脸色向两位客人说,

"就是昨晚树伯讲起的蒋士镳,他的儿子要免费入学,托王雨翁写信来说。收学生,固然不能讲纳不纳得起费;但是他,哪里是纳不起这一点点学费的!"

六

三个谈了一点多钟,就一同到学校去。冰如带了他的两个孩子。大的十二岁,在高等小学修业已一年;头脑宽大,眼睛晶莹有光,很聪颖的样子。小的十岁,刚在初等小学毕业;冰如拉住他的红肿的手授予焕之道:"这位倪先生,现在是你的级任先生了。"郑重叮咛的意思溢于言外。那孩子含羞地低着头,牙齿咬住舌头。他似乎比较拙钝,壮健的躯体里仿佛蕴蓄着一股野气。

他们不从市街走。市河南岸两排房屋以外是田野,他们就走那田岸。两个孩子跳呀跳地走在前头;温暖的阳光唤回他们对于春天的记忆,他们时时向麦叶豆苗下细认,看有没有展翅试飞的蝴蝶。毅公反剪着手独个儿走,眼光垂注在脚下的泥路,他大概在思索那乡土教材。焕之四望云物,光明而平安;不知什么小鸟在空中唧呤的一声掠过,仿佛完全唱出了春之快乐;他挺一挺胸,两臂向左右平举屈伸着,感叹地说:"完全是春天了!"

冰如看出这青年人的高兴,自己也怀着远大的欢喜,略微回转头来问道:"你看这个地方还不错吧?"

"很不错。清爽，平静，满眼是自然景物。我住惯了城里，今天早起开窗一望，啊！什么都是新鲜的。麦田、小河、帆船、远山，简直是一幅图画展开在面前，我的心融化在画里了。"

"你也看见了这里的市面了？"

"市面也同城里不一样。固然简陋些，但简陋不就是坏。我觉得流荡着一种质朴而平安的空气，这叫人很舒适的。"

"这可不尽然，"冰如不觉摇头，"质朴的底里藏着奸刁，平安的背后伏着纷扰，将来你会看出。到底这里离城不远，离上海也只一百多里呢。"

"这样么？"焕之微觉出乎意料，脚步便迟缓起来。

"当然。不过究竟是个乡镇，人口只有二万。你要是有理想有计划的话，把它改变成一个模范的乡镇也不见得难。现在有我们这学校，又有五个初等小学，一个女子高小。只要团结一致，大家当一件事情做，十年，二十年，社会上就满布着我们的成绩品。街道狭窄呀，河道肮脏呀，公共事业举办不起来呀，只要大家明白，需要，那么，就是把那些凌乱简陋的房屋（他举起手来指点）通体拆掉了，从新打样，从新建造，也不是办不到的事。你看，这里的田有这么多，随便在哪里划出一块来（他的手在空中有劲地画一个圈），就是个很大很好的公园。树木是现成的，池塘也有；只要把田地改作草地，再搭几个茅亭，陈设些椅子，花不了多少钱；然而大家享用不尽了。"

焕之顺着冰如所指的方向凝望，仿佛已经看见无忧无邪的男女往来于绿荫之下；池塘里亭亭地挺立着荷叶，彩色的水鸟在叶底嬉游；草地上奔跑打滚的，都是自己的学生……心头默诵着"一切的希望在教育"，脚步又提得高高的，像走在康庄大道上。

"所以我们的前头很有希望，"冰如继续说，"我们的力量用多少，得到的报酬就有多少。空口说大话，要改良国家，要改良社会，是没有一点效果的；从小处切近处做起，却有确实的把握。倪先生，我们一同来改良这个乡镇吧。你家里有老太太，不妨接来同住。你就做这个镇上人，想来也不嫌有屈。"

"刚才我也这么想过。我愿意住在这里，我愿意同先生一起努力。事业在哪里，家在哪里，哪里就是我的家乡；做镇上人当然没有什么问题。"

"那好极了！"冰如欣快地拍着焕之的背部；忽然省悟自己的步调恰与焕之一致，又相顾一笑，说："我同你留心。这里的房子很不贵。"

"有三间也就够了。"

这时候，前头两个孩子站住了，望着前方招手，叫道："金家姑姑！金家姑姑！到我们家里去么？"

焕之注意望前方，一个穿黑裙的女子正在那里走来；她的头低了一低，现出矜持而娇媚的神情，回答两个孩子道："是的，我去拜望你们母亲呀。"

声音飘散在大气里，轻快秀雅；同时她的步态显得很庄重，这庄重里头却流露出处女所常有而不自觉的飘逸。

"她是树伯的妹妹。"冰如朝焕之说。

焕之早已知道她在城里女师范读书，不是今年便是明年毕业，因为树伯曾经提起过。类乎好奇的一种欲望促迫着他，使他定睛直望，甚至带点贪婪的样子。

彼此走近了。冰如介绍道："金佩璋小姐。这位是倪焕之先生，树伯的同学，新近来我们校里当级任教师。这位是李毅公先生，以前见过的了。"

金小姐两手各拉着一个孩子的手，缓缓地鞠躬。头抬起来时，粉妆玉琢似的双颊泛上一阵红晕。眼睛这边那边垂注两个孩子，柔声说："明天你们开学了。"

"明天开学了。"大的孩子点头，望着她微微显露的两排细白牙齿。又说道："今年弟弟也进'高等'了，就是倪先生教。"

小的孩子听哥哥这样说，抬起探察的眼光看焕之。

昨天晚上，金小姐听哥哥回家带着酒意说道："他们两个可称小说里所说的'如鱼得水'；你也教育，我也教育，倒像教育真有什么了不起似的。其实呢，孩子没事做，就教他们读读书；好比铁笼里的猴子没事做，主人就让它们上上下下地爬一阵。教育就是这样而已。"她虽然不回驳，心里却很不赞同，教育绝不能说得这么简单；同时对于那个姓倪的，几乎非意识地起了想看看他是什么样子的一种意思。当然，过了一夜，微淡得很的意思完全消散了。不料此刻在路上遇见，想看看他的欲望又比昨晚强烈得多；终于禁抑不住，偷偷地抬起睫毛很长的眼皮，里面黑宝石似的两个眼瞳就向焕之那边这么一耀。

焕之只觉得非常快适，那两个黑眼瞳的一耀，就泄露了无量的神秘的美。再看那出于雕刻名手似的鼻子，那开朗而弯弯有致的双眉，那勾勒得十分工致动人的嘴唇，那隐藏在黑绉纱皮袄底下而依然明显的，圆浑而毫不滞钝的肩头的曲线，觉得都很可爱。除了前额的部分，再没有别的地方可以看出她同树伯有兄妹关系。从前焕之曾听树伯说起，妹妹是继母生的，继母已经不在了。因而想这就无足怪，就是同母兄妹，也往往有不很相像的。

与女性交接，焕之正同金小姐与男性交接一样，没有丝毫经验。这没有别的原因，只是这种经验不曾闯进他的生活而已。异性的无形的障壁界划在一男一女之间，彼此说一句话，往往心头先就震荡起来；同时呼吸急促了，目光不自在了，甚而至于两只手都没有安放处，身子这样那样总嫌不妥帖。现在焕之想同金小姐说话，一霎间就完全感到上述的情形；但另一方面却觉得与金小姐颇亲近似的，因为树伯是自己的旧友，便鼓起勇气，略带羞怯说道："令兄在府上吧？我应该到府上去，看看他在家庭里的生活。"

金小姐的头微微晃动，似乎踌躇的样子，终于轻清地回答道："到舍间去，很欢迎。不过哥哥的惯例，早上起来就出去吃茶，午饭时才回，这会儿他不在家里。"说罢，拿起小的孩子的手来看，意思是怜惜他生了冻疮。

毅公便点一点头，抢着说道："是的，金先生每天必到'如意'。就在市街转北，还算敞亮的一家茶馆。等会儿我们不妨去看看。"他无微不至地尽指导的责任。

冰如却最恨那些茶馆，以为茶馆是游手好闲者的养成所；一个还能做一点事的人，只要在茶馆里坐这么十天半个月，精力就颓唐了，神思就浑浊了；尤其难堪的是思想走上了另外一条路，讪笑，谩骂，否定一切，批驳一切，自己却不负一点责任，说出话来自成一种所谓"茶馆风格"。现在听毅公说不妨去看看，颇感没趣，马上想转换话题，便对焕之说："这位金小姐是将来的教师。她在城里女师范念书。"

"我知道的，树伯曾经告诉我。"

"她很用心教育功课；曾经对我说，人家看教育功课只是挣分数的功课，她却相信这是师范学生最需要的宝贝。将来毕了业，不是一个当行出色的好教师么？"冰如这样说，仿佛老年人夸奖自己的儿女，明亮的含着希望和欢喜的眼光不住地在金小姐身上打量。

金小姐脸上的红晕显得更鲜艳了，而且蔓延到耳后颈间，仿佛温柔甘美的肉的气息正在蒸发出来。她的身体翩然一转侧，笑说道："我没有说过，是你给我编造的。我很笨，只怕一辈子也当不了教师。"

焕之看这处女的羞态出了神，不自觉地接着说："哪有当不了的。有兴趣，肯研究，必然无疑是好教师。"

金小姐心头一动；但不知道什么缘故，竟说不出对冰如说的那样的辩解来，只脸上更红了些。说这红像苹果，苹果哪有这样灵活？说像霞彩，霞彩又哪有这样凝练？实在是无可比拟的处女所独有的色泽。就是这点色泽，她们已足够骄傲一切。

"不是么？倪先生也这样说，可见不是我随便赞扬了。"冰如说着，两脚轮替地踏着泥地，略带沉思的样子，"我们镇上还没出过女教师呢。教小孩子，当然女子来得合适。一向用男教师，只是不得已而思其次，是应急的办法。将来你们女师范生出来得多了，男教师应该把教育事业让还你们。"

金小姐忽然想起了，眼睛直注着冰如问道："听哥哥说，你写了一篇关于教育意见的文章。我想看看。"

"你要看么？"冰如有点忘形了，两臂高举，脚跟点起，身体向上一耸，像运动场中占了优胜的选手。

毅公插不进嘴，稍觉无聊，走前几步到一个池塘边，看印在池心的淡淡的行云。两个孩子似乎也嫌站在那里没事做，从金小姐手里挣脱了手，跟着毅公到池边，捡起砖片在水面飞掷比赛。大的孩子第一片飞出去时，水面倏地起了宝塔样的波痕，塔尖跟着一跳一跳滑过的砖片越去越远；最后砖片沉下去了，云影在水里荡漾着。

这里冰如继续说道："就要印出来了。印出来了我给你寄到学校里去。原稿在倪先生那里，他也喜欢看，同你一样地喜欢看。"

"是一篇非常切实精当的文章呢！"焕之已经解除了对于异性的拘束，只觉得在这样晴明的田野中，对着这具有美的典型的人说话，有以前不曾经验过的愉快，"里头主张替儿童布置一种适宜的境界，让他们生活在里面，不觉得勉强，不自然，却得到种种的好处。这是一切方法的根本。从它的反面看，就见得现在通行的教育的贫乏，不健全。根据这个见解，我们来考核我们所做的，就很有应受批驳和讥议的地方。乐歌为什么只在教室里奏唱？做事念书到兴致浓酣时，为什么不也弹一曲，唱一阵？身体为什么只在限定的时间内操练？晨晚各时为什么不也伸伸臂，屈屈腿？学习理科为什么只对着书本？学习地理为什么反而不留心自己乡土的川原和方位？……总之，一切都不合适，一切都得改变。"

焕之说得很激昂，激昂之中却含着娴雅，率真；秀雅的嘴唇翕张着，由金小姐看来仿佛开出一朵朵的花，有说不出的趣味。她不禁走近一步，用鼓励的调子说："你们可以依据这主张来做呀！"

"要的，要的。你刚才谦虚，现在自己表白是我们的同志了。你毕了业，我要你在我们校里任事。男学校用女教师，还没有先例，我来开风气。"冰如真喜欢这个年轻女郎，不料从她的口里能听到老教师所不能说的话。

一种舒适的感觉通电似的在金小姐心头透过，似意识非意识地想："如果有那一天啊！"然而嘴里却谦逊地说："我哪里配当你们校里的教师？"

同样的感觉，同样的想头，使焕之燃起了希望的火焰。青春的生命中潜伏着的洪流似的一股力量，一向没有倾泻出来，只因未经触发而已。现在，小小的一个窟窿凿开了。始而涓涓地，继而滔滔地，不休不息倾泻着，自是当然的事。他透入底里地端相这可爱的形象，承接着冰如的话问道："在女师范里还有几时？"

"还有一年，今年年底算完毕了。"

"明年你一准来同我们合伙吧！"冰如这样说，一个新境界一霎间在他心头展开，这比较以前拟想的更为完善，优美，差不多就是理想的顶点。他把它咀嚼了一会，换个头绪说道："现在到我家里去？她在那里裹粽子。"

"好，我去帮同裹。"金小姐把皮袄的下缘拉一拉挺，预备举步的样子，两个黑眼瞳不由自主地又向焕之一耀。

"你也高兴搞这些事情么？"冰如略觉出乎意料。

"为什么不高兴？逢时逢节，搞一些应景的东西，怪有趣的。我们住在学校里，太不亲近那些家庭琐屑了；回家来看看，倒觉得样样都新鲜，就是剪个鞋样也有滋味。"

她像小孩一样憨笑了，因为无意中说出了孩子气的话。

焕之也笑了，他几乎陶醉在那黑眼瞳的光耀里；接着说："的确有这样的情形。譬如我们不大亲近种植的事情，一天种了一畦菜，就比种田人有十倍以上的滋味。"

"这样说起来，事情做惯了就要减少滋味么？"冰如想开去，不免引起忧虑，"我们当教师，正是一件做得惯而又惯的事情呢！"

"那不是这样说的，"焕之恳切地给他解释，"说难得做的事情有新鲜滋味，不等于说事情做惯了滋味就会减少；不论什么事情，要尝到浓郁的滋味，一定在钻研很久之后；音乐是这样，绘画是这样，教育事业何独不然。"

"唔。"冰如点头。

金小姐比刚才略微简便地鞠着躬,含笑说:"再见了。"又回转身来,举手招动,喊道:"自华,宜华,我到你们家里去了。——李先生,再见。"

两个孩子抬起头,拍去两手的泥,就跑了过来。毅公也踱过来,殷勤地点头。宜华请求道:"让我们同金家姑姑回去吧。"

"好的。"自华赞成弟弟的意思,像赛跑者一样手脚划动地跳了几跳。

金小姐也喜欢两个孩子伴着走,冰如便答应了。第一步发动时,裙缘略微飘起;右手自然地荡向前面;眼睛薄醉似的张得不十分开,垂注着优美的鼻子;鼻子下面,上下唇略开,逗留着笑意:这个可爱的剪影,纤毫不漏地印在焕之的眼里,同时也印在他的心里。

"我们走吧。"

焕之听冰如这样说,才觉醒似的提起脚,踏着自己的影子向前走去。

太阳当顶了,田野,丛树,屋舍,都显现在光明静穆的大平面上。

七

金小姐十二岁的时候就死了母亲。虽然读书不多,拿起笔杆只能造简单的句子;但是丧母就是一门最严重最亲切的功课,使她对于生活有了远过于读写程度的知识。兄嫂待她固然没有什么不好,但她知道应该处处留心;心里想要一件什么东西,一转念便抑住了,让欲望沉埋在心底,终于消灭;一句话几乎吐出来了,眼睛一顿就此缩住,只保留在胸中忖量:时时提醒自己的总是这么一句话,"现在不比母亲在世的时候了!"她很注意镇上好些人家的所谓"家事",财产的增损,器物的买卖,父子、兄弟、妯娌、姑媳间的纠纷,不但不惮其烦地把它们一一弄明白,还前前后后这边那边地想,仿佛要参透里面的奥妙。尤其注意的是女郎出嫁以后的故事:某家小姐嫁了个有钱的青年,大家称赞说是美满姻缘;但是那青年吸上了鸦片,耸起肩膀像路上的乞丐了。某家小姐嫁了个中年的绅董,谁都相信可以依靠终身;但是那绅董另外又纳了宠,把正式夫人看作路人了。种种的花样,数也数不清,然而用一句话可以包括:女子嫁人就是依靠人,依靠人只有苦趣,很少快乐。而且,就是那些"家事"也够叫人心烦意乱。从这里,自然而然发生了独立自存的想望。

她在女子高小毕业的那一年,树伯时常看得很轻忽地说,女子高小毕了业,也就算了。再升上去,有女子中学,没有女子大学,有什么意思!若说进女师范,又不争做什么小学教员。他的意思自然是她有父亲传下来的奁田,她要出嫁,她将担负一切女子避免不了的天赋的责任。

正当发育时期,又抱着永远不能磨灭的丧母的伤痛的她,多愁善感,偏于神经质,自是当然之事;听哥哥这么说,仿佛硬要把她拖往黑暗地狱里去，除了长时间的哭泣，再没别的称心的事。但是，对于未来的幻想却跑出来督促她，使她鼓起坚决的勇气，与运命奋斗（虽然她碰到的并不是怎样凶恶的运命）。她便对哥哥表示她要做一种事业，她要靠事业自立。教员，她觉得还近情，而且不是无聊的事，故而她要去考女师范。

从学校里出来不久的树伯，处理了一些时的家务和田产，更相信一个人不能不有点儿凭借。听妹妹说出事业呀自立呀那一套全不知轻重的话，不禁露出轻视的笑容。后来想执意阻止她也无谓，便只用似乎怜惜的口气说，外边去住学校是吃苦的。

住学校的苦她才不怕吃呢。就是真说得上苦的，譬如冒风霜，耐饥寒，她还是愿意去，只要能够达到自立的目的。

在女师范里，她是一个几乎可称模范的学生。她不像城市里一些绅富人家的女儿，零食的罐头塞满在抽斗里，枕头边时常留着水果的皮和核，散课下来就捧住一面镜子。她也不像许多同学一样，两个两个缔结朋友以上的交情，因而恋念，温存，嫉妒，反目，构成种种故事。她对于一切功课都用心；方程式念熟，历代系统念熟，英字切音也念熟；作文时时得到先生的密圈，且有历来用惯了的未免夸大的批语；第三年上加添了教育功课，就成为她的新嗜好，心理的情状，思想的形式，伦理的范畴，教育的意义，她都觉得津津有味，越咀嚼越深长，比较"英""国""算"等仅仅是记号的机械的功课又自不同。

这样，她很感快乐，从前神经质的倾向似乎减轻得多了。

前途虽不知道是个怎样的境界，然而差不多已望见了影子：恬适、自由、高贵、成功，就好比那边一些树石花草的名字。有时想起了或者谈起了一班沉沦在家庭的苦狱里的女子，她们琐屑，愚笨，劳困，闷郁，她对她们一半表示同情，一半表示骄傲。

　　青春的年龄把她蕴藏着的美表现出来；像花一般，当苞儿半放花瓣微展时，自有一种可爱的姿态和色泽，叫人家看着神往。她的美可以说在乎匀称；面部的器官，躯干和手臂，好像天生配就是这么一副；分开来看也没有什么，合拢来看就觉得彼此相呼应，相帮衬；要是其中任何一件另换个样式，就要差得多了。微可憾惜的是两条腿短了些，否则还能多几分飘逸。然而她把裙子裁得长些，把上衣故意减短半寸或者三四分，也就差不多弥补过去。此外，似乎皮色太白了些。除了颧颊部分，即使没有什么羞惭或欣喜，也晕着一层薄红外，平时皮肤底层的血色竟不甚显著。她常常笑，但是不过分地狂笑，只到两排细白的牙齿各露一线为度。她又常常凝思，睫毛下垂几乎掩没眼球，端正的鼻子仿佛含着神秘；想到明澈时，眼皮开幕一般倏地抬起，晶光的黑眼瞳照例这么一耀。

　　同学们都同她好，亲而不至于昵。有什么事情商量，如置办些衣物，陈设个会场，大家总说"找金佩璋去"。她能给别人计划指点，结果都妥帖满意。功课方面，她又是大家的顾问；笔记没有抄哩，算题解不出哩，去问她总能尽偿所欲而回。因此她得到个爱娇而不狎亵的称号："我们美丽聪明的金姊姊"。称她姊姊，未必个个比她年轻，其实还是比她年长的多；只是说她有姊姊的风度而已。

这一天她在田野间遇见冰如焕之谈了一阵,心头仿佛粘住了些什么。这感觉当然不是忧愁烦闷,可也不是喜悦快适之类;只是那么轻轻地,麻麻地,一种激动刺激着她,简直忘不了。在蒋家吃了午饭,又尝了新鲜的粽子,回家时已是下午四点。不意识地告诉嫂嫂道:"刚才看见了哥哥昨天去接来的倪先生。"

待说了出来,又觉得这大可不说。嫂嫂虽毫不注意地答应着,她自己的脸却禁不住涨红了。便回到楼上房间里,坐下来结红绒线的围巾。手指非常灵活地扭动着;视线下垂,但并不看针指。她把路上的谈话一一回想起来;自己说的,别人说的,连一个语词都不让漏掉。又特别把自己的话仔细衡量;好像有些话说得不很妥当,衡量过后却又没有。既而想到那个青年的风度:眼光流利而庄重,眉毛浓黑而文雅,口鼻的部分优秀而不见柔弱……那温和亲切的声调,那昂一昂头顾盼自如的姿态……

"怎么想起这些来了!"仿佛做了什么不道德的事似的,一阵羞惭包围住她,便紧紧把眼睛闭起。直到心里差不多不想了,才再张开来。放下绒线围巾,走到左壁旁,把壁上一扇小圆洞窗打开,眺望沉在夕阳光中的田野。天上浮着山水画似的白云。落尽了叶的树枝上,已经栖了乌鸦。还有几只没栖定的,飞飞转转不停地叫。晚风拂面,着实有些寒意。有几个农家妇女,臂弯里挂着篮子,急匆匆地在田岸上经过。她对这些全不容心，模糊地想后天要进城到学校了。一会儿，心头又这么一闪，很有诱惑力地，"如果有那一天啊！"

八

学校里开学了。静寂了几天的楼屋，庭院，走廊，旷场间，又流荡着纷杂的声音，晃动着活泼的人影。虽然通行了阳历，阳历年假却没有给学生多少兴致；只同平常星期假一样，假后到校，不起一种新鲜而又略微厌惮的感觉，像暑假寒假后常常感到的。但是一种希冀已在学生心头萌生，就是不到一个月就要放寒假了；那时候关于阴历过年的种种有味的故事将逐一举行，跟着，新年的嬉游便将一片鲜花似的展布在眼前。

焕之认识了其余的同事。冰如把他介绍给那些同事时，总显出一副特别郑重的神气，仿佛表示他是唯一能唱好戏的角色，却没想到与他对面的人正就是同班的演员。同事见冰如这样，就用惊异生疏的眼光把焕之上下打量；一句不大好听的话藏在各人的心里可没有吐出来："是这样一个人，我认识他了！"

当然，介绍焕之给学生的时候，冰如尤其不肯随便。他真爱学生；如果有什么方法，能使学生飞跃地长进，无论如何他总肯跟着走。无奈一时不大有好方法，他觉得对学生非常抱歉；把不可追回的学生的光阴白白消费了，若论罪孽，绝不是轻微的；即使后来有了好方法，那受用的也只是后来的学生，眼前被延误的终于被延误了；所以他总想做到对于每个学生都对得起。现在，这种希望似乎很接近了。他不自掩饰地向学生说，以前的办法只是循例做去，就外貌看固然是个学校，实际上对学生没有多大好处。他接着说，学校要使学生得到真实的好处，应该让学生生活在学校里；换一句话说，学校不应是学生的特殊境界，而应是特别适宜于学生生活的境界。他说以前也不是不想慢慢改变，因为有种种关系，竟没有改变一点儿；那是非常疚心的。"从今以后，"他的声调很兴奋，"可要着手改变了。我们新请来这位倪焕之先生，他对于教育极有研究；为你们大家的真实利益，他一定能提出许多宝贵的意见……"

这位新先生在学生眼中似乎一亮；他虽然并排坐在十几个教师中间，但仿佛正在扩大，高高地超出了他的同伴。同时，同伴的心中各浮起一阵不快；冰如固然接着就说"各位先生也抱着决心，一致尽心竭力，打算今后的改变"，可是并不能消释他们的不快。

几天以后，焕之看出乡间学生与城市学生的不同点来。乡间学生大体上可以说是谨愿的。虽然一些绅富人家的子弟，因为他们的家庭喜欢模仿都市里的时髦行径，不免有所习染，但究竟还不至于浮滑，轻率；无意之中，往往流露出自惭形秽而正复可爱的一种情态。此外的学生，大部是手工业者、小商人的子弟，最容易叫人感觉到的，就是他们的鄙陋和少见多怪。焕之想那不是他们本身的病症；他们的境界那样狭窄，当然不会广知博识。只要给他们展开一个广博的世界，那病症就消除了。何况关于自然的知识，他们比城市学生丰富十倍；要是指导得当，什么都属于他们了。

值得憾惜的也有，就是学生之间有一种门第观念，虽不显著，却随时随处可以看出痕迹来。绅富人家的子弟常常处于领袖的地位，不论游戏上课，仿佛全是他们专有的权利，唯有他们可以发号令，出主张。其他的学生，一部分是袖手缄默，表示怕同有权威的同学们争竞。另外一部分就表现出顺从态度，以求分享有权威的同学们的便宜与快乐；那种顺从态度几乎可以说是先天的，无可怀疑的，一笑，一点头，都透露出此中消息。

在学校里，犹如在那些思想家所描摹的极乐国土大同世界里一样，应该无所谓贵贱贫富的差别，而现在竟有这样的现象，不能说不是毛病。焕之想这必得医治，哪怕用最麻烦最细致的工夫。药剂该是相反而相成的两味，"自己尊重"与"尊重人家"。他一毫也不存鄙夷的心思；他知道这种毛病自有它的来源，是社会与家庭酿成它的，学生们不幸染上了。

有一天，就遇到一件根源于这种毛病的小纠纷。

他坐在预备室里批阅学生的文课，听见一阵铃响，随着就是学生们奔跑呼笑的声音，知道一天的功课完毕了。突然间，体操教师陆三复先生气愤愤地拉着一个脸涨得通红眼光灼灼的学生，闯进室来；后面跟着一大批看热闹的学生，到门口都站住了，只伸长了脖子往里望。那被拉进来的学生就是免费入学的蒋士镰的儿子蒋华。

"他真岂有此理！"陆先生把蒋华往焕之桌子边一推，咬了咬嘴唇说，"要请倪先生问问他！"说着，胸脯一起一落很剧烈，他气极了。他认定每个学生都是级任教师的部属，级任教师有管教部属的全部责任；至于自己，只是教教体操而已，再没有旁的责任；非但没有旁的责任，遇到学生不好，还有权责备级任教师，那一定是级任教师管教上有了疏忽了。那么他此刻的愤愤不仅对于蒋华，也就可想而知。

蒋华的头用劲地一旋，面朝着墙，两肩耸起，挺挺地站着：这正是"吃官司"的老资格的态度。

"为了什么呢？"焕之一半惊讶一半慰藉地说；站起身来，看了看陆先生那抿紧嘴唇睁大眼睛的可怕的形相，又回转头来端详蒋华的倔强的背影。

"他欺侮别人！他不听我的话！"陆先生说，右颊的伤疤像小辣椒似的突起，前额隐隐有汗水的光，拖开一把椅子，一屁股坐下来。

事情是这样发生的：练习徒手操二十分钟之后，陆先生拿个大皮球给学生们，叫他们随便踢高球玩儿。一会儿，那球落在蒋华面前；他刚要凑上去捧住它，畅快地踢它一脚，却不料很活溜的一个小身体窜过来，一下把它接去了。

"授给我！"蒋华看见接球的是那戴红结子破帽子的方裕，毫不思索地用命令口气这样说。

方裕的脚自然是痒痒的，看看亲手取来的球更有说不出来的欢喜；但是蒋华的"授给我"三个字仿佛含着不可违背的威严,只好按下热烈的游戏欲望,显出无可奈何的笑脸,把球授给蒋华。

蒋华摆起架子踢球,却是很不得力的一脚,不高又不远。这就引起些零零落落的笑声。只见那破帽子的红结子往上一耸,那球又安安顿顿地睡在方裕胸前。

"再给我!"蒋华感觉失败的懊恼,又用主人似的声气发命令。

方裕倒并不留意蒋华的声气怎么样,可是游戏欲望实在按捺不住了,他一面自语道,"这一回让我踢吧",一面便举起右脚"蓬"地一脚。那球笔直地上升,几乎超过银杏树顶方才下落。在场的许多学生禁不住拍手叫好。

"你这小木匠!"蒋华恨极了,奔过去就摘下方裕的破帽子往地下扔;接着又拉住他的青布袍的前襟,审问似的叫道,"叫你给我,为什么不给我?为什么不给我?"

学生们让皮球跳了几跳,滚在树脚下休息,他们团团围拢来,看这出新开场的小戏剧。

方裕扭转了头,起初一声不响,羞愤的眼光注视着地下的破帽子。既而格格不吐可是无所惧惮地说,"先生给我们的球,大家能踢,为什么一定要给你?"

"你配踢球!你木匠的儿子!只好去搬砖头,挑烂泥桶,像个小乞丐,看你这副形相,活活是个小乞丐!"蒋华骂着,还觉得不足以泄愤,就举起左拳打方裕的肩膀。

"打!打!"几个不负责任而爱看热闹的学生这样似乎警

告似乎欣幸地叫唤。

陆先生走来了,他看得清楚,就判蒋华的不是:一不该抢别人的球;二不该扔别人的帽子;尤其不该打人,骂人。他叫蒋华先把地上的帽子捡起,给方裕戴好,然后再讲别的。

出乎意料的是蒋华放松了拉住方裕衣襟的手,旋转身来,要走开似的,对于陆先生的处置,好像并没听见。这使陆先生动怒了;一把抓住那昂然不顾的抗命者,厉声说,"叫你把帽子捡起来!听见没有?"

蒋华也扭转了头,一声不响,正像刚才的方裕;不过涨红的脸上现出傲慢的神色,与方裕不同。

"叫你把帽子捡起来!听见没有?"陆先生的声音更为高亢了。

"我给他捡起来?"蒋华扭转脖子问。

"自然呀。你把它扔了的。除了你,还该谁捡起来!"

"我不能捡!"

"为什么?"

"他是木匠的儿子,是小木匠!他的父亲叫我们'老爷''少爷'!只该他给我们捡东西!"

"满口瞎说!哪里来这种道理!"

"一点也不瞎说。你只要问大家,他的父亲是不是木匠。"

"我不许你再说!只问你到底捡不捡?"

"已经说过了,我不能捡!"蒋华用悠然的腔调说;随带个表示能干和藐视的眼光,那眼光从陆先生脸上回过来,向围着的同学们画一个圈子。

"哈！哈！哈！"小半的学生忍不住出声笑。

猛虎似的凶狠气势突然主宰了陆先生，他拖着蒋华就走，像抓住一只小鸡；完全忘了对手是个学生，用呵斥仇敌的声音喝道："你这一点儿不懂道理的家伙！我没有闲空工夫来同你多说！把你交给你们倪先生去，待他来问你！"

……陆先生把事情的经过错杂地叙述，说一句透一阵气；末了向蒋华的背影投了狠毒的一眼，说："他不听我的话，不守我的规矩；也不要紧，以后不用上我的课！"说罢，从裤袋里掏出烟卷和火柴，自顾自吸他的烟。他以为已经把犯罪的部属交给头目去训诫和惩罚，自有头目负责；自己只有从旁批判那头目处理得得当不得当的事情了。

"蒋华！"焕之用非常柔和的声气唤蒋华；同时坐下来，感动地执住蒋华的右手，——那右手正紧捏着拳头，"我非常代你忧愁，你说了太看不起自己的话了。你的意思，以为方裕的父亲做木匠是卑鄙，是下贱。你实在没有想清楚，木匠能够做怎样多的事。这椅子，我们坐的，这桌子，我们靠的，这房子，我们住的；哪一件不是木匠的成绩？你试想，如果没有木匠，我们只好坐在空地上，要写字不方便，要读书不方便，要做事也不方便；那时候我们将怎样难受？木匠给我们种种的便利和安适；这哪里是卑鄙下贱的人的行径？你想，你要细细地想！……我告诉你，木匠实在是可敬可尊的人！世间能用心思力气做事情，使人家和自己受到好处的，都是可敬可尊的人。

木匠用的是自己的心思，自己的力气，一点儿不靠傍别人，却帮助了别人，养活了自己；这何等的光荣伟大！其他如铁匠农人等等，都同木匠一样是光荣伟大的人物。世间最卑鄙最下贱的人是谁？有钱有势的人该不是了吧？那倒不一定。一个人要是没有一点儿能力，做不来一件事情，虽然有钱有势，还免不了是最卑鄙最下贱的人！……你们到学校里来学些什么？你们对于将来希望些什么？无非要求有能力，能做事情，成个光明伟大的人，不做卑鄙下贱的人罢了。你刚才却说了看不起木匠的话。这就仿佛告诉别人说，你愿意没有一点儿能力，愿意不做一点儿事情！总之一句，愿意做个卑鄙下贱的人。告诉你，你的质地很不坏啊！你为什么要这样看不起自己？把不对的心思丢开吧，永远永远地丢开！你应该这么想：方裕的父亲是木匠，是用自己的心思力气做事情的可尊敬的人；他的儿子方裕当然是可亲爱的同学。你能这样想么？你刚才是一时迷糊了；现在在这里静静地听我说，我知道你一定能依我所说的想。"

　　蒋华的心情与肢体原来都紧张，听了焕之的一番话不由得都松弛了；他似乎受着催眠术，一种倦意，一种无聊，慢慢地滋长起来，遍布到全身。他的右手早已放开了拳头，汗湿的手指搭在焕之温暖的手心里。

　　室门口挤着的学生见没有什么动听悦目的事情出现，渐渐走散，回家去了。有几个喜爱运动场上的秋千浪木，不肯便回去的，在运动到疲劳时踅到门口来望望，见没有什么变化，便毫不关心地依旧奔回场上去。

陆先生已经吸完了一支烟：右臂搁在桌子上，左手支着膝头，眼光无目的地瞪视着，像等待什么似的。

焕之见蒋华不响，捏着他的手，更为和婉地说："你回答我，木匠是不是可尊敬的人？"

"是的。"蒋华自己也不明白，怎么会从嘴里轻轻地漏出这样的声音。

"那就是了。"焕之透了一口安慰的气，接着说，"现在再同你说帽子的事情。你不听见说过么？一个人能帮助人家，为人家服务，是最愉快的事情，最高尚的品行。别人挑着重担子，透不过气来，最好是代替他挑一程。别人肚子饿了，口渴了，最好是给他做一顿饭，烧一壶茶。你想，你如果做了这些，只要看看受你帮助的人的满足的脸色，就有什么都比不上的高兴了。你做过这一类事情么？"

蒋华摇头，他想的确没有做过。看看窗外的白墙暗淡起来了，室内的人与物更是朦胧，不觉感到一缕淡淡的酸楚。

"唔，没有做过。那么应该打算去做啊！你反而给人家损害；好好戴在头上的帽子，你却抢过来扔在地上，这算什么？自己动手扔的帽子，你却不肯把它捡起来，这又算什么？你要知道，损害别人结果也损害自己。你这样一来，就告诉人家你是曾经欺侮人的人了。……郑重地捡起帽子来，掸去尘土，亲手给方裕戴上，恳求他说：'我一时错失，侵犯了你，现在说不出地懊悔。希望你看彼此同学的情分，饶恕了我；而且不要记住我的错失，依旧做我的很好的朋友！'你唯有这样，才能抵赎这回的错失。以后更要特别尊重方裕,就是无意的损害也不给他一丝一毫;他才相信你的话是真的,才肯永远做你的好朋友。你愿意这样做么?"

"他这时候一定自己捡起帽子回去了。"蒋华回过尴尬的脸来。

"不要紧。"焕之笑一笑说,"你的话明天还是可以向他说。"接着就叫蒋华对陆先生承认自己的不是,不应该违抗很有道理的命令。

蒋华见天色几乎黑了,心里有点儿慌乱;听听这学校里异常寂静,是从未经历过的,自己仿佛陷落在荒山里似的,就照焕之说的办了。

"你自己认错,那么明天准许你上我的课。"陆先生带着不好意思的神态说。随即颓丧地站起来,摇摇晃晃走出了预备室。

九

吃过晚饭,陆三复还是觉得不高兴,一步一顿,用沉重的脚步跨上楼梯。就在前廊来回踱着,时或抬起愤怒的眼来望那略微缀几颗星点的深黢的天空。他对于焕之居然能把蒋华制服,使他自己认错,发生一种被胜过了的妒意。

"一套不要不紧的话,一副婆婆妈妈的脸色,反而比我来得灵验,这是什么道理?他一句也不骂。那样的坏学生还不骂,无非讨学生的好罢了。讨好,自然来得灵验。我可不能讨学生的好!坏学生总得骂。蒋华那小坏蛋也气人,看见级任就软了。难道级任会吃掉你!你对级任也能够倔强,始终不认错,我倒佩服你呢。"

他这样想,就好像刚才把蒋华送到焕之跟前去的初意,原是要让焕之也碰碰自己所碰到的钉子,因而不得下场的。但如果焕之真碰到了蒋华的钉子,没法叫蒋华对他认错,他此刻或许又有另外的不满意了;他将说焕之身为级任,一个本级的学生都管不来,致使科任教员面子上过不去,实在荒唐之至。

"那样的态度对付学生总不对!"

他仿佛曾有这样一个愿望,焕之一看见被控到案的蒋华,立刻给他一顿打,至少是重重实实的十下手心。于是,蒋华见双方的处置同样严厉,难以反抗,便像俘虏似的哀求饶恕。但现在看见的几乎完全相反;焕之那声气,那神色,说得并不过分,就像看见了自己的亲弟弟。这不是使别人对付学生,要让学生畏惮,更其为难么?

他咬着嘴唇走进了房间。

徐佑甫坐在那里看一叠油印的文稿,难得笑的平板的脸上却浮着鄙夷不屑的笑意,从鼻侧到嘴角刻着两条浅浅的纹路。

那一叠油印的文稿就是冰如所撰对于教育的意见书。

"陆先生,这份东西已经看过吧?"佑甫抬起头来望着三复这样问,不过用作发议论的开端,所以不等三复回答便接着说,"我总算耐着性儿看过一遍了。冰如的文章还不坏,不枯燥，有条理，比较看报上的那些社评有趣得多。你说是不是？"

三复原是"学书不成"去而学体操的，听见这评衡文章的话，正像别人问起了自己的隐疾，不禁脸又红了。他来回走着，吞吞吐吐地答道："这个，这个，我还只看了两三页呢。"

"啊，你不可不把它看完，看完了包你觉得好玩，仿佛看了一幅'仙山楼阁图'。我这比喻很确切呢。你看见过'仙山楼阁图'么？山峰是从云端里涌现出来的。那些云就可爱，一朵一朵雕镂着如意纹，或者白得像牛乳，或者青得像湖波，绝不叫你想起那就是又潮湿又难闻的水蒸气。山峰上丛生着树木花草，没有一张叶子是残缺的，没有一朵花儿是枯萎的，永远是十分的春色。楼阁便在峰峦侧边树木丛中显露出来，有敞朗的前轩，有曲折的回廊，有彩绘的雕饰，有古雅的用具。这等所在，如果让我们去住，就说做不成仙人，也没有什么不愿意，因为究竟享到了人间难得的福分。只可惜是无论如何住不到的。画师题作'仙山楼阁'，明明告诉人说那是空想的，不是人间实有的境界，只不过叫人看着好玩而已。冰如这一篇文章就是一幅'仙山楼阁'。"

"这话怎么讲？"三复站住在佑甫的桌边，有味地望着佑甫的脸。

"就是说他描写了一大堆空想，说学校应该照他那样办；这给人家看看，或者茶余酒后作为谈助，都是很好玩的；但实际上却没有这回事。"佑甫说到这里，从鼻侧到嘴角的两条浅浅的纹路早已不见了，脸色转得很严肃，说道，"他的空想非常多。他说学校里不只教学生读书;专教学生读死书,反而不如放任一点,让他们随便玩玩的好。嗤!学校不专教读书,也可以说店铺不只出卖货物了。他又说游戏该同功课合一,学习该同实践合一。这是多么美妙的空想!如其按照他的话实做,结果必然毫无成效。功课犹如补药;虽然是滋补的,多少带点儿苦味,必须耐着性儿才咽得下去。他却说功课要同游戏合一;你想,嘻嘻哈哈,不当正经,哪有不把含在嘴里的补药吐了的?学生学习,是因为不会的缘故;不会写信,所以学国文,不会算账,所以学算学;学会了,方才能真个去写去算。他却说学习要同实践合一;你想,写出来的会不是荒唐信,算出来的会不是糊涂账么?"

"只怕一定是的。"三复听佑甫所说,觉得道理的确完全在他一边,就顺着他的口气回答。

"他又说,"佑甫说着,取一支烟卷点上,深深吸了一口,"为要实现他那些理论,学校里将陆续增添种种设备:图书馆,疗病院,商店,报社,工场,农场,乐院,舞台。照他那样做,学校简直是一个世界的雏形,有趣倒怪有趣的。不过我不懂得,他所提到的那些事情,有的连有学识的大人也不一定弄得好,叫一班高小学生怎么弄得来?而且,功课里边有理科,有手工,有音乐,还不够么?要什么工场,农场,乐院,舞台?难道要同做手艺的种田的唱戏的争饭碗么?"

"他预备添设舞台?"三复的心思趣味地岔了开来;他悬想自己站在舞台上,并不化装,爽亮地唱出最熟习的《钓金龟》；等到唱完，台下学生一阵拍掌，一对对的眼睛里放出羡慕和佩服的光，全都集中在自己身上——他露出牙齿笑了。

"说不定他会一件件做起来的。他不是说的么？以前因为有种种关系，没有改变一点儿。我很明白他所说的种种关系是指什么。现在，请到了诸葛亮了。"佑甫说到这一句，特意把声音放低，向东壁努嘴示意。

"他在预备室里，还没有上来呢。"三复点醒他，意思是说用不着顾忌；一半也算是个开端，表示自己正想谈到这个人。

"啊！这个诸葛亮，"佑甫用嘲讽的调子接着说，"真是个'天马行空'的家伙，口口声声现状不对，口口声声理想教育。垃圾聚成堆，烂木头余在一浜里，说得好听些，就是'志同道合'；两个人自然要吹吹打打做起来了。我从来就不懂得空想，但是十几年的教员也当过来了，自问实在没有什么不对，没有什么应该抱愧的。任你说得天花乱坠，要怎样改变才对，无奈我不是耳朵软心气浮的一二十岁的小伙子，我总不能轻易相信。意见书也好，谈话会也好，我看看听听都可以，反正损伤不了我一根毫毛。若说要我脱胎换骨，哈哈，我自己还很满意这副臭皮囊呢。——你觉得么？冰如这份意见书同平时的谈吐，着实有要我们脱胎换骨的意思。——我只知道守我的本分，教功课绝不拆烂污；谁能说我半个不字！"

这些意思，佑甫早就蕴蓄在心里，每逢冰如不顾一切，高谈教育理想的时候，就默默地温理一遍，算是消极的反抗。刚才读完了那份意见书，反抗的意识更见旺盛起来。现在向三复尽情倾吐，正是必需的发泄；仿佛这就把冰如喜欢教训别人的坏脾气教训了一顿，同时冰如便也省悟他那些意见仅仅是一大堆空想了。

三复本来没有这么多的想头。改革不改革，他都没有成见。但另外有一种成见，就是冰如的话总是不大入耳的，因为在争论薪水的时候，冰如曾对他说过一句不大入耳的话。固然不用说，他没有耐性去看那份意见书；就是有耐性看，还不是多读一大堆废话？因此，他对于佑甫的意思深表同情，实在是十二分当然的事。他举起两手，翻转去托着后脑勺，用沉重的声调说："你这话对！我们的本分是教功课；教功课不拆烂污，还能要求我们什么呢？谁喜欢玩新花样，谁就负责任，不关别人的事。"

"嗨！你讲诸葛亮，我来告诉你诸葛亮的事。"三复见佑甫把不能再吸的烟蒂从烟管里剔出来，又卷起纸捻通烟管，暂时不像有话说，便抢着机会说他熬住在喉头好久的话，"从没有看见用那样的态度对付学生的！是打了同学顶撞了教师的学生呢！他却软和和地，软和和地，像看见了亲弟弟。他怕碰钉子，不敢摆出一副严正的脸色，只用些伤不了毫毛的话来趋奉，来哄骗。那个小坏蛋，自然咯，乐得给他个过得去的下场。"

"是怎样的事情？"佑甫的询问的眼光从眼镜上边溜出来。

三复便把事情的始末像背书一样说给佑甫听，说到犹有余怒的场合，当然免不了恨恨之声。

佑甫却又嘲讽地露出微笑了。他别有会心地说："这倒是你冤枉他了。他并不是怕碰钉子,也不想趋奉学生,哄骗学生。的确有那样一派的。"

"怎么?"三复退到自己的椅子前坐下,眼光始终不离开佑甫那两条从鼻侧到嘴角的纹路。

"那一派的主张是诚意感化。无论学生怎样顽皮,闯下天大的祸,总不肯严厉地惩罚,给一顿打或骂。却只善意地开导,对于犯过的学生表示怜惜,劝慰。以为这样做的时候,迷昧的良心自然会清醒过来;良心一清醒,悔悟,迁善,当然不成问题了。那一派最宝贵的是学生犯过以后的眼泪,承认一滴眼泪比一课修身课文还要有力量。当然,那一派也是主张理想教育,喜欢高谈阔论的人物。我是不相信那些的。学生是什么?学生像块铁,要它方,要它圆,要它长,要它短,总得不吝惜你手里的锤子;锤子一下一下打下去,准会如你的意。他们却说要感化!感化譬方什么?不是像那水——那柔软到无以复加的水么?要把铁块铸成器,却丢开锤子用水,你想是多么滑稽可笑的事!"

"徐先生!"三复高兴得几乎从椅子里跳起来,"你的话这样爽快,比喻这样巧妙,真是少有听见的。我自己知道是个粗人,对于一切事情不像你那样想得精细,惬当,然而也明白对付学生应该取什么态度;凶狠固然不对,威严却不能不保持。"

"吓!"佑甫发声冷笑,"我还可以告诉你,那位倪先生判断了这件案子,此刻一定在高兴自己的成功,以为那孩子受了他的感化呢。假如我猜得不错,那么可怜就在他一边了;因为那样的结局,大半是他受了那孩子的骗,那孩子未必便受他的感化。"

"这才有趣呢!"三复像听见了敌人的恶消息那样愉快,唯恐消息不确实;又想如果那样,焕之就没有制服那小坏蛋,也就没有胜过了他,妒意当然是无所用之了。因而催问道,"你的话怎样讲?我非常喜欢听。"

"四五年前,我在一个学校里,当校长的就是那一派人物。他从来不骂学生,口口声声说学生没有一个不好的,小过大错都只是偶然的疏失。学生犯了事,不论是相骂,相打,功课不好,甚而至于偷东西,偷钱,他一律好声好气同他们谈话,这般譬,那般讲,哪怕拖延到两三个钟头。学生的性情原是各色各样的,有的倔强,有的畏怯,有的死也不肯开口,有的拼命抵赖自己的过失。但这些都没有用,因为无论如何,他还是絮絮不休地谈下去。只有几个当场肯认错的或是流眼泪的,却出乎意料得到他的奖许,好像犯错误倒是做了一件非常光荣的事。尤其出乎意料的,他对于学生的不自掩饰和悔悟十分感动时,会陪着站在面前的悔过者一同滴眼泪。后来,所有学生都懂得了诀门了。遇到被召去谈话时,无论本来是倔强的,畏怯的,死也不开口的,专事抵赖过失的,一律改变过来,立刻对他认错或者下泪。这多么轻而易举啊,但效果非常之大;一不至粘住在那里,耽误了游戏的工夫;二又可以听到几句虽不值钱可也有点滋味的奖赞。'端整眼泪',这一句话甚至于挂在几个老'吃官司'的学生的嘴边,仿佛是他们的

'消灭经'。而尤其狡猾的几个，走出室门来，眼眶里还留着泪痕，便嘻嘻哈哈笑着逗引别人注意，好像宣告道，'那个傻子又被我玩弄一次了！'然而校长先生的眼里只看见个个都是好学生！"佑甫说到这里，扭动嘴鼻扮了个鬼脸，接上说，"今天那个学生，你保得定不就是这一类家伙么？"

三复抵掌道："是呀！那个蒋华来得虽不久，但我看出他不是个驯良的学生。刚才他大概觉察他的级任爱那么一套的，所以扮给他看；出去的时候，一定也在想，'那个傻子被我玩弄一次了！'"

三复这时候的心情，仿佛蒋华是代他报了仇的侠客；而蒋华曾经傲慢地顶撞他，不肯听他的话，反而像是不妨淡忘的了。

"所以，什么事情都不能只知其一，不知其二。"佑甫抬一抬眼镜，瘦长脸显得很冷峻，"一味讲感化，却把学生感化得善于作伪，无所忌惮，起初谁又料得到！"

"这真成教育破产了！"三复觉得这当儿要说一句感情话才舒服，便这么说，不顾贴切不贴切。

"回转来说改革教育。布置适宜的环境呀，学校要像个社会呀，像这份意见书里所说的，听听又何尝不好。但是如果实做起来，我料得到将成怎么个情形：学生的程度是越来越坏，写字记不清笔画，算术弄不准答数；大家'猫头上拉拉，狗头上抓抓'，什么都来，但是什么都来不了。学校成了个杂耍场，在里边挨挨挤挤的学生无非是游客；早晨聚拢了，傍晚散开了，一天天地，只不过耍批消磨大家的光阴。唉！我不知道这种方法到底有什么好处。不过我也不想明白地表示反对。那些学生又不是我的子弟。我教功课只要问心无愧，就……"

这时候楼梯上有两个人走上来的脚步声，佑甫听得清是倪焕之和李毅公，便把以下的话咽住了。

三复连忙抢过一本《游戏唱歌》来，左手托着下颔，做阅览的姿势。

就在焕之开导蒋华的时候，英文教师刘慰亭带了一份冰如的意见书到如意茶馆去吃茶。

"什么东西？"邻座一个小胡子便伸手过来捡起那份意见书看。他坐了小半天，很有点倦了，然而天还没黑，照例不该就回家去；见有东西可看，就顺手取来消遣，譬如逐条逐条地看隔天的上海报的广告。

"教育意见书，我们老蒋的。"慰亭一杯茶端在口边，嫌得烫，吹了一阵；见小胡子问，便带着调侃的腔调这样回答。又继续说："我们的学校要改革了呢，要行新教育，要行理想教育了呢！你自己看吧，里头都有讲起，很好玩的。"说罢，才探试地呷一小口茶。

"新教育，理想教育，倒没听见过。"小胡子叽咕着，抖抖索索戴上铜边眼镜，便两手托着那份意见书，照墙一样竖在眼面前。

"他在那里掉书袋，"小胡子的眼光跑马似的跳过前头几页，自语道，"什么孟子、荀子，德国人、法国人的话都抄进去了,谁又耐得看!"

"你看下去就有趣了。你看他要把学校改成个什么样儿。"

"嘻!学校里要有农场,工场,"小胡子继续看了一会,似乎觉得趣味渐渐地浓厚起来了,"学生都要种田,做工。这样说,种田人和木匠司务才配当校长教员呢;你们,穿长袍马褂的,哪里配!"

"我也这样说呀。况且,家长把子弟送进学校,所为何事?无非要他们读书上进,得到一点学问,将来可以占个好些的地位。假如光想种种田做做工,老实说,就用不到进什么学校。十几岁的年纪,即使送出去给人家看看牛,当个徒弟,至少也省了家里的饭。"

"怎么老蒋想不明白,会想玩这新花样?"

"这由于他的脾气。他不肯到外边看看社会的情形,——你看他,茶馆就向来不肯到,——只是家里学校里,学校里家里,好像把自己监禁起来。监禁的人往往多梦想;他便梦想学校应该怎样怎样办才对,杜造出种种花样来。当然,他自己是不认为梦想的;他叫作'理想'。"

"那么,把孩子送进你们的学校,等于供给你们玩弄一番,老实说是吃亏。凑巧我的小儿就在你们学校里;'理想教育'果真行起来,吃亏就有我的份。这倒是不能马马虎虎的。"

小胡子本来是无聊消遣,现在转为严正的心情,加倍注意地把意见书看下去。他平时朦胧地认为学校里一向通行的教育方法就是最好最完善的方法,正像个雕刻得毫无遗憾的模型,学生好比泥土,只要把泥土按进模型,拿出来便是个优良的制造品;现在,那毫无遗憾的模型将要打破了,对于此后的制造品自然不能不怀疑;又况那制造品是属于他的,他只望它优良而绝不容它劣陋的。

"你这样认真?"刘慰亭朝着小胡子一笑说,"我是相信马马虎虎的。孩子们进学校读书,冠冕点说,自然是求学问;按实在说,还不是在家没事做,讨厌,家里又有口饭吃,不至于送去看牛,当徒弟,故而送到学校里消磨那闲岁月?据我看,要行种田做工也好,反正消磨闲岁月是一样的,只要不嚷骨头痛,不要让斧头砍去了指头。"

"你倒说得轻松,恐怕只因为你现在还没有令郎。"小胡子侧转头说,眼光仍斜睨着纸面。

"哈!"小胡子忽然受着刺痛一般叫起来,"还要有舞台!要作戏文!这像个什么样儿!"

四五个坐在别座的茶客本来在零零星星谈些什么,听见小胡子的叫声,便一齐走过来,围着问是什么。

"是他们学校里的新花样!"小胡子向刘慰亭歪歪嘴,"要造戏台,学生要作戏文,你们听见过没有?"

"好极了!我们不必再摇船出去三十里四十里,赶看草台戏了,他们学校里会让我们过瘾。"一个带着烟容的后生快活地说。

"他们作的是文明戏,不是京班戏。"一个中年人表示颇有见识的神气说。

"文明戏也有生旦净丑的,"一个高身材近视眼的接上来说,便弯着腰把头凑近小胡子手里的印刷品,"这上边有写着么?"

"这倒没有写。不过新花样多着呢。他们还要有什么工场,农场,音乐院,疗病院,图书馆,商店,新闻报社……简直叫小孩闹着玩;一句话,就是不要念书!"小胡子的眼睛在眼镜后边光光地看着众人,又加上一句道,"并不是我冤人,这上边蒋冰如自己说的,学校不专教学生念书。"

"他来一个'三百六十行',哈哈!"烟容的后生自觉说得颇有风趣,露出熏黄的舌尖笑了。

"哈哈!有趣。"其余几个人不负责任地附和着。

"蒋冰如出过东洋,我知道东洋的学校不是这样的。他又从什么地方学来这套新花样?"中年人用考虑的腔调说。

"什么地方学来的?他在那里'闭门造车'!"小胡子说着,教手里的印刷品向桌子上用力一甩。

十

镇上已经出了好几夜的灯会。这一天,听说将更见热闹;东栅头有采莲船灯,船头船艄各有一个俊俏青年装扮的采莲女子,唱着采莲歌,歌词是镇上的文豪前清举人赵大爷新撰的;西栅头有八盏采茶灯,采茶女郎也是美貌青年改装的,插戴的珠宝是最著名几家的太太小姐借出来的,所穿衣服也是她们最心爱最时式的新装,差不多就像展览她们的富藏;这些都是前几夜没有的。因此,这一夜的灯会尤其震荡人心,大家几乎忘了各自的生活,谋划,悲哀,欢乐——从早上张开眼睛起,就切盼白天赶快过去,马上看见那梦幻似的狂欢景象。

赛灯的事情不是年年有的。大约在阴历新年过所谓灯节的时候,几个休了业尚未开工的手工业者和一些不事生产干些赌博之类的事情的人便开始"掉龙灯"。那是很简单的,一条九节或十几节的布龙灯,一副"闹元宵",在市街上掉弄着敲打着而已。如果玩了几夜没有人起来响应,竞赛,大家的兴致也就阑珊了,终于默默地收了场。一连几年,差不多都是那样,所以一连几年没有灯会。

这一年却不同了。有人说是去年田里收成好的缘故,大家想表示对于丰饶的欢乐。但是细按起来就见得不很对,因为那些高兴参加的,并不是种田的农民,也不是有田的地主。又有人说是镇上的气运转变了,故而先来个兴旺的朕兆。将来的事情谁也不能前知,当然没法判断这个话对不对。可是事情的经过是这样的:起先有一批人出来玩龙灯,另外一批人看得高兴,也扎一条龙灯来玩。待龙灯多到四五条,大家因为想取胜,便增加种种名色;如扮演戏文,扎制各种灯彩,都刻意经营地搞起来。这就开了赛灯的局面了。全镇的人唯恐这一团火热的兴致冷淡下来,以致失了难得的游乐的盛会,便一致鼓动着,怂恿着,要把它搞得无以复加地热闹繁盛才快心。某人的面貌神态适宜于戏文里的某角,不惜用种种的方法,务须把他拉来;某人能够别出心裁计划一盏新巧的什么灯,就是不经人推举，也会自告奋勇地贡献出来：大家对于熟识的亲近的一组赛灯者都这样地尽力。绅富人家玩那些宴饮赌博本来玩得腻了，而这并非年年有的灯会却觉得有特殊的刺激性，似乎在灯会这个题目之下宴饮赌博，便又新鲜又有趣，于是解开钱袋来资助灯彩蜡烛以及杂项开支。太太小姐们毫不吝惜地拣出珍贵的珠宝时新的服装来，因为这比自身穿戴更便于从容观察那些对自己的富藏表示惊诧和艳羡的眼光。这样，灯会自然搞得异常热闹，煊赫；每夜有新的名色，每夜有麻醉观众的荡魂摄魄的景象。然而大家似乎还不满足，总想下一夜该会有更可观更乐意的。

中午时候，镇上人便涌来涌去看当晚将是中心人物的角色。小孩一群一群奔跑着，呼噪着，从人丛中，从不很高的市房檐下窜过；因为看了好几夜的灯会，他们不免模拟灯会中最动人的人物的身段神态，嘴里还唱着锣鼓的节奏。喝了早酒的短衣服朋友，脸上亮光光染着红彩，眼睛湿润地泛着色情的表情；对于连夜看见的男子改扮的女郎，感到超乎实际以上的诱惑力，时时刻刻，无可奈何地想着，想着，想着。茶馆里散出来的先生们也把平时稳重的脚步走得轻快些，狂欢的空气已把他们的血液激动了。欢快的笑声和带着戏谑的语言不断地在空间流荡；短短的人影一簇一族在街上梭过。这种盛况，近年来简直不曾有过；现在，回复到留在记忆里的黄金色的繁华时代了！

装扮采茶女郎采莲女郎的早已被一些主持的人奉承的人包围着，在那里试演身段，练习歌词。当然，指导和批评是那些具有风流雅趣的先生们的事。女郎的步子该怎样把两腿交互着走咯,拈着手帕的那只手该怎样搭在腰间咯,眼光该怎样传送秋波咯,声音该怎样摇曳生姿咯,他们都一丝不苟地陈说着,监督着;他们有他们的典型,说从前某戏班里的某名旦就是那样的,十几年前那次最热闹的灯会,某人扮采茶姑娘,就因那样而出名的,这自然叫人家不能不信服,喜爱。那些试练者,就是所谓俊俏青年,不是裁缝的徒弟,便是木匠的下手,虽然面目生得端正些,乌漆的脖子,粗笨的手足,却是他们的通相。现在可要使体态来一回蜕化,模仿女郎们的娇柔细腻,还要傅粉涂朱,穿戴梦里也不曾想过的美衣珍饰,真有点恍恍忽忽,如在梦里了。这里头又夹杂着不自觉的骄矜心情;胜利的希望,全镇的心目,突然间集中在自己身上,便觉自己扩大了,扩大了,像吹足了气的皮球,于是享受旁人的伺候,让人家替自己穿衣,打扮,斟茶,绞面巾,都同阔人似的看作当然的事。然而想到自己装扮的是女郎,女郎而又得做动人的情态,就不禁怀着羞惭,现出掩掩缩缩的样子;就从这掩掩缩缩的样子,大家觉得他们真是绝顶妖姣的女郎了。

地方自然并不大,不是什么绅富人家的厅堂;围着看的人越来越多,只好关起门来拒绝那些后来者。但门外的人并不灰心,挤得几乎水泄不通,闹嚷嚷地等待那门偶一开,便可有一瞥的希望。"到夜间大家可以看的!""这会儿没有什么好看!""房子都要挤坍了!"主持的人这样带恳求带呵斥地叫唤,可是门外的人挤得更多。

东栅头那两个扮演采莲女郎的，在一家铜锡店的内屋练习。铜锡店门前塞满了人。矮矮的围栏禁不起多人的挤轧，铁钩儿早已断了，现在是用指头般粗的麻索捆着，以免跌倒。店门内柜台边也挤满了人，那是些到得早的，或者是对于挤轧的工夫特别擅长的。然而他们并没看见什么，正同伸长脖子挤在街心的人一样；因为通到内屋的门关得比他们到的时候还要早。手掌和拳头不免有点熬不住了，三三两两就在门上敲打，嘴里当然叽咕着一些怀着热望而以调笑的风趣出之的讥诮。

"藏在里边做什么？标致面孔得让大家看看！"

"歌儿迷人，我们也得迷一迷呀！"

"他们关上了门，谁知道在干些什么事情！那两个标致面孔的小兔子……"

"干事情……要知道现在是青天白日呀！"

"开门啊！我们要看看那两只小兔子！"差不多所有挤在那里的人同声叫唤，同时人丛中起了剧烈的波动。

门倏地开了。群众只觉眼前一亮，因为门背后是个院子。在光亮中站着个身材高高的人，大家看见了都咽一口气，在肚里念道："蒋大爷！"

这人就是蒋士镳。玄色花缎的皮袍子，两个袖口翻转来，露出柔软洁白的羊毛；两手撑在腰间，右手里拿一朵粉红的绢花，右腿伸前半步，胸膛挺挺的，站成个又威风又娴雅的姿势。他的脸作紫褐色，额角，颊腮，眼眶，耳朵，都叫人感觉异常饱满；换一句说，一件件都像个球，而一件件合并起来的整个脑袋,更像个滚圆滚圆的大球。

他起先不开口,用满不在乎的眼光向外面的许多脸看着。好像有魔法似的,经他这么一看,所有呼噪的嘴挤动的身躯都被镇住了;一时店门前店堂里见得异样地寂静。

"吓!"他冷笑一声,"你们要看,就等不及半天工夫么?——况且不要半天,只有几个钟头了。你们要知道,看灯要看得眼里舒服,心里酥麻。现在里边正在把采莲姑娘细心打扮,细心教练,就为叫大家到夜来舒服一下,酥麻一下。你们挤闹些什么呢?"

他说这些话有一种特别的调子,带着煽动的但又含有禁抑的意味。右手从腰际举起,两个指头拈着粉红绢花向外一挥,又说:"现在去吧!把晚饭吃个饱,眼睛擦个透亮,然后看天仙降凡一般的采莲姑娘吧!"

群众虽然不立刻退出,往里挤的趋势却没有了;对于这几句"挡驾"的话,也觉得并不刺耳,而且似乎甜甜的,比真个看见了尚未成熟的采莲姑娘还要有味。渐渐地,有些人就走开了,预备回去早些做晚饭吃,泡起菊花水来洗眼睛了。

学校里虽然并没经蒋大爷劝告,晚饭却也提早了。太阳光还黄黄地抹在远树顶部的时候,住校的四位教师已经吃罢晚饭,结伴出门看今夜更为繁盛的灯会了。

这时候传进耳朵的是一起一起的锣鼓声。有的似乎表示高兴得要跳起来的热情;一声紧似一声,一声高似一声,那些参与者的脉搏一定也同样地在那里剧跳。有的离得远些,声音悠扬,忽沉忽起,可以叫你想起一个柔和的笑脸。总之,在这一片锣鼓声中,全镇的人把所有的一切完全忘掉了,他们只觉得好像沐浴在快乐的海里,欢笑,美色,繁华,玩戏,就是他们的全世界。

并不宽阔的市街当然早挤满了人,再没有空隙容人径直地通过,来来往往的只在人丛中刺左刺右地穿行。喧嚷声、笑语声、小儿啼哭声混合在一起,像有韵律似的,仿佛繁碎的海涛。两旁店铺已点起特地把罩子擦得透亮的煤油挂灯;药材店却保守古风,点了四盏红纱灯;洋货店为要显示自己的超越,竟毫不吝惜地点上两盏汽油灯,青白的强光把游人的眼睛耀得微微作酸。店铺的柜台照例是女人和小孩的位置,不知什么时候已经满了座,因为凳子不够,很有些跂起脚站着的;好像所有的店铺今夜做同样的营业了,它们摆着同样的陈列品!玫瑰油和春兰花的香气一阵阵招惹游人的鼻子。回头看时,啊!彩色的复杂的综合,诱惑性的公开的展览。于是,大家觉得这快乐的海更丰富更有意思了;于是,运动全身的骨肉,鱼一般地,带着万分的高兴游来游去。

焕之本来走在第三,前面是三复和毅公,后面是走一步看一看脚下的佑甫。但是走不到街市的一半,前面后面的同伴都散失了;走前退后去找,又停了脚步等,再不见他们的踪影。这时候一阵哗噪声起来了:"来了!是西栅头的一起!"群众个个兴奋得挤动起来,伸长脖子向西头尽望。焕之便站住在一条小巷口,背后也挤着十几个人,可是比较店铺门前已算是优越的位置。

他看了这热闹的景象,想到民众娱乐的重要。一般人为了生活,皱着眉头,耐着性儿,使着力气,流着血汗,偶尔能得笑一笑,乐一乐,正是精神上的一服补剂。因为有这服补剂,才觉得继续努力下去还有意思,还有兴致。否则只做肚子的奴隶,即使不至于悲观厌世,也必感到人生的空虚。有些人说,乡村间的迎神演戏是迷信又靡费的事情,应该取缔。这是单看了一面的说法;照这个说法,似乎农民只该劳苦又劳苦,一刻不息,直到埋入坟墓为止。要知道迎一回神,演一场戏,可以唤回农民不知多少新鲜的精力,因而使他们再高兴地举起锄头。迷信,果然;但不迷信而有同等功效的可以作为代替的娱乐又在哪里?靡费,那更说不上了;消耗而有取偿,哪里是靡费?今年镇上的灯会,也有人说是很不好的事情:第一,消费的钱就要多少数目;第二,一些年轻女郎受歌词艳色的感动,几天里跟着汉子逃往别处去的已有三四个。这确是事实。然而为这样的狂欢所鼓动,全镇的人心一定会发生一种往年所无的新机。这些新机譬如种子,从这些种子,将会有无限丰富的收获,那就不能说灯会是不好的事情了。当然,灯会那种粗犷浮俗的"白相人"风是应当改革的。使它醇化,优雅,富于艺术味,那又是教育范围内的事了……

他于是想到逢到国庆日,学校应当领导全镇的人举行比这灯会更完美盛大的提灯会;又想到其他的公众娱乐,像公园运动场等，学校应当为全镇的人预备，让他们休养精神，激发新机……

　　锣鼓声已在身旁了，焕之才剪断了独念，抬起眼睛来看。挤在街中的观众一阵涌动，让出很窄的一条路，打锣鼓的乐队就从这里慢慢地通过。接着是骨牌形的开道灯，一对对的各式彩灯，一颠一荡地移过，灯光把执灯的人的脸照得很明显，每一张脸上堆着几乎要溢出来的笑意。随后是戏文了：《南天门》里那个老人家的长白胡子向左一甩又向右一甩，脖子扭动得叫人代他觉着发酸；《大补缸》里的补缸匠随意和同演者或观众打诨，取笑那王大娘几句，又拉扯站在街旁的一个女郎的发辫；也有并不表演什么特殊动作，只是穿起戏衣，开起脸相，算是扮演某一出戏，一组一组走过的。他们手里的道具都是一盏灯，如扇子、大刀、杏黄旗之类。随后是细乐队。十几个乐手一律玄色绉纱的长袍，丝绒瓜皮小帽；乐器上都饰着灯彩，以致他们吹奏起来都显出矜持的神态。乐音柔媚极了；胡琴、笛子差不多算是主音，琵琶、三弦、笙、箫和着，声音像小溪一样轻快地流去，仿佛听娇媚的女郎在最动情的时候恣情地昵语。——然而，这些都同前几天没什么差异。

　　"采茶灯来了！"观众情不自禁地嚷起来。似乎每一双眼睛都射出贪婪的光。店家柜台上的女客，本来坐的全站起来了，苇草一样弓着身，突出她们的油髻粉脸的脑袋。女子看女子比男子看女子更为急切，深刻；在男子，不过看可喜爱的形象而已；而女子首先要看是不是胜过自己，因而眼光常能揭去表面的脂粉，直透入底里，如果被看者的鼻子有一分半分不正，或者耳朵背后生一颗痣，那是无论如何偷漏不过的。采茶姑娘虽是男子，但既称姑娘，当然与女子一例看待了。

一个个像舞台上的花旦一样，以十二分做作的袅娜姿态走过的，与其说是采茶姑娘，不如说是时髦太太小姐的衣装的模特儿。八个人一律不穿裙；短袄和裤绝对没有两个人是相同的色彩，相同的裁剪，而短袄的皮里子又全是名贵的品种，羊皮简直没有。他们束起发网，梳成时行的绞丝髻，闪光的珠花珠盘心齐齐整整簪在上面。因为要人家看得清楚，每人背后跟着两个人，提起烁亮的煤油提灯，凑在发髻的近旁。这样，使所有的眼睛只注视那些珍珠，所有的心都震骇于发髻上的财富；而俊俏的脸盘，脂粉的装点，特地训练起来的身段和步态，以及每人手里一盏雕镂极精工而式样各不相同的花篮灯，似乎倒不占重要地位了。然而大家很满足，乐意，因为已经看见了喧传众口切盼终日的采茶姑娘了，他们都现出忘形的笑，一大半人的嘴不自觉地张开，时时还漏出"啧！啧！"的赞叹声。

"倪先生一个人在这里看灯？"

焕之正在想这样炫耀的办法未免有些煞风景，听得有人喊他。那是熟悉的声音，很快地一转念便省悟是金佩璋小姐。

他回转头，见金小姐就挤在自己背后十几个人中间，披着红绒线围巾，一只手按在胸前，将围巾的两角扣住了。

"出来是四个人，此刻失散了，剩我一个。金小姐来了一会么？"

"不。才从小巷里出来。实在也没有什么可看的。就要从原路回去。"

"容我同走么？"焕之不经思索直接地问；同时跟着金小姐挤往十几个人的后面。那十几个神移心驰的人只觉身体上压迫宽松了些，便略微运动，舒一舒肩膀胸背，可是谁也没觉察因为走开了两个人。

"那很好，可以谈谈。"金小姐露出欣喜的神情。

无言地走了半条巷，锣鼓声不再震得头脑岑岑作跳了，群众的喧声也渐渐下沉；两人的脚步声却清晰起来。

金小姐略微侧转头问道："前天倪先生在我家谈起，教育界的黑暗看得多了。到底教育界有怎么样的黑暗？"

"啊，一桩一桩据事实来说，也说不尽许多。总括说吧，一句话：有的是学校，少的是教育。教育是一件事情，必得由人去办。办教育的人当然是教员。教育界的黑暗就在于教员！多数的教员只是吃教育饭，旁的不管；儿童需求于他们的是什么，他们从来就不曾想过。这就够了，更不用说详细的节目了。"

"外面这样的教员很多么？"

"尽多尽多，到处满坑满谷。"

"那岂不是——"

"是呀。我也曾经失望过，懊恼到极点的时候甚至于想自杀。"

"倪先生曾经想自杀？"金小姐感到奇怪，"为什么呢？"

"自己觉得混在一批不知所云的人物中间，一点意思也没有,到手的只是空虚和悲哀,倒不如连生命都不要了。"

"唔,"金小姐沉吟了一会,接着问,"后来怎么样转变了?"

"一个觉悟拯救了我自己,就是我自己正在当教员。别人不懂教育,忘了教育;我不能尽心竭力懂得教育,不忘教育么?这样想时,就看见希望在前边招手,就开始乐观起来。"

"我想这个希望一定把捉得到;尽心力于本务的人应该得到满意的报酬,因而乐观也必然贯彻他的整个生命。"

"我也相信这样。金小姐,我自己知道得清楚,我是个简单不过的人。烦恼的丝粘在心上时,哪怕只是蛛丝那样的一丝,我就认为捆着粗重的绳索。但是,希望的光照我的心像阳光照着窗户时,什么哀愁烦恼都消散了,希望就是整个世界。"

"我可以说,这样简单不过的人有福了;因为趋向专一,任何方面都能用全力去对付。可惜我就不能这样。"

这当儿两人已走出小巷,折向右行。一边是田野。下弦月还没升起来,可是有星光。夜气温和而清新。焕之畅适地呼吸了一阵,更觉心神愉快,他接上说:"金小姐比我复杂多了;我们接谈了几回,我看得出。"

"我就喜欢拐弯抹角地想,可是没有坚定的力量。这也是境遇使然——"无母的悲哀兜上心头,她的话就顿住了。

"功课做得非常好,立志要从事教育事业,还说没有坚定的力量么?"焕之觉察境遇使然的话含着什么意思,就这样安慰她,但确是由衷的话。

"不是这样说。譬如教育事业,我是立意想干的;但能不能干得好,会不会终于失望,这些想头总像乌鸦一般时时在我的心的窗户边掠过。我也知道恬适、自由、高贵、成功一齐在前边等着我,只要我肯迎上去;然而乌鸦的黑翅膀我也难以忘却。"

"那只是幻象而已,"焕之的心情有点激昂,"理想的境界就在我们的前途,犹如旅行者的目的地那样确实。昂着头,挺着胸,我们大踏步向前走。我们歌呼,我们笑乐,更足以激励迈往的勇气。哪里来什么乌鸦的黑翅膀?我们将接近希望的本身!"

"我但愿能这样。"金小姐低声说,心头在默默地体会。

"这并不难;像我一样简单不过,就得了。我现在完全不懂得迟疑瞻顾是怎么回事,我已经推开那些引诱人走上失败的路的阴影!什么是好的,什么是喜欢干的,唯一的方法就是径直干去,别的都不管。"

金小姐点点头,把红围巾张开,让它从肩头褪下一点,却不说话。

"一个好消息,金小姐,你听着一定也高兴;昨天学校里决定开辟农场了。就是背后那块荒地,不小呢,有十七八亩,每个学生都可以分配到。"

"这是十分有味的事情。"

"也是十分根本的事情。开始是一颗种子,看它发育,看它敷荣,看它结果;还可以看它怎样遭遇疾病,怎样抵抗天行。从这里头领悟的,岂止是一种植物的生活史;生命的秘奥，万物的消息，也将触类而旁通。"

"耕种的劳动也有很高的价值呢。"

"是呀。学习与实践合一，就是它的价值。而且，劳动把生活醇化了，艺术化了；试想，运用腕力，举起锄头，翻动长育万物的泥土，那个时候的心情，一定会喜悦到淌眼泪。"

"新教育！新生活！"金小姐这样念诵。

"实施以后的情形怎样，我可以写信告诉金小姐。"

"这个，"金小姐踌躇了一会，"还是待我回来时面谈吧。我们学校里，学生收到的信都先经舍监拆看。虽然谈论教育的事情没有什么，总觉得——"

在微明的星光中，焕之看见金小姐一双晶光的眼瞳向自己这么一闪烁。

"侵犯人家的书信自由！我知道这样干的女学校很不少。这也是教育界的大黑暗！"焕之愤然说。

这时候，前街的锣鼓声和人声一阵阵地沸扬起来，中间碎乱地夹杂着丝竹的吹弹，女人小孩尖锐的喊笑，还有结实的爆竹声。大概东栅头的灯会同其他几起灯会会合在市中心，几条龙灯在那里掉弄起来竞赛了。

十一

三四个雇工在春季的阳光中开垦那块荒地。棉布袄堆在一旁，身上只穿青布的单衫，脸上额上还流着汗，冒着热气。

地面全是些砖块瓦屑,可见以前那里建筑过房屋,有人生息在里边。又有好些突起得并不高的无主荒坟;有的砌着简陋的砖椁,有的就只泥土贴着棺木,腐朽的木头显露在外面。现在最初步的工作是把砖块瓦屑捡去,让长育万物的泥土得以尽量贡献它的储能。那些荒坟阻碍着区域的划分,而且也损伤美感;生意蓬勃的农场里,如果点缀着死寂的坟墓,多么不调和啊;所以必须把它削平。人的枯骨与树木的枯枝没有什么两样,随便丢弃本是无关紧要的事;世界上有许多地方把尸骨烧化,认为极正当的办法。但因我国人看待枯骨不是那么样,总觉得应该把它保存起来才好,所以决定迁葬——就是把所有的棺木聚葬在别处地方,即使棺木破烂了,也要捡起里边的骸骨来重葬。

近十天的工作已经把砖块瓦屑捡在一起了,两尺高的一大堆,占有两间屋子那么大的面积。不燥不粘的泥土经过翻动,错杂地堆压着新生的草芽,还可以看见尚未脱离冬眠状态的蚯蚓。坟墓是削平了好几个了,几具棺木摆在一旁;有的棺木破烂了,不能整具掘起,就把骸骨捡在一个坛子里;烂棺木还残败地镶嵌在旧时的坑洼里,潮湿,蛀蚀,使人起不快的感觉。

雇工们听见有人走近来了,并不回转头看,依旧机械似的一锄一锄地刨一个蔓延着枯藤的荒坟,但是他们都知道来的是谁,因为接触的回数实在不少了。

来的是冰如和焕之。

冰如同平时一样,一看见农人工人露出筋肉突起的胳臂从事劳动，便感觉不安，好像自己太偷懒了，太僭越了，同时对于他们发生深厚的敬意。曾说过好几回的那句话不觉又脱口而出，"辛苦你们了，不妨歇歇再做。"

"哪里，哪里，不，不……"受宠若惊的雇工们照例这样回答，几双眼睛同时向冰如丢一个疑惑怪异的眼光。拿你的工钱，怎么说起辛苦来？歇歇，不是耽延你的事么？你，大爷们，有田有地的，大爷们的架子到哪里去了？——这些是含蓄在眼光里的意思。

焕之四望云物，光明而清鲜，一阵暖风吹来，带着新生、发展、繁荣的消息，几乎传达到每一个细胞。湖那边的远山已从沉睡中醒来，盈盈地凝着春的盼睐。田里的麦苗犹如嬉春的女子，恣意舞动她们的嫩绿的衣裳。河岸上的柳丝，刚透出鹅黄色的叶芽。鸟雀飞鸣追逐，好像正在进行伟大的事业。几簇村屋，形式大体一样，屋瓦鳞鳞可数。住在那些屋里的人们，男的，女的，老的，少的，看见春天降临，大地将有一番新的事业，新的成功，他们也欢欣鼓舞，不贪懒，不避劳，在那里努力工作着吧。

焕之从远处想到近处。农场已在开辟，学校里将有最有价值的新事业了；现在脚踏着的这块土将是学生们的——岂仅学生们的，也是教师、校役的——劳动、研究、游息、享乐的地方，换一句说，简直是极乐世界：这样想时，胜境就在眼前似的快乐荡漾在心中了。他问道："你们几时可以完工？"

"快的，快的，不要十天工夫，连田畦都能做好。"一个长脸的雇工这样回答,简朴的笑意浮在颧颊上。

"我们可以种麻,种豆,种棉花。"焕之发亮的眼瞳注定展开在面前的乌黑的泥地,这样自语。

那长脸雇工停了锄,向左右手心各吐一口唾沫然后再举起锄头工作,同时矜夸地说:"这里种西瓜才出色呢。生地的瓜,比白糖还甜。"

"不错,我们还可以种西瓜……"焕之点头接着说,仿佛地上已经结着无数翠绿的大西瓜,大自然特意借此显示它的丰富似的。又仿佛看见参加劳动的许多学生,在晚晴光中散坐在场上,剖食新摘的西瓜。瓜瓤雪一样白;水分充足,沾湿了各人的手指;学生都扬眉眯眼,口角流涎,足见瓜味异常鲜美。啊!劳动的报酬,超乎寻常饮食的尝味……

"刚才没谈完,"冰如略带踌躇的神情朝焕之说,"据我看,毅公是留不住的了。我再四跟他说,为了这个镇,为了这个学校,为了这一批同他熟悉了的学生,希望他不要离开。并且,农场已在开辟了,他的教学就将走上新的道路;为了一切实施的指导,为了他自己的兴趣,更希望他不要离开。但是他总是那么一句:'非常抱歉;已经答应那公司,下个月就得进去办事了。'你看还有什么办法?虽说有约书在,板起面孔来论理到底不好意思。"

焕之闭一闭眼睛,好像刚从好梦里醒来,还想追寻些余味的样子。随即皱起眉头接上说,带着愁虑的调子,"的确,李先生是留不住的了。他觉得那公司比这里好,因为薪水多;他的心意完全趋向那公司了，空口劝留又有什么用！"

"他是师范出身呢。不料他丢弃教育事业，这样毫不留恋，竟是如弃敝屣。看他平日教学，也还够热心的。"

"热心，热心，抵不过实际生活的需求！"焕之不愿意教育界有这种情形，但这种情形却是事实，故而怀着病人陈述自己的病情那样的感伤心情说，"他的家庭负担重，收入不够开支，遇到比较优裕的职业，自然就丢弃了旧的。他曾经同我谈起，他老实不客气在那里等机会，像守在河边的渔夫。有鱼游过来吧，有更大的鱼游过来吧，这是他刻刻萦念的心思。根据这种心思，当然一回又一回地举起网来。这样等机会，是他生活的重要部分。现在，他网得了更大的鱼了。"

冰如不料毅公会说这样的话；低着头来回地走，胸次悒郁，像受着压迫；一会儿，停了步愤愤地说："这样地'外慕徙业'，什么事也不会定心干下去的！"

"这倒是应该原谅的，实在教育事业的鱼太小了，小得叫人不得不再在河边投下网守着。"焕之这样说，自觉违反了平时的意念。少数的薪水，仅能困苦地维持母子两人的生活，对于这一层，他向来不以为意，因为物质以外另有丰富的报酬。现在这样说，不是成为"薪水唯一前提论"么？一半辩解一半矜夸的意思随即涌上心头，他说："能定心地干，不再去投网的只有两种人：富有资产，生活不成问题的，是一种人；把物质生活看得极轻，不怕面对艰窘，一心唯求精神的恬适的，是又一种人。"

"唔。"像阴暗的云层里透露出一缕晴光一样，冰如沉闷的脸上现出会心的微笑；他明白焕之所称两种人指的谁和谁。

"余下来的人就是些'一心以为有鸿鹄将至'的。中间比较优秀的，当然转徙的机会较多；机会来了，掸干净了染在身上的他们以为倒霉的教育界的灰尘，便奔赴充满着新希望的前程。于是，不属于以上两种人而也久守在教育界里的那些人，还堪设想么！"

"啊！的确不堪设想。"冰如蹙着额，像临近异常肮脏的地方，"有的是游荡的少爷，因为不愿得个游荡的声名，串演个教员来做幌子。有的是四块钱六块钱雇来的代替工，有他们在，总算教台上不至于空着没有人。有的是医卜星相来当兼差，学校同时是诊病室，算命馆。这种情形几乎各处地方都有，但大家不以为值得注意。你说是不是？"

"是呀，"焕之说，"就目前而论，教员的待遇决不会改善；所以这种情形必将延续下去，而且更为普遍。这里就有个非常严重的问题，就是优秀分子将从教育界排除出去，除了极少数的例外，而存留在教育界里的，将尽是些不配当教师的人；这样，学校无论如何多，在学儿童无论如何激增，到底有什么意思？"

"这确是个严重的问题！"冰如凄然地无目的地看着前方，好像来到一个荒凉的境界，不看见一点含有生意的绿色，只见无边的悲哀与寂灭。他自己正在奋发有为，自己面前正在开始新鲜的事业，这似乎细小极了，微弱极了；想到广大的教育界,在自己这方面的真像是大海里的一个泡沫。空虚之感侵袭他的心,他求援似的说:"怎么好呢?一切希望悬于教育;而教育界里却有这样严重的问题。"

"没有法子呀!"焕之径直地回答;政治的腐败,社会的敝弱,一霎间兜上他心头。"但自己正是个教师"的意念立刻又显现了:譬如海船覆没,全船的人都沉溺在海里,独有自己脚踏实地,站定在一块礁石上,这是个确实的把握,不可限量的希望;从这里设法,呼号,安知不能救起所有沉溺的人?这样想时,他挺一挺躯干,像运动场中预备拔脚赛跑的选手,说,"然而教育总是一个民族最切要的东西。这全靠有心人不懈地努力,哪怕极细小的处所,极微末的成就,总不肯鄙夷不屑;因为无论如何细小微末的东西,至少也是一块砖头;砖头一块块叠上去,终于会造成一所大房子。整个教育界的情形我们不用管,实在也管不了;我们手里拿着的是砖头,且在空地上砌起屋基来吧。我们的改革和改革以后的效果,未必不会引起教育界的注意。注意而又赞同而又实施的,就是我们的同伴。同伴渐渐多起来,蒋先生,你想,造成功的将是怎么样的一所新房子?"

焕之近年来抱着乐观主义,其原因在想望着希望的光辉,又能构成一种足以壮自己的胆的意象,使自己继续想望着,不感空虚或倦怠。这里说的,当然又是一服自制的兴奋剂。

冰如对于刚才谈的虽有悲观的敏感,实际却颇朦胧。正像他与朋友谈话的当儿,谈起打得正起劲的欧洲大战争,生命牺牲多少了，人类的兽性发泄得不可遏止了，一层悲感便黑幔似的蒙住心目一样；这种悲感绝非虚伪，但也绝不钻入心的深处，在里头生根。他用安慰的眼光看着焕之，说："改善整个教育界呢，我也没有这样的奢望。这一个镇，如其能因我们的努力而改善，我就满意了！"

"一块小石投在海洋里，看得见的波纹是有限的，看不见而可以想象的动荡的力量却无穷地远。我们能叫那力量只限于直径五尺或一丈？"焕之趣味地看着工人手里锄头的起落，差不多朗诵诗歌一般地说。

他又说："我们只管投就是了，动荡的力量及到多少远是不用问的。我看他们垦地，有说不出的高兴；这一块小石投下去，展开了我们全学校新的心境！"

"请你接替毅公担任教理科，指导农场的一切吧。"冰如见焕之这样有兴味，相信自己的预拟再没有错儿，便把它说出来；同时热情地望着焕之，在不言中充分表达出"务请答应"的意思。

"我担任教理科？"焕之带点儿孩子气似的把身躯一旋，一种很微妙的不可言说的心情使他涨红了脸。金小姐所说"耕种的劳动也有很高的价值呢"，以及吟咏似的说的"新教育！新生活！"在他的记忆中刻得非常深；温暖的春夜的灯光下，清新的朝晨的楼窗前，这两句简单而意味丰富的话，引起他不少诗意的以及超于诗意的遐想。同时那个婉美匀调的影子叫他简直忘不了；在冥想中，时常描摹她的躯体，描摹她的脸盘，还描摹她的风姿神态，尤其注重的是黑宝石似的两颗眼瞳流利地诱惑地这么一闪耀。他感觉自己这颗心除开教育还该有个安顿的所在，犹如一个人有了妥帖的办事室还得有个舒服的休息室；而最适宜的安顿的所在，似乎莫过于金小姐的灵魂。现在听见冰如请他教理科，并指导农场的一切，仿佛孩子知道父母将要买一向心羡的玩物给自己那样地感动，因为这事情是她特别赞美过的。他接上说："虽说曾经学过，小学的功课还能懂得，但教授法从来没研究，完全是个外行。不过农场的事情我倒喜欢干，因为耕种的劳动最具高价的人生意义，理科的功课又将以农场作中心了，我就担任下来试试吧。"

"好，"冰如拍拍焕之的肩，欣喜他的爽直率真，"外行内行没有什么大关系，重要的在乎嗜好不嗜好，这是你常说的话。现在，你又给它做个证明了。"因为高兴，冰如几乎同喝了酒一样，发音很洪亮。

几个雇工停了锄头，张开了嘴，莫名其妙地向他们两个看。

十二

镇上传布着一种流言，茶馆里讲，街头巷口讲，甚至小街的角落里矮屋的黝黯里也讲。流言没有翅膀，却比有翅膀的飞得还快；流言没有尖锐的角，却深深地刺入人们的心。大家用好奇惊诧的心情谈着，听着，想着，同时又觉得这不是谈谈听听想想就了的事，自己的命运，全镇的命运，都同它联系着，像形同影一样不可分离，于是把它看作自己的危害和仇敌，燃烧着恐惧、愤恨、敌视的感情。

开始是学生夸耀地回家去说，学校里在开辟农场，将要种各种的菜蔬瓜果；大家都得动手，翻土，下种，浇水，加肥，将是今后的新功课。又说从场地里掘起棺木，有的棺木破烂了，就捡起里边的死人骨头。这是梦想不到的新闻，家属们唯恐延迟地到处传说。经这一传说，镇上人方才记起，学校旁边有一块荒地，荒地上有好些坟墓。什么农场不农场的话倒还顺耳，最可怪的是掘起棺木，捡起骨头。这样贸贸然大规模地发掘，也不看看风水，卜个吉凶，如果因此而凝成一股厉气，知道钟在谁的身上！这在没有看见下落以前，谁都有倒霉的可能。于是惴惴不安的情绪，像蛛丝一样，轻轻地可是黏黏地纠缠着每个人的心。

传说的话往往使轮廓扩大而模糊。迁葬，渐渐转成随便抛弃在另一处荒地了；捡起骨头来重葬，渐渐转成一畚箕一畚箕往河里倒了。好事的人特地跑到学校旁边去看，真的！寂寞可怜的几具棺木纵横地躺在已经翻过的泥地上，仿佛在默叹它们的噩运；几处坑洼里残留着腐烂棺木的碎片，尸骨哪里去了呢？——一定丢在河里了！他们再去说给别人听时，每一句话便加上个"我亲眼看见的"；又描摹掘起的棺木怎样七横八竖地乱摆，草席也不盖一张，弄破了的棺木怎样碎乱不成样，简直是预备烧饭的木柴。这还不够叫人相信么？

这种行为与盗贼没有两样，而且比盗贼更凶；盗贼发掘坟墓是偷偷地做的,现在学校里竟堂而皇之地做。而且那些坟墓是无主的,里边的鬼多少带点儿浪人气质,随便打人家一顿,或者从人家占点便宜,那是寻常的事;不比那些有子孙奉祀的幸运鬼,"衣食足而后知礼义"。以往他们没有出来寻事,大概因为起居安适,心气和平,故而与世相忘;这正是全镇的幸运。现在,他们的住所被占据了,他们的身体被颠荡了,他们的骸骨被拆散了。风雨飘零,心神不宁,骨节疼痛,都足以引起他们剧烈的愤怒:"你们,阳世的人,这样地可恶,连我们一班倒运鬼的安宁都要剥夺了么!好,跟你们捣蛋就是了,看你们有多大能耐!"说得出这种无赖话的,未必懂得"冤各有头,债各有主"的道理;他们的行径一定是横冲直撞,乱来一阵。于是,撞到东家,东家害病,冲到西家,西家倒运;说不定所有的鬼通力合作,搅一个全镇大瘟疫!——惴惴然的镇上人这样想时,觉得学校里的行为不仅同于盗贼,而且危害公众,简直是全镇的公敌。

学校里的教师经过市街时,许多含怒的目光便向他们身上射过来;这里头还掺杂着生疏不了解的意味,好像说,"你们,明明是看熟了的几个人,但从最近的事情看,你们是远离我们的;你们犹如外国人,犹如生番蛮族!"外国人或生番蛮族照例是没法与他计较的;所以虽然怀恨,但怒目相看而外再没什么具体的反抗行动。待那可恨的人走过了,当然,指点着那人的背影,又是一番议论,一番谩骂。

教师如刘慰亭,在茶馆里受人家的讥讽责难时,他自有辩解的说法。他说:"这完全不关我的事。我们不过是伙计,校长才是老板;料理一个店铺,老板要怎么干就怎么干,伙计作不得主。当然,会议的时候我也曾举过手,赞成这么干。若问我为什么举手,要知道提议咯,通过咯,只是一种形式,老蒋心里早已决定了,你若给他个反驳,他就老大不高兴;这又何苦呢!"

别人又问他道:"你知道这件事情很不好么?"

他机警地笑着回答:"鬼,我是不相信的。不过安安顿顿葬在那里的棺木,无端掘起来让它们经一番颠簸,从人情上讲,我觉得不大好。"

这样的说法飞快地传入许多人的耳朵,于是众怒所注的目标趋于单纯,大家这样想:"干这害人的没良心的事,原来只是老蒋一个人!"可是依然没有什么具体行动表现出来。在一般人心目中,蒋冰如有田地,有店铺,又是旧家,具有特殊地位;用具体行动同具有特殊地位的人捣蛋,似乎总不大妥当。

直到蒋老虎心机一动,饱满的头脑里闪电似的跃动着计谋,结果得意的一笑,开始去进行拟定的一切,蒋冰如才遇到了实际上的阻碍。

蒋老虎在如意茶馆里有意无意地说:"蒋冰如干事太荒唐了。地皮又不在他那学校里,也不问问清楚,就动手开垦,预备做什么农场。"

"怎么?"赵举人回过头来问,"记得那块地方向来是荒地,我小时候就看见尽是些荒坟,直到后来建筑校舍,那里总是那副老样子。"

"荒地！"蒋老虎啐了一口说，似乎他的对手并不是在镇上有头等资望的老辈，只是个毫不知轻重的小子，"荒地就可以随便占有么？何况并不是荒地，明明有主人的！"

"那么是谁家的，我们倒要听听。"金树伯严正地问，近视眼直望着蒋老虎圆圆的脸。

"就是我的，"蒋老虎冷峻地一笑，"还是先曾祖手里传下来的。只是一向没想到去查清楚，究竟是哪一块地皮；入了民国也没去税过契。最近听见他们学校里动手开农场，我心里想，不要就是我家那块地皮吧？倘如是我家的，当然，犯不着让人家占了去；你们想是不是？于是我检出那张旧契来看。上边载明的'四至'同现在不一样了；百多年来人家兴的兴，败的败，房子坍的坍，造的造，自然不能一样。可是我检查过志书，又按照契上所载的'都图'仔细考核，一点也不差，正就是那块地皮。"

"唔，原来这样。"赵举人和金树伯同声说，怀疑的心情用确信的声气来淹没了。

蒋老虎接着慷慨地说："人家买不起坟地，就在那里埋葬棺木，那叫无可奈何，我绝不计较；反正我也没有闲钱来起房子。做农场就不同了，简直把它看作学校的产业；隔不多时，一定会造一道围墙索性圈进学校里去。这样强占诈取，不把人放在眼里；我自己知道不是个好惹的，哪里就肯罢休？我去告他个占夺地产，盗掘坟墓，看他怎么声辩！"

他真有点像老虎的样子,说到对付敌人偏有那样从容的态度;他从一个玛瑙鼻烟瓶里倒出一点鼻烟在一个象牙小碟子里,用右手的中指蘸着往鼻孔里送,同时挤眉眯眼地一嗅。

"不必就去起诉吧,"赵举人向来主张多一事不如少一事,老来看了些佛经,更深悟仇怨宜解不宜结的道理,"向冰如说一声,叫他还了你就是。把许多棺木尸骨掘起来,本来也不是个办法。我们人要安适,他们鬼也要安适。这种作孽的事不应该做的。"

"说一声!"蒋老虎看一看那个忠厚老人的瘦脸,"说得倒容易。他存心要占夺,说一声就肯死了心么?与其徒费唇舌,不如经过法律手续来得干脆。"

赵举人和金树伯于是知道蒋老虎是同往常一样,找到题目,决不肯放手,不久就可以看见他的新文章了。

不到一天工夫,镇上就有好多人互相传告:"老蒋简直不要脸,占夺人家的地皮!他自己有田有地,要搞什么农场,捐一点出来不就成了么?他小气,他视钱如命,哪里肯!他宁可干那不要脸的事……那地皮原来是蒋老虎蒋大爷的。蒋大爷马上要进城去起诉了。"

同时街头巷口发现些揭帖,字迹有潦草的,有工整的,文理有拙劣的,有通顺的;一律不署姓名,用"有心人""不平客"等等来代替。揭帖上的话,有的说蒋冰如发掘多数坟墓,镇上将因而不得太平;有的说学校在蒋冰如手里办得乱七八糟,子弟在里边念书的应该一律退学;有的说像蒋冰如那样占夺地产、盗掘坟墓的人,哪里配做镇上最高级学校的校长:这些话代表了所有的舆论。

一班"白相人"没有闲工夫写什么揭帖,只用嘲讽挑拨的调子说:"他干那种恶事,叫人家不得太平,先给他尝尝我们的拳头,看他太平不太平!他得清醒一点,不要睡在鼓里;惹得我们兴起时,就把他那学校踏成一片平地!"

当然,听得这番话的都热烈地叫"好",仿佛面对着捍卫国家的英雄。

校里的学生也大半改变了平时的态度。他们窃窃私议的无非外间的流言,待教师走近身旁时便咽住了,彼此示意地狡狯地一笑;那笑里又仿佛含着一句话:"你们现在被大众监视了,再不要摆什么架子吧。"——这正是视学员来到学校时,学生看着未免窘迫拘束的教员,常常会想起的心情。——而教师的训诲与督责,效果显然减到非常少,好像学生都染上了松弛懈怠的毒气。

蒋老虎的儿子蒋华同另外五六个学生有好几天不来上学;虽然并没明白地告退,也是遵从揭帖上的舆论的一种表示。

这几乎成了"四面楚歌"的局面,开垦的工作不得不暂时中止。为了商量对付方法,冰如召开教职员会议。

在冰如简直梦想不到会有这一回风潮。迁去几具棺木,竟至震荡全镇的人心;一般人常识缺乏,真可骇怪。但事实上还没有什么阻碍,也就不去管它。接着地权问题发生了,"有心人""不平客"的揭帖出现了,一般人对于"白相人"尝尝拳头把学校踏成平地的话热烈地叫"好"了,就不是一味不管可了的了,这不但使新事业因而挫折,连学校本身也因而动摇;一定要解决了这个风潮,一切才可以同健康的人一样继续他的生命。

而风潮中出首为难的就是向来最看不起的蒋士镳,这使冰如非常生气。什么曾祖手里传下来的,什么旧契所载都图一点不差,明明是一派胡说,敲诈的伎俩!但想到将要同一个神通广大绰号"老虎"的人对垒,禁不住一阵馁怯涌上心头:"我是他的对手么?他什么都来,欺诈,胁迫,硬功,软功……而我只有这么一副平平正正的心思和态度。会不会终于被他占了胜利?"这个疑问他不能解决,也盼望在教职员会议里,同事们给他有力的帮助。

冰如说:"在一般人方面,完全是误会和迷信在那里作梗,以致引起这一回风潮。误会,自然得给他们解释;棺木并不是随便抛弃,骸骨也没有丢在河里,一说就可以明白。迷信,那是必须破除的;从学校的立场说,应该把破除迷信的责任担在自己肩膀上。什么鬼咯,不得太平咯,大家既然在那里虚构,在那里害怕,我们就得抓住这个机会,给他们事实上的教训,——按照我们的计划干,让他们明白绝没有什么鬼祟瘟疫跟在后头。请诸位想想,是不是应该这样?"

他说完了,激动而诚挚地环看着围坐的同事们。他相信,自从分送教育意见书给同事们之后,他们都无条件地接受,这无异缔结了一种盟誓,彼此在同一目标之下,完全无私地团结起来了。所以他认为这个会议不是办事上的形式,而是同志间心思谋划的交流。

"这倒很难说定的,"徐佑甫冷冷地接上说,"鬼祟固然不会有,瘟疫却常常会突然而来的;又或者事有凑巧,镇上还会发生什么别的不幸事件。那时候就是有一千张嘴,能辩得明白同迁移棺木的事没有关系么?"他说着,用询问的眼光看着各人,表示独有他想得周到;虽然他未必意识到,这中间实在还含有对于校里的新设施的反感。

"那是管不了这许多的!"焕之怀着与冰如同样的气愤,而感觉受挫折的苦闷更深,听了佑甫的话,立刻发言驳斥。他为了这件事,心里已有好几天失了平静。他深恨镇上的一般人;明明要他们的子弟好,明明给的是上好的营养料,他们却盲目阻挠,以为是一服毒药!一镇的社会这样,全中国的社会又何尝不是这样;希望岂不是很淡薄很渺茫么!但是他又转念,如果教育永远照老样子办下去,至多只在名词上费心思,费笔墨,费唇舌,从这样这样的教育到那样那样的教育,而绝不会从实际上生活上着手,让学生有一种新的合理的生活经验:那岂不是一辈子都不会有健全开明的社会了么?于是对于目前的新设施,竟同爱着生命一样,非坚决地让它确立根基不可。这好比第一块砖头,慢慢儿一块一块叠起来,将成巍巍然的新房子;这好比投到海洋中的一块小石,动荡的力扩展开来,将会无穷的远。至于对阻挠的力量,退缩当然不是个办法;你退缩一步,那力量又进迫一步,结果只有消灭了你!他严正地继续说:"现在,一个问题应该先决,就是:我们这个学校到底要转移社会还是要迁就社会?如果要转移社会,那么我们认为不错而社会不了解的,就该抱定宗旨做去,让社会终于了解。如果要迁就社会,那当然,凡是社会不了解的只好不做,一切都该遵从社会的意见。"

他那种激昂急切的态度,使同事们发生各不相同的感想,却同样射过眼光来朝他看。

"我们自然要转移社会。"冰如好像恐怕别人说出另外的答语,故而抢先说。

席间诸人有的点了头,不点头的也没有不同意的表示。

"那么依照我们的原计划做下去,"焕之仿佛觉得胸膈间舒畅了一点,"场地还是要开垦,棺木还是要迁。"

刘慰亭轻轻咳了一声嗽,这是将要发言的表示。他轻描淡写地说:"外间不满意我们,好像不单为迁移棺木一桩,兴办农场的事也在里头。他们说:'把子弟送进学校,所为何事?无非要他们读书上进;得一点学问,将来可以占个好一些的地位。假如只想种种田,老实说,他们就用不着进什么学校。十几岁的年纪,即使送出去帮人家看看牛,至少也省了家里的饭。'这当然是很无聊的话,不过我既然听见了,应该说出来供大家参考。"

他又咳了一声嗽,意思当然是发言终结;便若无其事地递次剔两只手的指甲。

"我的意思,"陆三复因为要开口,先涨红了脸,声音吞吞吐吐,这是他发表意见时的常态,"农场还是暂缓兴办的好。这是事实问题,事实上不容我们不暂缓。蒋士镳出来说这块地皮是他的,要同我们打官司;在官司没有打清楚以前,硬要兴办也不定心。李先生,你说是不是?"说到末了一句,他回转头看坐在旁边的李毅公,转为对话的语调。

李毅公是只等下个月到来,进公司去干那又新鲜又丰富的另一种工作;对于这里学校的困难境遇,他看得同邻人的不幸一样,虽也同情地听着,但不预备在同情以外再贡献什么。他向陆三复点点头。

"完全是敲诈,流氓的行为!"冰如听三复提起蒋士镳,一阵怒火又往上冒,"哪里是他的地皮!我一向知道是学校里的。他就惯做这种把戏;不然他怎么能舒舒服服地过活?他无端兴风作浪,要打官司,想好处,我们就同他打;我们理直气壮,难道让他欺侮不成!"

他的感情一时遏止不住,又提高了嗓门说:"这班东西真是社会的蟊贼,一切善的势力的障碍者!我们要转移社会、改善社会,就得迎上前去,同这班东西接战,杀得他们片甲不还!"

"我不知道学校里有这块地皮的契券吗?如果有,不妨同他打官司。"徐佑甫像旁观者一样,老成地提供这样的意见。

"契券可没有。但是历任的校长都可以出来证明。若说是蒋士镳的,哪有历久不想查明,直到此刻才知道是他的?"

"可疑诚然可疑。然而他有契券在手里,我们没有。"

"那一定是假造的!"

"我们没有真的,哪里断得定他手里的是假?"

冰如爽然若失了。几天以来,由于愤懑,他只往一边想;蒋士镳是存心敲诈,而敲诈是徒劳的,因为地皮属于学校是不容怀疑的事实。他没想到蒋士镳抓住的正在这方面,学校没有那证明所有权的契券。现在听徐佑甫那样说,禁不住全身一凛;好像有一个声音在心里响着:"你会输给他的!"

同样爽然若失的是焕之。他虽然说"教育界的黑暗看得多了",眼前这样的纠纷却没有遇到过。他几乎不相信世间会有那样无中生有寻事胡闹的人,然而眠思梦想的新鲜境界农场的实现,的确因蒋士镳而延迟了。将怎样排除障碍呢?将怎样帮助冰如呢?在他充满着理想和概念的头脑中,搜寻,搜寻,竟没有答案的一丝儿根苗。若说管不了这许多,只要照合理的做去,依理说自然如此;但事实上已成了不容不管的情势。然而又怎么管呢?从闷郁的胸次爆发出来似的,他叫一声"麻烦!"

陆三复咬着舌头,狡狯地射过来冷冷的一眼,好像说:"诸葛亮,为什么叫麻烦?你的锦囊妙计在哪里呢?"

沉默暂时占领了预备室。

刘慰亭向冰如望了望,又咳嗽一声,冲破了沉默说:"而且,外面很有些谣言,说要打到学校里来,说要给某人某人吃拳头。那些没头没脑的人吃饱了饭没事做,也许真会做出来呢。"

"那我们只有叫警察保护。"冰如冤苦地说。

"警察保护有什么用?最要紧的在熄灭那班捣乱的人的心。"刘慰亭的话总是那样含有不同的两种作用,说是关切固然对,说是嘲讽也不见得错。

"好几个学生连日不到校,打听出来并不为生病或者有别的事,而且蒋华也在里边,那显然是一种抵抗的表示。"焕之连类地想起了这一桩,感伤地说;学生对他采取罢工似的手段,在几年的教师生涯中,确是从未尝过的哀酸。

"唉!我不明白!"冰如声音抖抖地说,脸上现出惨然的神态,"我相信我们没有做错,为什么一霎时群起而攻,把我们看作公敌?"

失望的黑幔一时蒙上他的心。他仿佛看见许多恶魔,把他的教育意见书撕得粉碎,丢在垃圾堆里,把他将要举办的新设施,一一放在脚爪下践踏。除了失望,无边的失望,终于什么也得不到,什么也不会成功!"放弃了这学校吧?"这样的念头像小蛇一样从黑幔里向外直钻。

但是另一种意念随即接替了前者,"两个孩子正在这学校里。如果让别人接办这学校,绝不能十分满意。而且,自己离开了教育事业又去干什么?管理那些琐琐屑屑的田务店务么?在茶馆里,在游手好闲者的养成所里坐上一天半天么?那真无异狱囚的生活!而且,酝酿了许久的教育意见正在开始实行,成效怎样,现在固然不知道,但十分美满也并非过分的妄想。为什么要在未见下落之前就放弃了呢?"

他又想到揭帖上写的蒋冰如那样的人哪里配做校长的话。"这里头说不定藏着又一种阴谋,有人想攫取这个校长位置呢。"偏不肯堕入圈套的一种意识使他更振作一点,他压住小蛇一样钻出来的念头,决意不改变方针;当前的障碍自然要竭力排除,哪怕循着细微委婉的途径。他渐渐趋于"为了目的,手段不妨变通"的见地了;自己的教育理想是最终目的,要达到它,得拣平稳便当的道路走。

他的感情平静一点了,又发言说:"我们谈了半天,还没有个具体的对付方法。但是今天必须商量停当。请诸位再发表意见。"

于是一直不曾开口的算学教师开始发表意见。他说:"我们学校里将有种种新设施,这根据着一种教育理想,原是不错的。但社会的见识追随不上,以为我们是胡闹。隔膜,反感,就是从这里产生的。可巧荒地上有的是坟墓,迁棺检骨又触犯了社会的迷信。隔膜,反感,再加上对灾害的顾虑,自然把我们看作异类,群起而攻了。我以为农场还是要办,其他拟定的新设施也要办;但有些地方要得到社会谅解,有些地方竟要对社会让步。譬如,农场在教育上有什么意义,让学生在农场里劳动,同光念理科书有什么不同,应该使社会明了;这在蒋先生的意见书里说得很明白,节录钞印,分发出去就是。坟墓,社会以为动不得的,我们就不动,好在地面并不窄,而且在坟墓上种些花木,也可以观赏;一定要违反社会的旧习,以示破除迷信,何必呢?这样的办法,不知各位以为用得用不得。"

他又向大家提示说:"一种现象应该注意,就是所有的抵抗力显然是有组织的;而唯一的从中主持的,不容怀疑,是蒋士镳。蒋士镳乘机捣乱,何所为而然,自不用说。但如果真同他打官司,在他是高兴不过的;他口口声声说诉讼,就可以证明。我以为应该请适当的人向他疏通;疏通不是低头服小,是叫他不要在这桩事上出花头,阻挠我们的新发展。只要他肯答应,我相信其余的抵抗力也就消散了。这是'擒贼擒王'的办法,又不知各位以为何如。"

"好得很,"徐佑甫咽住了一个呵欠说,"好得很,面面俱到,又十分具体。"

"就这样决定吧。"刘慰亭想起约定在那里的三个消遣的同伴。

陆三复不说什么;鞋底在地板上拖动,发出使别人也会不自主地把脚拖动的声音。

几个始终没开口的都舒畅地吐了一口气。

倪焕之当然很不满意这种太妥协的办法。但是苦苦地想了又想,只有这种太妥协的办法还成个办法;于是含羞忍辱似的低下了头。

解去了最后的束缚似的,蒋冰如仿佛已恢复平日的勇气。但一阵无聊立即浮上心来,不免微露阑珊的神情。他说:"没有异议,就这样通过吧。"

十三

金小姐在看灯会的后两天就进城上学。依照向例,不逢规定的较长的假期她是不回家的。一则家里没有母亲的抚爱足以使她依恋；二则毕业就在年底了，功课更见得有关重要，为预备下学期往附属小学实习起见，又须从图书室里借一些关于儿童教育的书来看，在校的时光这就填塞得很充实，再不会想起回家的念头了。为了后者，连延续到一星期的春假也没有回家。

可是说她绝不想起回家的念头也不见得准确。那个性情真挚温和、风度又那样优秀挺拔的青年，不知不觉已袭进她的心，在里边占着并不微小的位置。几次的会晤，他的每一句话，每一个姿态，她都一丝不漏地保藏在心头，时常细细咀嚼，辨尝那种甘美的回味。尤其是看灯会同路叙谈的那一次，他直抒自己思想的历程，他鼓励她昂藏地趋向理想的境界，使她又感激又兴奋，体会到她应当享受而以前还不曾享受过的青春的快乐。那个晚上，天气那样温和，微明的星光把田野照成梦一样的境界，锣鼓声、丝竹声和群众的喧闹声都含有激动情绪的力量，而他并着她的肩走。——后来她一想起那一回并着肩走就觉得心荡，似乎不相信地想，"真有过那回事么？"——她时时瞥过一眼去看他那朦胧的侧影，觉得从头发、前额、鼻子、嘴以至脖子、胸脯，曲线没有一处不恰到好处，蕴蓄着美的意象。同时他的气息匀调而略带急促地吞吐着，她听到而且嗅到了；一阵轻微的麻麻的感觉周布全身；嗅觉是异常的舒快，可是形容不出那是同什么花或者什么香相似的一种味道。她陶醉了，于是更贪婪地看他一眼；若不是在微明的星光下，他一定会看出她那一双闪烁的黑眼瞳里燃烧着热情的火。……她回忆起那些，第一是感到一种秘密的欢喜，好像外表贫穷的人偷偷地检点他富足的储蓄时所感到的一样。但是咀嚼一过之后,回味虽然甘美,并不能就此满足;一种不可知的力量促迫着她希望尝到更新鲜更甘美的滋味。这当儿,电光一样在心头闪现的,就是买舟回乡的念头。

然而径自请假回去是校规所不许的,必得有家长签名盖章的请假书才行。怎么能叫阿哥写请假书呢?即使请假不成问题,荒废了功课,变更了旧习,自己又怎么交代得过呢?同时一个严厉的声音在心头响着:"那是没廉耻的行径,清白的女子不应该那样想的。忘了它吧,忘了它吧,否则你将堕落,堕落到深不可测的不道德的海底!"听着那声音,她又羞惭又恐惧,买舟回乡的念头便被遏住了。

说被遏住,就是没有能根本撤销;她真想去找倪焕之谈谈,听他谈理想,谈教育以及别的什么。因为心头那个严厉的声音时常在那里呼唤,她的回忆和想望更隐秘了;譬如,当着同学们的面,她不敢想到那些,好像她们就是发出那个严厉的声音的。她想到那些大都在上了床关在帐子里的时候,否则眼前也得摊一本书,好像帐子和书本是可以隔开她同那个严厉的声音的。假如同学们细心观察,一定能发现她近来的转变,虽然只是细微的转变。她依然凝思,但是凝思的时候常常半抬起上眼皮,眼睛无目的地一瞥;这是烦躁的表示,从前所没有的。她又喜欢独个儿在一处,教室里,自修室里,运动场上,能不同别人在一起就更好,虽然并不显然拒绝别人的陪伴和谈笑;因为这样便于检点保藏在心头的珍玩,而不露丝毫的秘密。同学们对于她太信任了，太尊敬了，似乎别的女郎容易闹出来的那种思慕和烦闷的把戏，唯有她是绝对无缘的；所以对于她的细微的转变完全忽略了，依旧同她商量一切事情，请她帮助解决功课上的疑难与疏漏，并且爱娇而不狎亵地叫她"我们美丽聪明的金姊姊"。

"为什么叫他不要来信呢？谈论教育的事情和别的光明的运，就给舍监看见了又有什么要紧？而在我，收到那样的信将何等地快活醉心呀！……为什么叫他不要来信呢，你这傻子！"

她这样地懊悔，便想何不先寄他一封信。可是这只使她自觉脸上热烘烘的，知道是红起来了；信却终于没有写。她又带着幻造的欢喜这样设想：他的信来了，在舍监太太手里，那老妇人的侦探似的眼光看着她，问她写信的是什么人，那时候她将怎样回答。"是表兄，同他是姨表兄妹，"她温馨地回答那意想中的舍监太太，同时又设想用一种"你管不着我"的骄傲神态去接那封可爱的信。但是现实立刻提醒她，并没有什么信在舍监太太手里，欺诳的回答和骄傲的神态全都用不上；她爽然了。便恨自己竟没有一个真的表弟兄。如果真有表弟兄的话，信来信去自是寻常的事；从那寻瘢索疵的舍监太太手里，毫无顾忌地收领男子手写的信，即不问中间写些什么，那种感动与欢喜能说得完想得尽么？

总之，她触在情爱的网里了。虽然触在情爱的网里，却不至于抛弃了一切，专对一方面绞脑牵肠；这因为独立自存的意愿吸住了她好几年，到现在还是有很强的力量，而她与焕之的几次交接，使她事后回想不置的，究竟模拟的成分多，而实感的成分少。流着相思泪或者对影欷歔之类的事是没有的，她还没有到那种程度。

暑假期渐渐近来，回乡的热望渐渐炽盛，几乎等不及似的；这也是不同于从前的。终于放假的日子到了。她起来得特别早，把前天就整理好的行李搬上家里雇来接她的船，就催促摇船的阿土开船。一路看两旁的荷花，田里的绿稻，以及浓荫的高树，平静的村屋，都觉得异常新鲜可爱，仿佛展开一个从来不曾领略的世界。但是，慢慢地有一种近乎惆怅的感觉搅扰她的心，就觉得这样那样靠着船舷都好像不合适。于是半身躺着，取新近买到的杂志来看，那是很流行的《新青年》。然而看得清的是一个个铅模印成的字，看不清的是各个字连起来表达的意义。为什么心不能安定呢？她放下杂志，明明知道又像全不知道地问自己。半年的阔别，那学校的新设施进行得怎么样了？那温和优秀的人儿有没有什么改变？他又有什么新鲜的理想珍宝似的炫耀别人的眼睛么？又有什么可爱的议论音乐一般娱乐别人的心神？关于这些，她都不能构成个粗具轮廓的答案。又似乎平时觉得并不模糊的几次会晤的印象，那些谈话，那些姿态，现在也化得淡了，朦胧了。空虚之感就在她心里动荡，竟至想起"现在往哪里去呢？"那样的念头，恰恰同切盼回乡的热望相反。待他到家里去访问自己呢，还是到学校去找他？他会不会已经回去了？见了面又同他谈些什么呢？怎样才能满足几个月来很想找他的愿望？……对于这一串另外的问题，她也只有踌躇，无从决断；因此，馁怯便踅进了她的心。

　　开船早，风虽不大，却是顺风，不到十二点就到了。蝉声这里那里响应着，倦懒又怕热的花白猫在藤棚下打盹，建兰的若有若无的香气让软绿帘护着，金小姐在这样的环境中见了兄嫂。谈话间知道高小里还有一个星期才放暑假；焕之当然没有回去，昨天晚饭后他曾来这里谈话乘凉，吃学校农场新摘的西瓜。这使金小姐又觉得心头充实起来，头绪纷繁而总之是可慰的意念像春草似的萌生。她就随便谈女师范里一些可笑而有味的琐事，来掩饰她别有原因的兴奋。

　　树伯告诉她高小里曾遇到风潮，说信里写不尽那些，所以索性不写。金小姐说从城里的报上也约略看到一点，可是不详细，没头又没尾，到底是怎么一回事？

　　"他们办事太不顾一切了。譬如驾车的，闭起眼睛专管掣动手里的缰绳，迟早会把车撞翻了的。"树伯这样开了端，便把风潮的因由和经过详细说一遍。结末他矜夸地说："还亏我去找蒋老虎，同他透明见亮地说，学校不是什么肥肉，他们干的也不是什么顶坏的事，不要从中作梗吧。他总算同我有交情，老实对我说，是不是肥肉现在不用谈，因为他并非真想吃。只是蒋冰如那样像煞有介事，一副正人君子的模样，他看不惯，所以给他一点儿颜色看。而且，凡是蒋冰如干的事，他也真心是反对。我就代冰如解释，我说冰如这个人是没有什么不好的，不过有点儿读书人的呆气，不通世务是有的。我又说冰如同他完全没有芥蒂，他在地方上干的一些事，冰如都佩服，常常说那样热心社会事务的人多了就好了；只因彼此一向生分，所以他不曾亲耳听见冰如说。我还说了别的许多话；像做媒人一样，总之把双方尽量拉拢来，直到黏在一块儿才歇。他这才回心转意，慷慨地说，既是这样，他就把祖传的荒地捐给学校，诉讼的话不提了。当然，不必说了，他还得了点实际的好处，——空手而还的事情他是向来不干的。然后，镇上一般的反对声浪渐渐平息下来，学校里的农场总算搞成功了。"

金小姐听得很注意；愤慨的意念在心头窜动，不平的眼光直射树伯的脸，好像受那土豪欺侮的就是她自己。到末了，听说农场终于搞成功了，眉目间才现出悠然凝想的神色；她要在意想中描摹出那充满生机的农场，富于教育意义的乐园。她的左手托着腮颊，兴味地问："搞得很好吧？"

"还不错。同普通田园大致相仿，不过整齐些，又有点儿玩赏的花木。你还不知道，那个教理科的李先生因为有了比较好的事，辞了职走了。焕之接任他的功课。所以农场的事情也是焕之在那里管。"

"他！"金小姐觉得异常惊喜，"他喜欢谈革新教育，这新事业由他去管，再好没有了。"

树伯的近视眼睁大一点儿，定定地看了金小姐一眼。她才知道自己的语调近乎兴奋了；脸上微微感觉烘热。

"他起初是很高兴的，"树伯一笑，似带嘲讽的意味，"遇见了我，总是说什么东西下种了，什么东西发芽了，好像他是个大地主，将来的收获将加增他无限的财富似的，但是近来，我看他有点儿阑珊了。"

"为什么呢？"金小姐虽然着意禁抑，总掩不住关心的神色。

"我也莫明所以呀。昨天晚上他曾说这样一句话：'理想当中十分美满的，实现的时候会打折扣；也许是有那么一回事的。'若不是意兴阑珊，他，喜欢理想的他，会说这样的话么？并且，他好些时没谈起农场的什么什么了。"

仿佛听人传说自己所悬系的人患病似的，金小姐惆怅而且焦虑了。他发现了这种新设施有弊害而无效益么？他在进行中遇到了从旁的阻碍么？从以前几次的会晤来推测，他像是个始终精进的人，意兴阑珊是同他绝对联不上的。但是，他确已吐露了阑珊的心声了。——她这样想，要去看他的欲望更加强盛起来；她似乎有许多话要问他，又有许多安慰的话要对他说，虽然再一想时，那些话都模糊得很，连大意也难以捉摸。

"他们的新花样不止一个农场呢，"树伯见妹妹不开口，迎合她的兴味似的继续说，"戏台也造起来了，音乐室也布置起来了，商店也开起来了。听说下半年还要增添工场呢。"

"那很值得看看，那样办的学校从来没见过。"金小姐唯恐兄嫂怪她急于往学校里跑。

"你可以去看看。"

"是的，我想今天就去。"她挺一挺身子，两手举起掠着额发，那意态像是立刻要动身似的。

"坐了半天的船，不辛苦么？就是要去，下午四五点钟去为是；现在太阳晒得那么厉害，又是一无遮盖的田野间的路，简直不能走。"

金小姐没有理由说一定要立刻去，便回到楼上自己的房间里。想把带回来的书物整理一下，但是一转念就感觉不耐烦，缩住了手，让那肚子饱胀的网篮待在一旁。她来回地走着，心里浮荡着种种的情绪，欣慰、馁怯、同情、烦恼，像溪流里的水泡一样，一个起来了，立刻就破碎，又来了第二个。就在两三个钟头之后，将要去会见一个虽不是爱着却是打动了自己的心的男子，实现那几乎延续到半年的想望：这在她是从来不曾经验过的。她一会儿嫌时间悠长；一会儿又感到它跑得太快了，从帘纹里映进来的日影为什么越来越偏斜呢！她开了壁上的小圆洞窗，见田野、丛树、村屋仿佛都笼上一层微微跳动的炎热，反射着刺眼的光。倏地把窗关上，又去梳理那新挑下来剪齐的一排额发。有了那一排额发，更增加秀逸的风姿；尤其是从侧面看，那额发配合着长长的睫毛以及贴在后脑勺的两个青螺一样的发髻，十分妥帖地构成个美女的侧面剪影。忽然，她从镜子里注意到自己的脸色红红的，眼睛里闪着喝醉了似的异样的光；一缕羞意透上心来，眼睛立刻避开了镜子。

<h2 style="text-align:center">十四</h2>

金小姐到学校去时是下午五点。吹着爽快的风，大地上一切就像透了一口气；树木轻轻摇动，欢迎晚凉来临；蝉声不再

像午间那样焦躁急迫，悠闲地颇有摇曳的姿致。她穿的是新裁的白夏布衫，齐踝的玄纱裙，白袜子，丝缎狭长的鞋。简单朴素的衣着是这时候所谓女学生风，但像她那样裁剪合度，把匀称的体格美完全表现出来，简单朴素倒是构成美的因素了。

校役水根回说倪先生在农场里；心里怀着疑怪，怎么一个年轻小姐跑来看倪先生呢！想了几转终于想不明白，只好举起手来在盘着粗黑大发辫的头顶一阵地搔。

这当儿，金小姐似乎已排除了一切烦扰的心思，只是这样想：她是来看学校里的新设施，希望长进些见识，将来服务时总会有许多用处；这中间完全没有私念和俗欲，所以羞惭是绝对不需的。正唯这样想，她才从家里举起第一步脚步呢。

一个低低的门通到农场。脚下是煤屑平铺的五尺来宽的步道。两旁一畦一畦高高矮矮的完全是浓绿的颜色。西瓜像特地点缀在那里似的，那么细弱的藤叫人不相信会结那么大的瓜。黄瓜藤蔓延在竹架子上，翠绿的黄瓜挂着，几乎吻着地面。向日葵朝渐渐下落的太阳低垂着头；叶子是一顺地 着，晒了一天，疲乏还不曾苏醒呢。玉蜀黍从叶苞里透出来，仿佛神仙故事里的小妖怪，露出红红的头发。毛豆荚一簇一簇地藏在叶子底下，披着一层黄毛。棉已开着黄花，有如翩翩的蝶翅；将来果实绽裂，雪白的棉絮就呈现出来了……靠右两棵高柳下的一区种着玩赏的花草。白的、红的、深红的波斯菊仿佛春天草原上成群乱飞的蝴蝶，随着风势高起又低下。茑萝爬上短短的竹篱，点点的小红花像一颗颗星星，又像一滴滴血。原议迁去而终于没有迁去的坟墓就围在竹篱里面。上面种着蜀葵、秋葵之类茎干较高的东西，也就把死寂的气象掩没了。篱外五尺见方一块地齐整地栽着各色凤仙和老少年；颜色娇嫩的花叶组织成文，像异域传来的锦毯。旁边排列着几百支菊秧，都是三张瓦片围一堆泥，中间插一支菊秧；这到秋来，将有一番不输于春色的烂漫景象呢。

金小姐听着自己的脚步声，眼看含有教育意味的——印着学生教师的手泽的各种植物纷陈在面前，一种激动的情绪涌上心头，仿佛来到圣洁的殿堂。平常的园圃也见得多了，而眼前的园圃似乎完全不是那么样，中间满储着天真的意趣与劳动的愉快，一张叶子的翻动，一朵花儿的点头，仿佛都是手种它们的人投入新生活的标记。不禁想到将来服务的时候，也必须这么办才行，否则学校就没有意思。

"金小姐，你放假回来了？"

骤然间一声好鸟似的，她听见悦耳的焕之的声音；将来也必须这么办的意念便消散了，眼睛里满含着喜悦，向声音来的方向望去。

步道向左弯曲，在一丛高与人齐的麻的侧边，有个茅亭，亭中焕之的身影从麻叶间可以窥见。他举起右手招着，正走出亭子来。

"啊，倪先生！我参观你们的农场来了。你们的农场这样新鲜有味；这里镇上的孩子应当骄傲，他们有独有的幸福。"

金小姐的声音里带着掩饰不了的高兴；同时步子加快了，

身体摆动的姿态像一阵轻快温柔的风,映在地上的长长的斜影见得很可爱。这时候她要是反省的话,对于自己的神态一定会惊异;每一回放假归来,初见兄嫂,绝不是这么一副样子;这是女儿看见了久别的母亲,情不自禁,简直要把整个自己投入母亲怀里的神态。

焕之走到金小姐面前。彼此都站住了。他用清湛的眼睛看着她,透入底里地重读那深刻在心头的印象。血液似乎增加了什么力量,跳动得快而且强。像矜持又像快适的感觉仿佛顽皮的手爪,一阵阵搔他,使他怪不好过。这中间闪现的意念是"她来了!她果然来了!"昨晚树伯无意中说到妹妹明天回来时,他就猜想她会来找他;现在,面前站着个素衫黑裙风致明艳的人,那预感不是应验了么?

他一时找不到一句适当的话,来表达他因她的到来而引起的心情,只得承着她的上文说:"农场总算办起来了,但经过不少的波折呢。"

他说着,低头默叹。他一想起那委曲求全的解决障碍的故事,就禁不住生气;事情虽然过去了,而受欺侮的印记却好像永久盖在他身上,也永久盖在全校每个人身上。但假如不那么办,就连一点儿革新的萌芽都不得生根,更不用说逐步逐步地扩充。能说冰如错了么?能说那出主意的算学教师错了么?他用对亲戚朋友诉说衷心甘苦的真挚态度说:"没有法子,社会是那样的一种社会!任你抱定宗旨,不肯放松,社会好像一个无赖的流氓,总要出来兜拦,不让你舒舒服服走直径,一定要你去找那弯曲迂远的小路。"

金小姐眼睛张大了,疑异地看着焕之含愁的眼睛,再往里看,要看透他内在的心;一句问语含蓄在她的眼光里:"怎么,你果真弹动了另外一条弦线了?"

"这且不谈,"焕之来了甜蜜的回忆,愤懑从眼睛里消逝,脸上呈现温和的微笑,"春间我说要把农场实施的情形写信告诉金小姐,金小姐说回来时面谈;现在回来了,大概乐意听我的陈说吧?"

"倪先生真记得牢。"金小姐抬眼一笑;心灵上好像受到十分亲密的抚慰,只觉软酥酥的。四围的景物花草似乎完全消失了,唯见对面那英秀可喜的青年,从他的嘴里将吐出新鲜名贵的教育经验。

"这哪里会忘?"焕之恳切地说。

金小姐又一笑,两排牙齿各露出洁白的一线,在焕之眼里像奇迹显现似的那么一亮;但是她随即把头低下了。

焕之指点着说:"这里的一切规划,像分区,筑路,造亭子,种这种那种植物,不单是我们教员的意思,完全让学生们一同来设计。那意义是理想的教育应该是'开源的';源头开通了,流往东,流往西,自然无所不宜。现在一般的教育却不是这样,那是'传授的';教师说这应该怎么做,学生照样学会了怎么做,完了,没有事了。但是天下的事物那么多,一个人需要应付的情势变化无穷;教师能预先给学生一一教会么?不能,当然不能。那么何不从根本上着手,培养他们处理事物应付情势的一种能力呢？那种能力培养好了，便入繁复变化的境界，也能独往独来，不逢挫失；这是开源的教育的效果。我们要学生计划农场的一切，愿望原有点儿奢，就是要收这样的效果。计划云云无非借题发挥，所以非农家子弟也不妨用心思，将来不预备进农业学校的也可以用心思。这正像练习踢足球，粗看起来，好像只求成为运动会中的健儿；但练习久了，却在不知不觉之间，养成了公正勇敢合群等等的美德。"

金小姐偷看了焕之一眼；像听完全信服的教师的讲授一样，听他的话有一个个字都咽了下去的感觉。她十分肯定地说："确实应该这样，应该这样。不然，枝枝节节地'传授'，哪里配得上教育这个名词？"

"我们计划停当了，"焕之舞动着右臂给自己的话助势，"就开始农作。锄头、鹤嘴、畚箕等等东西隶拿在手里，我们的心差不多要飞起来了；——我们将亲近长育万物的土地，将尝味淌着汗水劳动的滋味，将看见用自己的力气换来的成绩！学生的家属固然有好些不赞成这件事，但十个学生倒有十二个喜欢，因为中间有几个比别人加倍地高兴。我们按时令下种，移苗，就布置成眼前这样的格局。又相机适宜地浇水加肥，又把所做的工作所有的观察详细记载上《农场日志》。学生做这些事，那样的勤奋，那样的自然，那样的不用督责，远超过对于其他作业。他们全不觉得这是为了教育他们而特设的事，只认为这是他们实际生活里最可爱的境界，自然一心依恋，不肯离开了。什么芽儿发了，什么花儿开了，在他们简直是惊天动地的新奇,用着整个的心来留意,来盼望,来欢喜!"

假如把他的谈话想象成一种植物,那么这一段就是烂漫地开着的花。金小姐似乎望见了那花的明耀的笑靥,她的脸上现出神往的光彩。但是一缕疑念立刻潜入她的心,她关切地问:"那么为什么……"她咽住了,幸喜自己还没说出"阑珊"一类的字眼,改口说,"那么实施的经过是十分圆满。这在教育工作者,尤其是担负全责的倪先生,该是永远不会消亡的愉快。"

"这个……"焕之踌躇了。在他成功的喜悦里,近来浮上了一片黑影;虽然只是淡淡的,并没遮掩了喜悦的全部,但黑影终于是"黑的"影啊!

他看见学生们拿着应用的农具在农场上徘徊,看看这里那里都不用下手,只好随便地甚至不合需要地浇一点水完事。又看见他们执着笔杆写《农场日志》,带着虚应故事的神情,玩忽地涂上"今日与昨日同,无新鲜景象"的句子。他们热烈的兴致衰退了,恳切的期望松懈了;"今天要农作,但农作有什么事做呢!"这样的话在他们中间流传了。见到了这些,当然该设法补救。但是,他们需求的是天天变换的新鲜,而植物的生命过程却始终在潜移默化之中,粗略地看,几乎永远是"今日与昨日同";他们喜欢的是继续不断的劳作,而农场只有十七八亩地,如其每个学生要天天有工作做,就只有无聊地浇一点水。说农场不应该兴办么?那万不能承认;对于这样另辟蹊径的教育宗旨与方法,自己确有坚强的信念。说规划得不够妥善么?也似乎未必尽然;这类规划本没什么艰深,何况又曾竭尽了全校师生的心思。然而没有料到,兴奋以后的倦怠与熟习以后的玩忽终于出现了,像在完美的文章里添上讨厌的不可爱的句子,那是何等怅惘的事情!有好几回,望着那些默默地发荣滋长的花草,竟发生一种酸味的凄然的感觉,致使自己疑讶起来,仿佛也染上那种倦怠与玩忽了。

不仅是农作,就像对于学生演戏这件事,也从兴奋喜悦之中撞见了同样的黑影。他永远忘不了那最受感动的一回。从近出的《新青年》杂志上看到莫泊桑的小说《二渔夫》的翻译,大家都说很适宜于表演,甚至徐佑甫也点头说"颇有激励的意思";于是让学生把小说改编成戏剧的形式,练习了几天,然后开演。演到后半,两个钓徒给德国军队捉住了;因为始终不肯说出法军防地的口令来赎回自己的生命,就被牵去面对着十二个德国兵瞄准的枪口。一个哀酸地叹一口气,含泪的眼睛瞅着旁边的同命运的同伴,颤声说:"苏活哥,再会了!"那同伴回报他一个祈祷似的仰视,恳切地喊,"麻利沙哥,再会了!"——看到那地方,心完全给紧张凄凉的戏剧空气包围住了,眼泪不禁滚了下来。但是就只有那一回;此外都平平淡淡,不感很深的兴趣。还有几次,戏剧的题材是民间故事,只是照样搬演,很少剪裁布置的工夫;演来又极随便,令人想起职业的"文明新戏"的恶劣趣味。看了那些,同时就这样地想,"来了,倦怠与玩忽都来了!"

这就算是改革的失败么?当然不能;从好的一方面看,旧的教育绝不会有那样的表现。但是在理想中以为效果应当十分圆满的，为什么实际上却含着缺陷的成分？又想到自己不该这样脆弱；有缺陷不妨弥补，走的路没有错，希望总不是骗人，为什么竟会萌生颓丧的心情呢？于是努力振作自己，希望恢复到春间那样，乐观，简单地唯知乐观。可是总办不到；时时有一缕愁烦，像澄清的太空中的云翳一样，玷污了心的明净。

"这个，"一片黑影在他心里掠过，他无力地说，"却也不尽然。刚才说的，是最美满的部分，譬如吃甘蔗，是最鲜甜的一节。也有不很可口的地方呢。我现在相信，理想当中十分美满的，实现的时候会打折扣！"他就把愁烦的因由一一诉说了。

"这绝不是原则上有什么错误。"金小姐听罢，这才恍然，连忙用安慰的声调说。

"是呀，我也相信原则上没有错。"

"只因为倪先生希望太切了，观察太深了，所以从美满中发现了不满。若叫普通的参观人来看，正要说'游夏不能赞一辞'呢。"

她接着又热切地说："就认那些是不满，倪先生和冰如先生还不能想出妥善的主意来弥补么？眼前有这样一个充满生意的农场，总之是理想教育可以成功的凭证，应该无条件地愉快。"

她自己也不明白，为什么不愿意他怀着丝毫的愁烦，对他说话总偏于安慰的意思。同时她想他是着眼在更精深更切实的处所了；眼前的愁烦是蜕化期间应有的苦闷，超越了这一段期间，自然汇入于圆融无碍的境界；于是送过钦仰的眼波望着他。

焕之听了金小姐的解慰,思想被引进另一个境界。希望太切了,观察太深了,或者是确实的吧?现在看到的一些现象,实际上算不得倦怠与玩忽吧?自己却神经过敏地以为撞见黑影了,心境烦扰了好些日子,岂不是无谓?而把这些对金小姐完全诉说出来,更觉得又抱歉又懊悔,好像将不能证实的传闻去动摇别人的心一样。因此带着羞愧的神情说:"应该无条件地愉快;是呀,我们到底做起头了!"

"接着一个长期的暑假就要来了。"

"金小姐的意思是说在暑假中可以再来审慎设计,重新考量么?"他这样说,心里盼望余下的结束功课的一星期飞逝地过去,自己便回到家里,整理一间安静的书室,在里边专心翻读关于教育的书;又想不回家去,就住在校里过夏也好,这样可以每天同冰如讨论,又可以照料农场的一切,而且也……

"我不是说你们以前干的一定有错;不过说暑假里加一番详细的研究,可以搞得更好。"

斜阳把人影拉得更长了。焕之忽然觉察自己的影子同她的影子重叠在一起,几乎成为一个了;一种微妙的感觉主宰着他,使他睁着近乎迷醉的眼,重又向她端详。一排新挑的额发仿佛大晴天闲逸地停在远处的青云;两颗眼瞳竟是小仙人的洞窟,璀璨地闪着珍宝的光;那淡红的双颊上,浮着甜蜜的明慧的浅笑,假如谁把脸儿贴上去,那是何等幸福何等艳丽的梦啊!而一双苗条的手拈弄着白夏布衫的下缘,丝缎鞋的后跟着地,两个脚尖慢慢地向左向右移转,这中间表白她心头流荡着无限的柔情。

他从来不曾看见她有今天这样美,也从来不曾有这样强烈的感觉,只想把整个自己向她粘贴过去。他的鼻子上略微出着汗,但两只手似乎有点儿冷,而且不很捏得拢来;心房是突突地急跳,自己听得见那种不平静的声音。

他的身子耸一耸,兴奋地说:"暑假里我不预备回去。"

"那好极了!"金小姐无意地流露了心声,脸上更染上一层红晕,差不多与亭子那边盛开的夹竹桃一样颜色。

"为什么?"焕之有意问一句。

"下学期我们要实习了;我自觉懂得太少,不够应用;倪先生在这里,可以常常请教。"金小姐用青年女郎天真烂漫的态度来掩饰骨子里的不自然。

"说什么请教?我愿意把自己想的同别人谈谈,也喜欢听听别人想的;但是除了冰如先生,谈话的人太少了!金小姐,你不要说请教,就说同我谈话,行么?"

"行固然行。但我确实佩服你们的主张和办法,说请教也不是虚矫的话。"金小姐说罢,飘逸地旋一转身,随即抚爱似的玩弄那手掌形的麻叶。

"金小姐,你才可以佩服呢,"焕之略微凑近金小姐,语声柔和,可是有点儿发抖,"我好些时心头烦扰,觉得很没趣,力自振作,又不见效果;此刻你来了,只这么短短的几句话,就把我振作起来了。我依然是个乐观主义者了,我昂着胸承受希望的光辉。"

他转身向西,全身沐着夕阳的温和的金光。

金小姐非意识地摘下一小片麻叶,用两个指头夹着在空中舞动,回转身问焕之说:"真的么?我不相信我的话有这么大的功效。"虽然这样说,欣幸成功的意思已经含蓄在语气之间,甚至还带着"我的话竟有这样大的功效"的夸耀心情。

"我真盼望每逢感到烦扰时,金小姐就用名贵的几句话给我开导呢!"是焕之的热诚的回答。

这一句话,好像那生翅膀的顽皮孩子的一箭,不偏不倚正射中金小姐的心窝。她喝醉了酒似的,浑身酥酥麻麻,起一种不可名状的快感;同时,一种几乎是女郎的本能的抗拒意识也涌现了,她知道这一出戏再演下去将是个怎样的场面,而阻止这个场面的实现是她的责任。她不能说什么,只好遥对着亭子那边的夹竹桃出神。

一时两人都沉默了。晚风拂过,花草的叶子瑟瑟作响,带着凉爽的意味。有纯粹本镇口音的歌声从学校旁侧那条河边送来,是渔人在那里投网打鱼,唱着消遣;这工作将延续到明天早上才歇呢。

"谈话的人太少了!"焕之反复咏叹地重说刚才说的一句话,总算把沉默冲破了,"亭子里有竹椅子,我们可以去坐坐,再谈一会。"

于是两人一同到亭子里,八字分开地坐下,朝着亭外一座小火山似的一丛夹竹桃。东方天边的云承着日光,反射鲜明的红色,灿烂而有逸趣,使金小姐时常抬起头来。

他们从谈话的人少谈到彼此的朋友,从朋友谈到家庭。焕之说可惜镇上没有相当房子的出租,不能迎接母亲来同住。这触动了金小姐的伤感,嘴里不说,心里嫉妒地想,焕之有母亲,她却没有。随后提到树伯。焕之说,不客气地批评起来,像树伯那样的人固然没有什么不好,但不是值得佩服的;因为他只有一个狭小的现实世界,一个家庭,一份家产,一个乡镇,他的一切言行都表示他只是那个狭小世界里的人民。金小姐同意焕之的批评,不过加上说,哥哥待她很好,而嫂嫂的情分也不亚于哥哥,这很难得。

后来谈到《新青年》杂志上成为讨论中心的文学改良问题。

"当然要改良,"焕之的神情颇激昂,"内容和形式,都需要改良。自来所谓大家的文章,除掉卫道的门面话,抄袭摹拟而来的虚浮话,还剩些什么东西?无论诗词散文,好久好久已堕入虚矫、做作、浅薄、无聊的陷阱;严格地说,那样的东西就不配叫文学!"

"他们主张用白话写文章呢。"

"我很赞成用白话写文章。我们嘴里说的是白话,脑子里想的凝成固定的形式时也依靠白话,为什么写下来时却要转换成文言呢?写白话,达意来得真切,传神来得妙肖。真切和妙肖是文学所需求的;不该用白话来做文学的工具么?"

"我想,改用了白话,在教育上有大大的帮助。"

"当然。我们现在教国文,最是事倍功半的事;一课一课地教下去,做的是什么?哈!笑话极了,无非注释讲解的工夫。如果改用白话，一切功课就减少了文字上的障碍；在国文课，就可以从事文学的欣赏，思想的锻炼，文法的练习，好处不在小呢——不过这是伴随的效果。主张改良文学用白话写文学作品，原不专注在这上边；只从文学本身及其将来着想，自然归到不得不改良的结论。"

"倪先生，你看这种主张能得到大众的支持么？反对的人很不少呢。"

"哪一种革新的运动不受人反对？"焕之连类想起春间的农场风潮，言下颇有感慨，"但是我相信文学改良终于会成为一种思潮；我仿佛感觉到举起胳臂会合到这个旗帜下的人们已经提起他们的脚步了。而且，这种思潮将冲击到别的方面去，不仅改良文学而已。"

"这是预言，待将来看应验不应验。"

"就如妇女，我们现在想起来，因为风俗习惯的拘束，感受的痛苦和不平不知有多少。对于妇女问题，不该也发生一种改革的思潮么？"

"女子吃亏在求知识的机会不能与男子平等，故而不容易独立，自由。"金小姐说这一句，对于自己能进师范学校，而且年底就要毕业了，感到满足甚至于骄傲的心情。

"这当然不错，不过没有这样简单。"焕之的话停止了，思想同瓜蔓一样爬开来，又模糊又纷繁；捉住中间的一段一节如恋爱婚姻之类的题目来谈，是眼前热切的欲望。但是那些不比文学改良论，尤其因为面对的是不仅相与谈谈的金小姐，一时竟难于发端。早就不平静的心更像有什么东西压在上面了。

阳光完全消逝了，天空现出和平的暗蓝色。植物全都苍然，笼上一层轻烟，形象就模糊起来。亭子里对坐着的两个人似乎都不想站起来；此情此景是怎样的一种况味，彼此感觉也同暮色一样朦胧。

煤屑路上有人走来了。从那脚声，焕之知道是水根。

"倪先生，吃晚饭了。"水根没走到亭前，就停步用重浊的声音叫唤。

他固定了回转身去的姿势，又说："张勋打到北京，宣统小皇帝又坐龙廷了；他们刚看了报，报上那样说。"

"什么！有这样的事！"焕之霍地站起来，觉得眼前完全黑暗了……

十五

幸而所谓复辟事件只是一幕可笑的喜剧，焕之愤激的心情也就平静下来。他有很多的暇豫去想时刻纠缠在心上的重大问题。

他想他是爱着金小姐了；金小姐的一句话有使他振作的力量，他在她旁边，便觉一切都有光辉，整个生命沐浴在青春的欢快里，这就可知不仅是朋友间的情愫了。虽然还是初次擎起恋爱的酒杯，而金小姐那样的对手实在是非常适切，多方选择也难以选到的；还有怎么样的人能胜过她，他简直不能想象。

未来的生活像神仙境界一样涌现在眼前了：两个心灵，为了爱，胶粘融合为一个；虽只一个，却无异占有了全世界，寂寞烦忧等等无论如何也侵袭不进来，充塞着的是生意与愉悦。事业当然仍旧是终身以之的教育；两个人共同努力，讨究更多，兴味更多，而成功也更多。新家庭里完全摒绝普通家庭那种纷乱庸俗的气氛：那是个甜美的窝，每个角落里，每扇窗子边，都印上艺术的灵思的标记，流荡着和悦恬美的空气；而其间交颈呢喃的鸟儿就是他和她。

生活的意义不是充分发展自己和享受幸福么？教育是现在正在从事，而且要永远干下去的，干得绝对不敷衍，总是追求那更合理更有益于学生的理想和方法；发展自己是庶几乎相近了。假如恋爱方面又成功，那么整个生活就像一首美丽的诗，那种幸福的享受，岂是寻常容易得到的。够了，够了，生活给予他太多的好意，他大可以自傲地说一声"不虚此生"了！

这种思念像秘藏的珍宝一样，连平时无所不谈的冰如也不告诉，他把它藏在心里，温馨地自己赏玩，赏玩的地点自然以农场最为适宜；农场里有花木，清露滴上绿叶咯，月光笼着花儿咯，都足以润泽恋情，使它更为茂盛；农场又是金小姐逗留过两点钟光景的地方，要展读她当时一转身一顾盼的消逝而永不消逝的印象，也唯有在原地方尤有意味。

这一晚他吃过晚饭，两足又不自主地往农场踱去。心想明天要乘船回家了，半年的学校生涯至此告终；不禁起一种并非伤感可是有点儿怅然的情绪。

他原想住在校里过夏,但是母亲要他回家,说既然放了假,总该回去陪陪她,便把先前的拟议取消了。他把农场的照料托了冰如;虽然放假,学生还是要来看顾手种的东西的,所谓照料,实在也没有什么事。

月光斜射在植物上,闪着银彩。空气里充满一种甘芳的气息,但不是什么花香。几个蝉竞赛似的歌唱,从那类乎枯焦臭味的调子里,可以料知明天比今天还要热呢。

他向四围看望,不一定注目在什么东西上,可是往往持续好一会儿。这是新近才有的习惯,他在那里细读意想中的金小姐的印象。几天来解决不了的困难问题,伴着未来生活呀人生幸福呀一类金黄色的快意,又侵袭他的心了。

他起初想,明天回去,就同金小姐离得远了;她难得回来,而他偏像躲避她似的跑开,还能算爱着她么?既而想暂时的离开毫没要紧,最要紧的是达到两个心灵的永久胶粘和融合。这就转到每天不知要想多少遍的向她表白爱情的题目上来了。只是一个心灵燃烧着是没有用的,必得另一个心灵起了感应,才能成为文章;希望另一个起感应,这一个要敲钟一样去敲才行啊。然而怎么样敲呢?那永不能忘的傍晚,暮色笼成情爱的帐幕,话题里尽有倾吐肺腑的机会,心脏的每一回跳动,鼻息的每一回吐纳,都奏出"我爱着你"那句话的激动的节拍。然而,唯有那句话,喉咙里仿佛给什么东西塞住了,无论如何说不出来。以后又到她家去过一次,环境是远不及那天傍晚了,只好谈些时局以及学校里的事而罢。"怎样向她表白呢？怎样向她表白呢？"他烦躁地搔着头皮。

他一向自认为简单不过的人，以为表白的方法莫善于当面直陈；因为这样可以把自己的情愫一丝不漏地传达给对方，可以立刻得到对方宝贵的允诺。他猜想自己该会有当面直陈的勇气，或许那天傍晚还不是最适当的时机，如果到了最适当的时机，胸中的一句话就会像离弦的箭那样飞射出去。但是，极端难受的失意的结果，他也想到了，"如果她回答个不字，那是多么重的打击啊！"接着便仿佛看见自己的颓丧的面容，悲凉的心境，以及什么事都引不起劲儿来的倦怠生活。"这是欢乐与悲哀的歧途，还是不要走前一步吧！"然而他又从另一方面想，"就是失恋，也好。自己的不很坚强的气质本该给它些锻炼；怎知失恋以后一定会颓唐呢？也许由此得到激励，在别的方面会有更多的精进。唯有怀着热情而抑住了不敢倾吐，最是要不得的怯弱心情。决定了，决定了，走前一步，冲过这歧途，前面是欢乐，是悲哀，我都愿意面对着它们！"

然而明天就要回去了；所谓适当的时机，至早也得在暑假以后了。怀着莫知究竟的热望度过一个多月的暑假，想来是比失恋还难堪的事。该是成功或失败，越早一点儿决定越好。"今夜这月光底下，她大概不会来找我谈话吧。而明朝，虽说航船开得并不早，尽有时间去辞别一声，但是有树伯在旁边，至多也只能尽量说些辞别范围以内的话；表白的事是终于不成的。"

他又想象金小姐此刻在做些什么："对着这样的月光，如果她属意于我,此刻该靠着楼栏晤对意想中的我了。她脉脉的心一定在这样低诉:'既然有意,不该迟疑,早早表白出来呀!只待一表白,你就会听到终身铭感永不能忘的一句话,我答应你了。你若迟疑不决,那就是怯弱,怯弱的人似乎是不很可爱的。'不错,她一定在这样低诉,听她那样关心我的一切,看她那样表现种种的神态,都是充分的凭证。她会拒绝我么?没有的事!我差不多看见她伸张两臂在等待我的拥抱了!"

岂但两臂,他还看见金小姐的黑眼瞳像一对蝴蝶,飞飞停停,显出太可爱的闪耀;同时她的躯体在那里舞蹈,构成错综的富于诱惑性的种种姿势。他的心震荡得比前些时更厉害;身体里有一种不知名的力量,好像无数的小蛇,从这里那里尽往外钻。他右手按着额角,像患病的人一样,抖声自语道:"我忍不住了,决定这样办吧!"

他拖着短短的自己的影子跟跄地走出农场,跑到楼上房间里便动手磨墨。隔壁徐佑甫陆三复两个,前两天就动身回去了;假如他们还在,听见他那磨墨的声音,至少要走到房门口张望,以为他破例地同某一个学生过不去了。

"一封信!"金小姐惊讶地接应水根,怀着捕捉可怕的虫豸似的心情收受他手里的信,同时机警地向背后瞥了一眼;她不用看信面,已经知道是谁的信了。看到信面,果然;便捏在手心里,若无其事地回进内堂。内堂里没有人,嫂嫂在厨下做菜,可是总觉得不合适,又踏着轻快的步子回到楼上自己房间里。

她靠着临窗的桌子坐下，娇憨的小孩似的用下颔贴着桌面，淡淡的可是极有光彩的笑意浮上她的眉眼唇颊之间。因为在家里，没有梳髻，两条辫发从两肩垂下，承着光显出可爱的波纹。穿的是小蓝点子的洋纱衫，背部贴紧，显出肉体的圆浑优美的线条。

一种近乎朦胧的心绪透过她的心，仿佛是"现在他的信在我手里了，也有一个男子给我写信了！"的意思，不过没有那么显明。这好像不能喝酒的人喝了一两口酒，觉得浑身酥软异样，而这酥软异样正是平时难得的快感。她伏着不动，也不看信，让自己完全浸渍在那种快慰的享受里。

"他说些什么呢？"

过了一会儿，她差不多笑起自己来了，接了信不看，却坐在这里发痴。于是背部靠着椅背，坐成很悠闲的姿势；展开信面再望了一眼，然后仔细地从原封处揭开，抽出信笺来看。

她的眼光似乎钉住在信笺上了；脸上是一阵一阵地泛红，直红到颈际；神情是始而惊愕，继而欢喜，继而又茫然不知所措。在她意识的角落里，知道迟早会有人向她说那样的话，她也模糊地欢迎那样的话；自从遇见了倪焕之，同他晤谈，仿佛曾有一二回想起，他会说出那样的话么？她还模糊地欢迎他说那样的话。但事情在何年何月实现，她没有拟想过，总以为该在很远很远的将来吧。她不料事情来得竟这样快。现在，那样的话已经写上信笺了，在他是说出来了，而且她已经把信看了；像电报一样，两边既然通了线，等在面前的就是怎样应付的问题；这在她是梦里也没有预想到的。她心头激荡地但是空洞地过了一会儿，又从头起重读手里的信。

佩璋女士：

　　同你谈话已经有好多次了，给你写信这还是第一次。我揣你就是不看下面的话，也会知道我将说些什么；从你的慧心，从你的深情，我断定你一定会知道。请你猜想，请你猜想，下面我将说些什么？

　　不要逗人猜谜一样多说废话了，就把我的话写下来吧。我的话只有一句，简单的一句，就是我爱你！

　　自从年初在晴朗的田野间第一次会见，这一句话就在我心头发了芽。以后每一次晤谈，你的一句话，一个思想，一种姿态，就是点点的雨露，缕缕的阳光。现在，它烂漫地开花了。我不愿秘藏在心头独自赏玩，所以拿来贡献给你。

　　我大胆地猜想，你一定接受我这朵花，把它佩戴在心头吧？你一定喜欢我这朵花，永远忘不了它吧？

　　假若猜想得不错，我有好多未来生活的美妙图景可以描写给你看。——不用了，那些都得过细地描写，一时哪里写得尽许多。总之，我崇拜你，我爱着你；我的心灵永远与你的融合在一起；你我互相鼓励，互相慰悦，高唱理想的歌儿，同行在生命的康庄大道上。

　　明天我要回家去了，本想去辞别，就当面向你陈诉这句话。但是，——为了什么呢？我自己也说不清，——现在决意请托我这支笔了。给我个答复吧，本着你的最柔美最超妙的真心。虽然敢大胆地猜想，要是不得你亲口的证明，我这颗心总像悬挂在半空中放不下啊。我的通信址就在这张纸的末尾。

　　试用白话体写信，这还是第一次。虽不见好，算不得文学，却觉说来很爽利，无异当面向你说；这也是文学改良运动会成功的一个证明。你该不会笑我喜新趋时吧？

　　祝你身心愉快！

倪焕之

　　不是梦里么？这是那个性情真挚温和、风度又那样优秀挺拔的青年手写的信么？似乎太爽直太露骨了些，这中间多少含有侮慢的成分。但是这些话多么有味啊！一直看下去，仿佛听见他音乐一般的声音，而他的可爱的神姿也活跃地呈露在眼前。竟是他，向她说那一套话的竟是他；她这样想着，感到春困似的低下头来了。

　　"我们美丽聪明的金姊姊"一时愚笨起来了，简直不知道该从哪方面想起。她想把这封信交与哥哥，让他去处置；但立刻自己批驳了，那绝不是个办法。她又想置之不理，只当作没看到这封信，因为这封信超出了平时谈话的范围；但是他明明写着"给我个答复吧"，置之不理岂不伤他的心？那么答复他吧，她接着想。但是怎么样答复呢？责备他一顿么？不，虽然来信中多少含有侮慢的成分，可是还不到该受责备的程度，轻轻的一声"你怎么说出这些话来了！"或者一个并不难受的白眼，正是他应该享受的，然而哪里可以写上信笺呢？那么，完全允承他的请求？啊，那多羞！现在想着也羞，何况用黑的墨汁写上白的纸。

一滴一滴眼泪从她的眼眶里滚出了，掉在手里的信笺上；湿痕化开来，占了三分之一以上的部分。墨色着了湿显得光润夺目，"我爱你"三个字似乎尤其灿烂，富有诱惑的魅力。

她渐渐呜咽起来，追念印象已很模糊的母亲，真是无限心酸。倘如母亲还在，不是无论什么难题都可以向她陈诉，同她商量么？"世间失了母亲的人最是孤苦可怜！"她想着这样的意思，感觉自己太凄凉了，骨碌地伏在桌子上，让一腔悲泪尽量往外流；她的肩背有韵律地波动着，两条乌亮的发辫，象征她的心绪似的纠结在一起了。

眼泪往往反而把纷扰的心洗平静了；一会儿之后，她觉得心里宁定得多，好像早上睡醒时那样。一个念头越来越清楚地浮上她的意识界，就是无论怎样，必须给他写封回信；写当然是亲手写，而且要立刻写，否则劳他久盼，过意不去。

为了搜求适当的措辞，她又把沾湿的信笺看了第三遍。头脑里像平日作文一样，勉强用一种压迫的内力，使意思渐渐凝结，成为一个明显的可以把捉的东西。"就这样吧。"她认为想停当了，带着一种非常奇妙的心情，开始写信给哥哥以外的一个男子。

焕之先生惠鉴：

接读大札，惶愧交并。贡献花朵云云，璋莫知所以为答。虽作此简，直同无言。先生盼望心殷，开缄定感怅然。第须知璋固女子，女子对于此类题目，殆鲜有能下笔者。谅之，谅之！在府侍奉萱堂，想多欢娱。教育之研讨，又增几何收获？农场中卉木，当怀念栽之培之之主人翁也。白话体为文确胜，宜于达情，无模糊笼统之弊。唯效颦弗肖，转形其丑，今故藏拙，犹用文言。先生得毋笑其笃旧而不知从善乎？

金佩璋敬复

她放下笔杆，感到像松解了几重束缚似的；又像做罢了一件艰难的工作，引起该到什么地方去舒散舒散的想头。于是想着南村的那个池塘，一丛灌木掩映在上面，繁枝垂到水里，构成一种幽深的趣致，此刻酷日还没有当头，如果到那边去游散一会，倒也有味，而且可以想……然而她并不站起来就走；又仔细地把自己的信审阅一过，仿佛有什么重要的意思遗漏了似的。但检查一阵之后，实在没有遗漏什么，而且一个字也不用修改了。她忽然下个决心，便把信笺折叠了封在信封里，免得再游移不决。

她懒懒地站起，意思仿佛是要亲手去交邮。但立即省悟封面还没写；两条发辫也得盘成了髻，才好出门。不觉就走近镜子前。从镜子里,她看见自己眉眼的部分染着红晕;眼瞳是新洗的一般,逗留着无限情波;头发略见蓬乱,唯其蓬乱,有格外的风致;她从来没有像这时刻一样,惊诧赞叹自己的美,几乎达到自我恋的程度。

十六

金小姐的一封复信,当然不能满焕之的意,非但不能满意,简直出于他意想之外。他以为可能的答复只有两种:其一是完全承受,料想起来,该有八九分的把握;不然就是明白拒绝,那也干脆得很,失恋以后会是颓唐或奋励,至此就可以证明。但是她现在表示的态度,非此又非彼,不接受也不拒绝,到底是怎么一回事呢?

"什么'璋固女子'!女子对于这件事,就得把情意隐藏起来么?合乎理想的女子是直率坦白,不论当着谁的面,都敢发抒自己的情意的。我以为她就是那样的女子;从她对于教育喜欢表示意见这一点着想,的确有点儿像。谁知她竟会说出'璋固女子'的话来!"

焕之这样想,就觉得大可以停止追求了。假如她明白拒绝,那倒在失望的悲哀中更会尝到留恋的深味。现在,她显然告诉他他的观察错了;幻灭所引起的,不只是灰暗的冷淡么?他想从此断念,在暑假里储蓄精力,待假期满了,比以前更努力地为学生服务。他又想结婚的事并不急急,自己年纪还很轻，没有理想的伴侣，迟一点结婚也好。他又想自己一时发昏，冒失地写了封信去，以致心上沾上个无聊的痕迹；如果再审慎一下，一定看得出她是会说"女子，女子"的，那么信也就不写了。

但是，这些只是一瞬间的淡漠与懊恼而已。记忆带着一副柔和的脸相，随即跑来叩他的心门。它亲切地说：她有黑宝石一样的眼瞳，她有匀称而柔美的躯体，她的浅笑使你神往，她的小步使你意远，你忘了么？她有志于教育，钻研很专，谘访很勤，为的是不愿意马虎地便去服务；那正是你的同志，在广大的教育界中很难遇见的，你忘了么？她同你曾作过好多次会见，在阆镇狂欢的星夜，在凉风徐引的傍晚，互谈心情学问以至于随意的诙谐；那些，你一想起便觉得温馨甜蜜，你忘了么？她曾用一句话振作你渐将倦怠的心情，你因而想，如得常在她旁边该多么好呢，你忘了么？你爱她，从第一次会见便发了芽，直到开出烂漫的花贡献与她，是费了几许栽培珍护的心的，你忘了么？你有好些未来生活的图景，其中的主人翁是你共她，你把那些图景描写得那么高妙，那么优美，几乎是超越人间的，你忘了么？……

于是他的心又怦怦地作恋爱的跃动了。"必须得到她！必须得到她！她的信里并没拒绝的意思，就此放手岂非傻？记忆所提示的一切，我何尝忘了一丝一毫？既然忘不了，就此断念的话也只是自欺。我为什么要自欺呢？"

这时他似乎另外睁开一双灵慧的眼睛，从"璋固女子"云云的背面看出了含蓄的意义。他相信那个话与她是否合乎理想的女子全没关系；是环境和时代限制着她，使她不得不那样说。她仿佛说："承受你的爱情，固然非常愿意；但是，家里有兄嫂，镇上有许多亲戚世交，学校中有更多数的教师与同学，他们大多要鄙夷我，以为女孩子唯有这事情不该自家管。论情是无疑地答应，论势却绝不能答应，我'莫知所以为答'了。要知道，我苦的是个女孩子啊！"从这里，他体味出她的文笔的妙趣，愤慨嘲讽而不显露，仔细辨认，却意在言外。刚才粗心乍读，看不到深处，便无谓地一阵懊恼，很觉得惭愧；而对她曾起一些不尊重的想头，更是疚心不已。

她的含蓄的意思既是这样，那么他该怎样着手呢？他喜爱地再把来信读一遍，发现了，原来信里已有所启示。她说女孩子自己对于这类题目少有能下笔的，反过来，不就是说要下笔须待别人么？别人是谁？当然是她哥哥咯。同时就想起蒋冰如，所谓"别人"，他也该是一个。而母亲也得加入"别人"的行列，算是自己这方面的。

男女两个恋爱的事，让双方自由解决，丝毫不牵涉第三者，焕之平时以为那样是最合理的。现在，他自己开手做文章了，却要烦劳别人，牵涉到第三者，他觉得多少是乏味的事。把怎样爱她怎样想得到她的话告诉她，自然是真情的流露，生命的活跃。但是，把那样的话去告诉不相干的第三者，是多么肉麻，多么可耻的勾当啊！

然而辩解又来了。来信虽没承受的字样，实际上是承受了的。那简直就是双方自由解决，精神上已超越凡俗。还得去烦劳第三者，不过聊从凡俗而已；一点点形式上的迁就又算得什么事！

于是他到处都想妥帖了；只觉从来没有这样满意过，幸福过，开始把秘藏在心头的恋情告诉母亲，说："金树伯，你是知道的，他有个妹妹，在女师范读书，今年年底毕业了。她性情很好，功课也不弱，我同她会见了好多回，谈得很投机；她也佩服我；如果同她结婚，我想是适当不过的。现在拟托校长蒋先生向他们去说，你看好不好？"

"是女学生呢……"母亲抬起始终悲愁的眼看着焕之；同时想到在街头看见的那些女学生，欢乐，跳荡，穿着异于寻常女子的衣裙，她们是女子中间的特别种类，不像是适宜留在家庭里操作一切家务的。

焕之领悟母亲的意思，便给她解释："女学生里头浮而不实的固然有，但好的也不少。她们读了书，懂得的多，对于处事，对于治家，都有比寻常女子更精善更能干的地方。"

仿佛有一道金光在他眼前闪现，把这比较简单枯燥的家庭修饰得新鲜而美丽。他心头暗自向母亲说："将来你在这样可爱的家庭里生活，始终悲愁的眉眼总该展开来笑一笑吧。你太辛苦了，暮年的幸福正是受而无愧的报酬。"

"女学生也能在家里做一切事么？"母亲着意去想象一个女学生在家庭里操作的情形，但终于模糊。本能似的切望儿子的心情催促她接着说："论年纪，你本该结婚了；我家又这样的冷静。金家小姐果然好，自不妨托蒋先生去说说。不过金家有田有地，你看彼此相配么？老话说'门当户对'，不当不对那就难。"母亲现在已经赞同焕之的意见，唯恐进行不成功了。

焕之听说颇有点愤愤，这是何等庸俗的见解！纯以恋爱为中心的婚姻，这些想头是一点儿也掺不进去的。只因对于母亲不好批驳，还是用解释的口气说："那没有关系。结婚是两个人相配的事情，不是两家家产相比的事情。人果然相配，那就好。'门当户对'只是媒人惯说的可笑话，我是想都不想到这上边去的。"

"哪里是可笑话，实在不能不想到这上边去呀！女子嫁到男家，从此过活一辈子了；在娘家过什么样的日子，到了男家又过什么样的日子，她心里不能没有个比较。比较下来相差不多，那没有什么；如果差得很远，那么，在她是痛苦，在男家是牵累，两面都不好。你有这么一种脾气，尽往一边想，不相信相传下来的老经验。但要知道，婚姻不是买一件零星东西那样轻便的事情。"

焕之点头说："妈妈说得不错，婚姻不是买一件零星东西那样轻便的事情。"一阵得意涌上心头，他站起来走到母亲跟前，语声里带着无限的欢快，说："不过对于金小姐，我看得很仔细了；她一点没有富家小姐的习气，过什么样的日子，她是并不拘的。她的心思伸展到别的方面去了，她愿意尽力教育，同我一样地尽力教育。妈妈，我曾假想这件婚事能够成功，对于将来已经想得很多很多。那时候，我们家里将充满着生意、光明和欢乐！我们俩出去同做学校里的事，回来便陪着你谈话消遣，或者到花园去玩，或者上街市买点东西。妈妈，到那时候你才快活呢！"

他忍不住，终于把刚才默想的意思说了出来。

母亲看儿子情热到这样程度，说得过分一点就是痴；又听他说到未来的美满，触动了她对于过去的悲凉的记忆，心一酸便把眼泪挤了出来。她一手拭眼泪，勉强堆着笑脸说："但愿能这样，但愿能这样。那么，你就去托蒋先生吧。"

金树伯送走了蒋冰如，回入内室，看妹妹不在这里，便向夫人说："你知道冰如来说些什么？"

"你们在外边谈话，我哪里会知道？"

"他做媒来的。"树伯冷笑。

"唔，知道了，为妹妹做媒。是哪一家呢？"

"你猜不出来的；是倪焕之！"

树伯夫人现出恍然解悟的神情。她想那倪先生每一回到来，妹妹在家时，总要往客室里同他接谈；平时无意中说到倪先生，妹妹又往往不知不觉露出高兴的样子：原来他们两个爱着了。她怀着这意思并不向树伯说，独自享受那发见了秘密的快感，故意说："那很好呀。"

"那很好呀！刚才冰如也说那很好。他说两个人志同道合，如果联结起来，并头共枕讨论教育上种种的问题，那才妙呢；闺房画眉那些古老的韵事，不值一笑了。他说由他看来是很好；焕之那边不成问题，只待听我们的意见。"

"那么你的意见呢？"

"我的意见是冰如在那里胡闹！他干的事，往往单凭自己想去，不问实际情形，譬如他办学校就是那样。焕之与我是老同学，他的性情，他的学识，我都知道，没有什么不好。不过他是一无所有的。这一层实际情形，冰如丝毫不曾想到，偏要来做媒！唯有做媒，万不能不问这一层。"

"预备回绝他么？"

"当然。女子也能自立，我根本就不相信。十几岁时什么都不懂，做梦一般嚷着自立，自立，以为那样才好玩，有志气。只要一出嫁，有的尝到了甜味，有的吃到了苦头，便同样会明白实在自立不起来；尝到甜味的再想尝，吃着苦头的得永远吃下去，哪里还有自立的工夫！所以女子配人，最要紧的是看那人的家计。——关于这些，你比我懂得多呢。——如果我把妹妹许给焕之，我对不起妹妹。"

"没有对蒋先生说起这些话吧？"

"没有，我又不傻，"树伯狡狯地看了夫人一眼，又说，"我只说待我考虑一下，缓日回复；并且也要同妹妹自己商量。"

"不错，该同妹妹自己商量。"

"何用商量，根本就不成问题。你太老实了，我只是随便说说的。"

树伯夫人对于这件事情渐渐发生兴趣，觉得小姑的确到了出嫁的年龄了；便亲切地劝告丈夫说："我想不商量是不好的。我们处在哥嫂的地位,并非爷娘;或许这确是好姻缘,若由我们做主回绝了,她将来要抱怨的。同她商量之后,就是回绝也是她自己的意思。"

树伯想这话也不错;对于妹妹负太多的责任确有可虑之处,应该让她自己也负一点。但是这中间有不妥的地方,他问:"如果她倒同意了,那怎么办呢?"

"哈哈,你这话问得太聪明了!"树伯夫人笑了,头上戴着的茉莉花球轻轻地抖动。她抿一抿嘴唇,忍住了笑,继续说:"如果她同意,那么婚姻就成功了。"

"成功了她要吃苦。"

"依我说,不能一概而论。家计不好,人好,大部分也不至于吃苦。反过来,家计很好,人不好,那倒难说了;我们镇上不是有好些个含怨衔悲的少奶奶么?"

"你倒像是个贤明的丈母!"

树伯夫人不顾树伯的嘲讽,承接自己的语气说:"那倪先生,我看见过,人品是不错的。听你们说,他是个有志气的教员。万一妹妹许配给他,我想他未必肯让妹妹吃苦吧。"

树伯夫人这时有一种预感,相信妹妹一定会表示同意,而语调竟偏到玉成那方面去,连她自己也莫明所以然。她朦胧地觉得,这件婚事如果成功,在她有一种隐秘的愉快。

"你料想是这样么?"树伯这话是表示不再坚持自己的意见了。

"虽不能说一定,大概是准的。并且,有一层你要留意,给妹妹说媒的事,这还是第一次呢,她的年纪可已是做新娘的年纪了。"

"既然这样,你去问问她吧。这事情,你去问比较方便。"树伯这样说,心里想如果成功,大概明年春间就要办喜事了。

这夜间,金小姐吃罢晚饭上了楼,不再下来在庭中乘凉。树伯夫妇两个各靠在一张藤榻上,肩并着肩;花台里玉簪花的香气一阵阵拂过他们的鼻管;天空布满闪烁的星星。

"你把那件事忘了么?"树伯夫人低声说;身子斜倚在藤榻的靠臂上,为的是更贴近树伯一点。

"没有忘呀。你已经问了她么?"浓烈的茉莉花香和着头发油的香味直往他脑子里钻,引起他一种甜美的感觉,故而语声颇为柔媚。

"当然问了。你知道是怎么样一出戏?"

"她说不要?"

"不。"

"难道她说要的?"

"也不。"树伯夫人像娇憨的女郎一样,用一种轻松软和的声调回答,同时徐徐摇着头。

"那么……"

"她不开口,始终不开口。我说是蒋先生来说起的。倪先生的人品,她早看见;而且是熟识,性情志向等等至少比我们明白得多。现在谈婚事,也是时候了。迟早总得谈,没有什么不好意思。至于哥哥,是全凭她的主意的。如果不满意,简直就回绝；满意呢，不妨答应一声。"

"她怎么样？"

"她不开口呀。头低到胸脯前，额角都涨红了。女孩子的脾气我都知道，匆促间要她说是不成的。于是我再问：'大概不满意吧？'她还是不响。停了一会儿，我又换过来问：'那么是满意的吧？'你知道下文怎么样？"树伯夫人拍拍树伯的肩。

"怎么样？"

"她的头微微地点了一点；虽只微微地，我看得十二分清楚。"

"她会满意的？"树伯不相信地说，不再是低语的声气了。

"我又补足一句，'那么就这样去回复蒋先生了。'她又微微地点一点头，说是点头还不如说有点头的意思。"

"完全出乎我的意外。"

"却入于我的意中，她爱着姓倪的呢。"树伯夫人冷峻的笑声飘散在夜凉的空气里。

十七

随后的半个年头，倪焕之和金小姐都幸福地沉浸在恋人的有玫瑰一般色与香的朝着未来佳境含笑的生活里。一个还是当他的教师，一个开始从事教育工作的练习；正像在春光明媚的时节，心神畅适，仰首昂胸，举步走上美丽康庄的大道，他们同样感到身体里充满着蓬勃的生气，人生是个太值得发挥的题目。

焕之学校里的一切依照上半年的计划进行。他不再觉得有倦怠与玩忽的病菌在学生中间滋生着；他自己当然根本不曾有。对于学生的并不异于上半年的表现，他作如下的解释：上半年仿佛觉得撞见了黑影，那因为期望超越了可能的限度；叫他们搞农艺，却要他们像一个终岁勤劳的农民，叫他们演戏，却要他们像一个神乎其技的明星，自然只有失望了。然而初意何尝是那样？只不过要他们经验人世间的种种方面，使他们凭自己的心思力气同它们发生交涉，从中获得一些根本的立身处世的能力罢了。既是这样，重要之点就是在逐渐积累而不在立见佳绩。只要不间歇地积累，结果当然可观。换一句说，受到这种革新教育的学生毕业的时候，一定显出不同寻常的色彩，足以证明改革的意见并不是空想，努力并不是徒劳。这样想时，焕之觉得对于职务上毫无遗憾，自己的本分只是继续努力。更可喜的是蒋冰如永远勇往直前，什么黑影之类他根本就没有撞见；因为添办工场很顺手，不像上半年农场的事情那样发生麻烦，他的丰满的脸上更涂上一层焕然的光彩。他那一层光彩又使焕之增加了不少兴奋和信念。

金小姐是初次接触儿童；由于她成绩好，被派去试教最难教的低年级。一些术语，一些方法，一些原理，时刻在她脑子里打转；这并不使她烦乱，却使她像深具素养的艺术家一样，能用欣赏的体会的态度来对待儿童。附属小学收费比普通小学贵些，这无异一种甄别，结果是衣衫过分褴褛冠履甚至不周全的孩子就很少了。金小姐看着白里泛红的那些小脸蛋，说话说不大清楚的那种娇憨模样，只觉得所有赞颂儿童的话全不是说谎，儿童真是人类的鲜花！她教他们唱歌，编造简单而有趣的故事讲给他们听；她做这些事绝不随便，都运用无可加胜的心思写成精密的教案，先送与级任教师看过，得到了完全的赞许，还不放心，又斟酌再三，然后拿来实施。正课以外，她总是牵着几个尤其心爱的儿童在校园里运动场里游散；坐下来时，儿童便爬上她的肩头，弄她的头发。她的同学看见这种情形，玩戏地向她说："我们的金姐姐天生是一位好母亲。"她的回答当然是羞涩的轻轻的一声啐，但心里不免浮起一点儿骄傲，"但愿永远做这样一位好母亲，教育这班可爱的孩子！"同时对于当初坚持要升学，要靠事业自立，以为毕竟她自己强，抓得住终身成败的紧要关键。

  两个人各自尽力于事业，都不感觉什么疲劳；即使有点儿疲劳的话，还有十倍于疲劳的慰藉在，那就是每三天一往还的通信。女师范的舍监太太看见封面上写着"倪缄"的信，明知大半是情书，但有"倪缄"两字等于消过了毒，不用再拆看；便在一些女同学含有妒忌意味的眼光下，把信交给金小姐。焕之这一边，自从上半年李毅公走后，他一直独住一间屋子；这非常适宜于静心息虑，靠着纸笔对意中人倾吐衷曲。寄递委托航船，因为多给些酒钱，船夫肯一到就送，比邮递来得快。逢到刮风的日子，如果风向与去信或来信刚刚相反，就有一方面要耐着刺促不宁的心情等待。他们俩把这个称为"磨碎人心的功课"；但是如果交邮寄，一样要磨碎他们的心。

他们的信里什么都要写。一对男女从互相吸引到终于恋着,中间总不免说些应有的近于痴迷又像有点儿肉麻的缠绵话,他们却缺漏了那一段;现在的通信正好补足缺漏,所以那一类的话占了来往信札大部分的篇幅。婚约已经定下了,但彼此还是不惮其烦地证明自己的爱情怎样的专和诚,唯有对手是自己不能有二的神圣,最合理想的佳偶。其次是互诉关于教育实施的一切,充满了讨论和勖励的语调;农场里的木芙蓉开了,共引为悦目赏心的乐事;一个最年幼的儿童回答了一句聪明的话,两人都认作无可比拟的欢愉。又其次是谈到将来。啊,将来!真是一件叫人又喜爱又不耐烦的宝贝;它所包含的是多么甜美丰富,足以陶醉的一个境界,但是它的步子又多么迟缓,好像墙头的蜗牛,似乎是始终不移动的。这个意思,焕之的信里透露得尤其多。焕之确信文学改良运动有重大的意义,所写的当然仍旧是白话:

我想到我们两个同在一处不再分离的时候,我的灵魂儿飞升天空,向大地骄傲地微笑了。因为到那时候最大的幸福将属于我们,最高的欢愉将充塞我们的怀抱。佩璋君,你也这样想吧?我从我自己又从你的爱情推测,知道你一定也这样想。

这个时候并不远,就在明年春上。但是,它的诱引力太大了,使我只觉距离它很远,要接近它还有苦行修士一样的一段艰困的期间。假若有一回沉酣的睡眠,或者做一个悠长的梦,把艰困的期间填补了,醒转来便面对着那幸福的欢愉的时候,那多么好!每天朝晨醒来,我总这样自问:"那幸福的欢愉的时候到来了吧?"及知还没有到来,不免怅然。请你不要笑我痴愚,你应该明白我的心!

三天一往还的通信,当然不是不值得满意的事情。然而写得出来的是有形的文字,写不出来的是无形的心情。两个人同在一处的时候,往往不需用一句话一个动作,就会感到占有了全世界似的满足;但是,如其分离两地,要用文字来弥补缺陷,那就写上千百言未必有一半的功效。我虽然不怕写信,每一封信总是累累赘赘写上一大篇,我却盼望立刻停止这工作。我们哪得立刻停止这工作呢?

其实,说"我们两个"是不合理的。我们是一个!这半个与那半个中间,有比较向心力更强的一种黏合力在那里作用着。这可以解释我们俩所以有此时的心情的因由……

写到"黏合力",他想得很邈远,很幽秘,他想起一些不可捉摸的近乎荒唐的美艳的景象。突然警觉似的他重看信面,检查有没有什么不妥当的语句,会使对方看了脸红的。没有,一点也没有,仅仅有"黏合力"三个字。这样不伤大雅而又含有象征意义的词儿正合于一个青年恋人寄兴的需要,他就常常用它。

金小姐写信还是用文言。她说白话不容易写;颇有点儿相信时下流行的"写得好文言的人才能写好白话"之说,虽然焕之在通信中曾批驳此说,她还是相信。她同样地盼望同在一处的时候快快到来;但说得比较隐晦,不像焕之那样唯恐其不明显,不详尽。对于焕之的期待得几乎焦躁烦忧,她多方给他安慰,因而她自己倒像并不急急的样子。譬如在一封信里她有如下的话:

> ……合并以后,昕夕相亲,灵心永通,无烦毫素:此固至乐,逾于今之三日一书,繁言犹嫌弗尽者也。伫盼之情,与君俱深。惟念时节迁流,疾于转毂;自今以迄来春,亦仅四度月圆耳。非甚遥远,可以慰心。黄花过后,素霜继至,严冬御世,雪缀山河;曾不一瞬,而芳春又笑颜迎人矣。焕之君,时光不欺人,幸毋多虑,致损怀抱也……

她在"芳春"二字旁边加上两个圈儿,什么意思当然要待焕之去想。焕之从这两个圈儿,仿佛看见并头情话的双影,又仿佛看见同调搏动的双心,因而更渴望合并之期快快到来;在职务方面,虽然不见懈怠,却也不像先前那样寄予太多的心思了。

他们又在通信中描绘合并以后的生活,如何从事事业,如何自己进修,都有讲到,而如何起居,如何娱乐,以至如何处理家庭琐事,也不惮此问彼答,逐一讨论。焕之愿意有个整洁光明活泼安适的家庭；把寻常所谓家务简缩到最低限度，却不是随便将就，而是用最适当的处理方法使它事半而功倍；余下的工夫就用来阅读书报，接待朋友，搞一些轻松有味的玩意，或者到空旷清幽有竹树川流的地方去散步。对于这些意思，金小姐自然赞同；她还加上些具体的规划，如接待朋友应该备一种小茶几，以便随意陈设茶点，不拘形式，出外散步应该带一种画家野外写生用的帆布凳，逢到风景佳胜的地点，便可以坐下来仔细领略之类。每一种规划就像一个神仙故事，他们两个在想象的尝味中得到不少的甜蜜。还有些现在还不便提起的韵事和佳趣，便各自在心头秘密地咀嚼；两个心里同样激动地想："如果能得互相印证啊！如果能得互相印证啊！"

蜗牛似的时光居然也到寒冬了。距离结婚的时期已近，一些悠闲的问题都搁置了下来，因为眼前摆着好几个实际的问题。第一，住家在城里还是在镇上呢？这问题不久便解决了。蒋冰如已决定请金小姐在校里当级任教师；虽然尚无先例，冰如却有充分的理由，认定高小男学生让女教师教是非常适宜的事。那当然住家在镇上了。刚巧距冰如家不远有内屋四间出租，前庭很宽畅，有才高过屋檐的两棵木樨树；租价也不贵，只三块钱。焕之便租了下来；待寒假中把母亲迎来，就开始布置新家庭；那时候金小姐也毕业回来了，设计的主干当然是她。

关于第二个问题，就是结婚仪式的繁简，他们两个的意见却有点儿分歧。焕之以为结婚只是两个人的事，只要双方纯洁地恋爱着，结合在一起就是合乎道德的。至于向亲戚朋友宣告,在亲戚朋友的监证之下结合,却是无关紧要的,不必需的。那些都是野蛮时代婚仪的遗型,越做得周备,越把恋爱结婚庸俗化了。但是他也不主张绝对没有仪式。他说亲戚朋友祝贺的好意是不可辜负的。不妨由新结婚的一对做东道开个茶话会,让大家看见那样美满、那样爱好的两个人像并头莲似的出现在面前;这样办最为斟酌得当,富有意义。可是金小姐不赞同茶话会式的婚仪。她并不讥议这样办太省俭,也不说这样办恐怕人家要笑,却说:

  ……我两人情意投合,结为婚姻,与野蛮时代之掠夺买卖者不同,固无取于其遗型之婚仪。唯茶话会同于寻常消遣,似欠郑重之意。我人初不欲告于神明,誓于亲友;第一念经此结合,两心永固,终身以之;为互证及自勖计,自宜取一比较庄重之仪式,以严饰此开始也……

焕之看了这几句不免有点儿不满;互证在于心情,在于行为,自勖也是内面的事,仪式即使庄重到了极点,与这些又有什么关系?女性总是爱文饰,图表面的堂皇;在争持婚仪这一点上,金小姐也有她同性通有的弱点。但是这点儿不满不过像太空的一朵浮云而已,转瞬之间便被"热情"的风吹得一丝不存。"为了她,什么都可以依从;这不是什么献媚,实在是良心上有这样的趋势。结婚的仪式到底是微末的事,不要它固然好,随便要了它而当作没有这回事又何尝不好?何况金小姐所说的自有她的理由；并且她也明说无取于野蛮时代婚仪的遗型，这是很可以满意的。"接着树伯和冰如也表示他们的意见，说茶话会虽然新鲜，有意思，终究似乎不大好；现时通行的所谓文明结婚的仪式，新夫妇相对三鞠躬，证婚人、介绍人、家属各有他们的地位，奏乐用风琴，这很简朴而不失为庄重，很可以采用。对于这意见，金小姐认为可行，焕之也就表示同意，于是决定用"文明结婚"的仪式。

寒假以后，焕之雇船迎接母亲，所有的家具用两条没篷船载着，跟在后面。没有一点儿风，吴淞江面蓝水晶似的耀着轻暖的阳光；村里的农人出来捞河泥，赶市集，小小的船儿像鸥鸟一般几乎不可数计。焕之眺望两岸，心神很愉快。他想到去年在寒夜里冒着猛风，初次到校的情景。那时满怀着希望，像探险者望见了新土地一样；江景虽然暗淡，绝不引起怅惘的情思。现在是更不同了；事业像个样儿，是已经看见的事实；并且就在眼前，要跌入幸福无边的结婚生活里；眼前这明耀的恬波，安舒的载渡，不就暗示未来生命的姿态么？他激动地望着母亲的脸，见她依然是发愁的样子，前额颧颊的部分刻着好些可怜的皱纹；一缕酸楚直透心胸，像孩子一样依恋地含悲地叫道："妈妈！"以下再说不出什么了。

"唔？"难得开口的母亲只接应了这样一个字；她不了解焕之叫她的意思；她也不了解现在在前途等着她的是怎样一个境界，虽然凝着心思想，总想不出个轮廓来。

金小姐回来了。她和焕之用羽翼新长成的鸟儿在绿荫中衔枝构巢的心情布置新家庭。喜爱的笑颜像长好的花儿,在四间屋子里到处开遍。卧室的用具是金小姐购办的;这并不像俗例一样男家送财礼,女家办嫁妆,不过是买来与焕之旧有的凑合在一起,成为一份陈设,正像两个人结合在一起,成为一对夫妻一样。她安置这些东西都经过十分妥帖的考虑;满意了,无可更动了,然后盈盈一笑,再去安排第二样。

举行婚仪的一天,天气十分晴朗。欢欣的雀儿在竹树间田野间飞跃鸣叫。有八九个男女宾客先一天从城里到来;在本镇的同事以及熟识的人在早茶散后齐来道贺,学生也有一二十个,中间八个是唱歌队,准备唱"结婚歌"的。照例的寒暄,颂扬,探询,艳羡,充满了三面都红的一个厅堂;接着便是谦逊而实际并不肯退让的喝酒,吃菜;几条黄狗在宾客的腿间窜来窜去,常常劳那些腿的主人公停了筷子弯了腰来驱逐它们。

嘣!嘣!嘣!三声炮响,焕之突然感觉身体轻起来;不但轻,又像渐渐化开来,有如一朵出岫的云。他看四围的人宛如坐在上海电车里所见两旁的人一样,面目只是一团一团白里带黄的痕迹,被什么东西激荡着似的往后面流去。他一毫思想也没有,脑子里空洞洞的;只一颗心脏孤独的亢奋地跳动着。

炮声是表示迎接金小姐的轿子到了。距离并不远,——就是从东栅到西栅又有几里路呢?——然而要用轿子,这也是庄重的意思。两个女高小的学生穿着同式的蜜色花缎灰鼠袄,从轿子里扶出金小姐,掌声骤然像急雨一般响起来;同时无数眼光一齐集注在她的粉红披纱上,好像兜在里面的不是寒暑假期里常在街上经过的那个女郎,而是一个含有神秘性的登场的主角。

证婚人是赵举人,树伯请来的,树伯说论齿论德,都只有他配。照例证婚人要演说几句,那是从基督教婚仪中牧师致训词脱胎而来的;可是赵举人不喜欢演说,以为那是当众叫嚣,非常粗俗可厌,便读一篇预先撰就的祝词来代替(他的笔,越到老似乎越健了)。他还没忘掉朗诵八股文的铿锵的调子,眯齐着老花眼,摇摆着脑袋,漫长地低昂地诵读着,一堂的扰扰让他镇压住了;大家凝着好奇的笑脸静听,可是听不出他在祝颂些什么。

赵举人的祝词摇曳再三,终于停止了。忍住了一会的笑声便利利落落从大家的喉际跳出来,仿佛戏院里刚演完一幕喜剧的时候一样。接着八个学生组成的唱歌队开始唱"结婚歌";是学校里唱熟的调子,所以歌词虽是新上口,唱来却很熟练。风琴声像沉沦在很深很低的地方;偶然有一两个高音不甘沉沦,冒出来突进人们的耳管,但立刻又消失在纷纷的笑语声里。

"新郎新妇行结婚礼!"司仪员像庄严又像玩戏似的高声唱。

焕之是经过傧相的推动,还是由于自己下意识的支配,他简直搞不清楚;总之事实是这样,他本来面朝着里,现在却朝西了。他初次看见面前红艳艳的一堆,像云雾,像幻象,像开得十分烂漫的夹竹桃;这就是他的新妇!这就是他的金佩璋!一个,两个,三个,他鞠躬,他像面对神明一样虔敬地鞠躬;

他不想鞠躬只是一种仪式,从运动身体一部分这一点上着想,鞠躬与所谓野蛮仪式的跪拜原是一般无二的。

在鞠第三个躬的当儿,他看见新娘鞠躬比他还要深,身体弯成九十度的角度。回复原状时,在粉红披纱里面耀着两颗明亮的星,渐渐扩大,渐渐扩大,他仿佛完全被摄了进去。——啊,神秘的灵妙的黑眼瞳!

蒋冰如以介绍人的资格演说,不脱教育家的身份。他说:"……闺房之乐,从前艳称画眉。其实那有点儿腻,我想没有多大意味。吟诗填词,那是所谓唱酬,也算很了不起。然而只是贤于博弈的游戏,仿佛表示夫妻两个真是闲得发慌了。现在他们,焕之先生和佩璋小姐,同样干教育的事,而且同在一个学校。朝晨醒来,一个说'我想起了一个新规划,可使学生获益更多';一个说'我的功课预备这样教,你看有没有应该修正的地方'?这些话本该在预备室里会议席上说的;他们却有这份福气,在甜蜜的床上,并着头,贴着脸来说,这是他们可以对人骄傲的闺房之乐!……"

在热烈的掌声中,新郎新妇的头几乎垂到了胸前。

焕之的母亲居然现出笑容,这是乡下人见了不了解的事物时所表现的一种笑容。她把眼睛擦了又擦,唯恐有些微的障翳,累她看不清那与儿子并立的女学生的新媳妇。她看清了什么呢?披散的红纱,红白的朱粉,上衣当胸绣着的一枝牡丹,不见一个裥的奇怪的裙子,以及前头点地后跟用什么东西顶得很高的可笑的鞋。她又看清,由这些东西包裹着装饰着的那新媳妇，还是个不能了解的东西，虽然自家已经答应了她亲亲昵昵的"妈妈"的称呼。

新郎新妇同样盼望迟点儿来到的初夜终于来到了。本镇的宾客都已回家，从城里来的男客暂借学校里的宿舍安歇，女客就住在老太太屋里。新房里只剩下新结婚的一对。

累日累月地切盼着结合，同在一起布置新居还是前天的事，却盼望初夜迟点儿来到，真是矛盾的心情！他们两个都觉得从前的一切已告一段落，今后将另辟境界，而性质也大异。假如从前是诗的，梦幻的，那么今后将是散文的，现实的。无可避免的但并不谙习的开幕式越来越迫近，他们越感到羞怯，迷惘。唯其早就熟识了的，在焕然一新的卧房里，在两人相对的形势下，要超越往常而有所表现，比较本不相识的两个尤其难，而且窘。万一表现不得当，会把对方已有的好印象给抹去了；这是很需要担心的。

"今天累了？"焕之在衣橱旁坐下，嗫嚅地说，好像接待一个生客；他的头脑发胀，满脸泛着鲜润的红色。

"也不见得。"金小姐像一个典型的新娘，答得很轻，垂着头。她坐在梳妆桌前，两盏明亮的煤油灯把她的美艳的侧影映在那桌子的椭圆镜里。

焕之一双眼睛溜过去，玩味她圆满的前额和玉断一般的鼻子，光亮的睫毛护着半开的眼，上下唇娇柔地吻合着。占有了宝物似的快意浮上他心头，使他的胆壮了好些；他振一振精神说："我们现在在一起了！"

金小姐的回答是双瞳含着千百句爱语似的向他凝睇。

这凝睇给予焕之一股力量,他霍地站起,任情地笑着说:"作难我们的时光有什么用?我们终于逢到了今天!"他说着,来到金小姐旁边;一阵浓郁的香味(香水香、粉香,混合着发香、肤香)袭进鼻管,替他把心的欢乐之门开了。

"我们终于逢到了今天!"金小姐追认梦境似的环看周围,然后仰起头来看定焕之的脸;语调像最温柔的母亲唱最温柔的眠歌。

这正是一个最合适的姿势与机会,焕之的右臂便自由行动,环抱着金小姐的脖子。

金小姐对于这侵袭,始而本能地退缩。但立即想到现在是无需退缩了,便把腮帮紧贴焕之的胸,着力地摩擦;她仿佛重又得到失去了的亲爱的母亲了。

一切都消失了,他们两个融化在初燃的欢爱里……

十八

蜜月中,合于蒋冰如所说的"他们可以对人骄傲的闺房之乐"确实有,那就是共同商量自编国文教本给学生读的事。

事情还是去年提起的,可没有实行。焕之与冰如意见一致,以为教本虽只是工具,但有如食料,劣等的食料绝不够营养一个希望达到十分强健的身体。而现在通用的教本都由大书店供给;大书店最关心的是自家的营业,余下来的注意力才轮到什么文化和教育,所以谁对他们的出品求全责备谁就是傻。他们有他们的推销商品的方法。他们有的是钱,商品得到官厅的赞许当然不算一回事。推销员成群地向各处出发,丰盛的筵席宴飨生涯寒伧的教师们,样本和说明书慷慨地分送;酒半致辞,十分谦恭却又十分夸耀,务求说明他们竭尽了人间的经验与学问,编成那些教本,无非为了文化和教育!还能不满意么?而且那样殷勤的意思也不容辜负,于是大批的交易就来了。还想出种种奖励的办法,其实是变相的回佣;而教师们也乐得经理他们的商品。问到内容,要是你认定那只是商品,就不至于十分不满。雪景的课文要叫南方的学生研摩,乡村的教室里却大讲其电话和电车,是因为教本须五万十万地印,不便给各地的学生专印这么几十本几百本之故。至于精神生活方面,隐遁鸣高与生存竞争,封建观念与民治思想,混合在同一本书里,那可以拿做菜来打比方,各人的口味不同,就得甜酸苦辣都给预备着。——总之一概有辩解,从营业的观点出发,无论如何没有错!但是,观点如果移到教育方面,就发生严重的问题:那些商品是不是学生适宜的食料呢?有心的教师们常常遇到一种不快意的经验:为了迁就教本,勉强把不愿意教给学生的教给了学生,因而感到欺骗了学生似的苦闷。为什么不自己编撰呢?最懂得学生的莫过于教师,学生需要什么,唯有教师说得清;教师编撰的教本,总比较适合于学生智慧的营养,至少不会有那种商品的气息。焕之和冰如这样想时,就决意自己试行编撰。因为国文一科没有固定的内容,可是它所包含的比算术、理科、历史、地理之类有一定范围的科目来得繁复，关系教育匪浅，书店的商品最没有把握的也就是国文教本，所以他们想先从试编国文教本做起。

"对于国文一科，学生所要求的技术上的效果，是能够明白通畅地表达自己的情意。所以，适宜给他们作模范文的基本条件，就是表情达意必须明白通畅。其他什么高古咯，奇肆咯，在文艺鉴赏上或者算是好，但是与学生全不相干，我们一概不取。"焕之这么说，感到往常讨论教育事宜时所没有的一种快适与兴奋。当窗的桌子上，雨过天青的磁盆里，供着盈盈的水仙花。晴光明耀，一个新生的蜂儿嗡嗡地绕着花朵试飞。这就觉得春意很浓厚了。

"我们应该先收集许多文篇，从其中挑出合于你所说的条件的，算是初选。然后从内容方面审择，把比较不合适的淘汰掉，我们的新教本就成功了。"金佩璋右手的食指轻轻点在右颊上，眼睛美妙地凝视着水仙花，清澈的声音显示出她思考的专注。她的皮肤透出新嫁娘常有的一种红艳润泽的光彩，她比以前更美丽了。

"什么是比较不合适的，我们也得规定一下。凡是不犯我们所规定的，就是可以入选的文章。"焕之想了一想，继续说，"近于哲理，实际上不可捉摸的那些说明文章，像《孟子》里论心性的几篇，一定不是与高小学生相宜的东西。"

佩璋作鸟儿欣然回顾似的姿势，表示一个思想在她脑子里涌现了，她说："像《桃花源记》，我看也不是合适的东西。

如果学生受了它的影响，全都悠然'不知有汉'起来，还肯留心现在是二十世纪的哪一年么？虽然里边讲到男女从事种作，并不颓唐，但精神终究是出世的；教育同出世精神根本不相容！"

焕之神往于佩璋的爱娇地翕张着的嘴唇，想象这里面蕴蓄着无量的可贵的思想，便兴起让自己的嘴唇与它密接的欲望。但是他不让欲望就得到满足，他击掌一下说："你说得不错！教育同出世精神根本不相容。同样写理想境界，如果说探海得荒地，就在那里耕作渔猎，与自然斗争，这就是入世思想，适宜给少年们阅读了。现在的教师想得到这些的真少见。我只看见捧着苏东坡《赤壁赋》的，'逝者如斯，而未尝往也，盈虚者如彼，而卒莫消长也……'摇头摆脑地读着，非常得意，以为让学生尝味了千古妙文呢！"

他所说的是徐佑甫；《赤壁赋》是教本里印着的。

"我们这样随口说着，等会儿会忘记。我来把它记下来吧。"佩璋稍微卷起苹果绿绉纱皮袄的袖子，揭开砚台盖，从霁红水盂里取了一滴水，便磨起墨来。放下墨，执着笔轻轻在砚台上蘸，一手从抽斗里抽出一张信笺，像娇憨的小女孩一样笑盈盈地说："什么？一，不取不可捉摸的哲理文章。"

"我又想起来了，"焕之走过来按住佩璋执笔的手，"我们的教本里应该选白话文。白话是便利适当的工具，该让我们的学生使用它。"

"当然可以。不过是破天荒呢。"佩璋被按住的手放下笔,翻转来捏住焕之的手。温暖的爱意就从这个接触在两人体内交流。

"我们不像那些随俗的人,我们常常要做破天荒的事!"这样说罢,焕之的嘴唇便热烈地密贴地印合在佩璋的嘴唇上。整个身心的陶醉使四只眼睛都闭上了;两个灵魂共同逍遥于不可言说的美妙境界里。

他们是这样地把教育的研讨与恋爱的嬉戏融合在一块儿的。

但是命运之神好像对他们偏爱,又好像跟他们开玩笑:结婚两个月之后,佩璋就有取得母亲资格的朕兆了。

周身的困疲消损了她红润的容颜;间歇的呕吐削减了她平时的食量。心绪变得恍惚不定,很有所忧虑,但自己也不知道忧虑些什么。关于学生的事,功课的事,都懒于问询,虽然还是每天到学校。她最好能躲在一个安静的窝里,不想也不动,那样或者可以舒适一点。

"如果我们猜度得不错,我先问你,你希望不希望——你喜欢不喜欢有这回事?"佩璋带着苦笑问,因为一阵恶心刚像潮头一般涌过。

"这个……"焕之踌躇地搔着头皮。结婚以前,当他想象未来生活的幸福时,对于玉雪可念的孩子的憧憬,也是其中名贵的一幕。那当然没想到实现这憧憬,当母亲的生理上与心理上要受怎样的影响,以及因为有孩子从中障碍,男女两个的欢爱功课上要受怎样的损失。现在,佩璋似病态非病态,总之,不很可爱的一种现象已经看见了;而想到将来,啊!不堪设想，或许握一握手也要候两回三回才有机会呢。他从实感上知道从前所憧憬的并不是怎样美妙的境界。

"这个什么？你喜欢不喜欢？我在问你，说啊！"佩璋的神态很严肃，眼睛看定焕之，露出惨然的光。

"我不大喜欢！一来你太吃苦；二来我们中间有个间隔，我不愿；三来呢，你有志于教育事业，这样一来，至少要抽身三四年。就是退一步，这些都不说，事情也未免来得太早了一点儿！"焕之像忏悔罪过似的供述他的心。

焕之说的几层意思有一毫不真切的地方么？绝对没有。佩璋于是哭泣了，让焕之第一次认识她的眼泪。她仿佛掉在一个无援的陷阱里，往后的命运就只有灭亡。她非常愤恨，恨那捉弄人的自然势力！如果它真已把什么东西埋藏在她身体里了，她愿意毁掉那东西，只要有方法。唯有这样，才能从陷阱里救出自己来。

但是母爱一会儿就开始抬起头来，对于已经埋藏在她身体里的那东西，有一种特殊的亲密之感。希望的光彩显现在泪痕狼藉的脸上，她温柔地说："但是，事情既已来了，我们应该喜欢。我希望你喜欢！这是我们俩恋爱的凭证，身心融和的具体表现，我不能说不大喜欢。"她这样说，感到一种为崇高的理想而牺牲的愉悦；虽然掉在陷阱里是十分之七八确定的了，可是自己甘愿掉下去，从陷阱里又能培养出一个新的生命来，到底与被拘押的囚徒不同：这依然是自由意志的表现，而囚徒所有的，只是牲畜一样的生活而已。

焕之听了佩璋这个话,便消释了对于新望见的命运的怅惘。她说的是何等深入的话啊!那么,两人中间会有个间隔的猜想是不成立了。看她对于自身的痛苦和事业的停顿一句也不提,好像满不在乎似的,她唯求获得那个"凭证",成就那个"表现",而且,她感动得毫不吝惜她的眼泪了;那么,除了爱护她,歌颂她奔赴成功的前途,还有什么可说呢?他确实感觉在这个问题上,他不配有批评的意见。

他带着羞惭的意思说:"确然应该喜欢!我刚才说错了。希望你把它忘了,我的脑子里也再不留存它的影子。"

接着是个温存的接吻,代替了求恕的语句。

从此以后,他们又增添了新的功课。那尚未出世的小生命渐渐地在他们意想中构成固定的形象,引起他们无微不至的爱情。给他穿的须是十分温软的质料,裁剪又要讲究,不妨碍他身体的发育;给他吃的须是纯粹有益的食品,于是牛乳的成分,人乳的成分,以及鸡蛋和麦精等等的成分,都在书本里检查遍了;给他安顿的须是特别适宜于他的心灵和身体的所在,摇篮该是什么样子,光线该从哪方面采取,诸如此类,不惮一个又一个地画着图样。这些,他们都用待尝美味的心情来计虑着,研究着。当他们发现自己在做这样庄严而又似乎可笑的功课时,便心心相印地互视而笑。

他们又有个未来的美梦了。

然而佩璋的身体却不见好起来;呕吐虽然停止了,仍旧是浑身困疲,常常想躺躺,学校的事务竟没有力量再管。于是焕之就兼代了她所担任的一切。

焕之第一次独自到学校的那个朝晨,在他是个悲凉的纪念。他真切地感到美满的结婚生活有所变更了;虽然不一定变更得坏些,而追念不可捉住的过去,这就悲凉。每天是并肩往还的,现在为什么单剩一个呢!农场里,运动场里,时时见面,像家庭闲话一样谈着校里的一切,现在哪里还有这快乐呢!他仿佛被遗弃的孤客,在同事和学生之间,只感到难堪的心的寂寞。

不幸这仅是开端而已;悲凉对于他将是个经常来访的熟客,直使他忘了欢乐的面貌是怎样的!

大概是生理影响心理吧,佩璋的好尚,气度,性情,思想等等也正在那里变更,朝着与从前相反的方向!

她留在家里,不再关心学校的事:焕之回来跟她谈自编的教本试用得怎么样了,工场里新添了什么金工器械了,她都不感兴味,好像听了无聊的故事。她的兴味却在一件新缝的小衣服,或者一双睡莲花瓣儿那么大小的软底鞋。她显示这些东西往往像小孩显示他们的玩具一样,开场是"有样好东西,我不给你看"。经过再三的好意央求,方才又矜夸又羞涩地,用玩幻术的人那种敏捷的手法呈献在对手面前,"是这个,你不要笑!"憔悴的脸上于是又泛起可爱的红晕。待听到一两句赞美的话,便高兴地说:"你看,这多好看,多有趣!"她自己也称赞起来。

她的兴味又在小衣服和软底鞋之类的品质和价钱上。品质要它十分好,价钱要它十分便宜。镇上的店铺往往因陋就简,不中她的意,便托人到城里去带;又恐被托的人随意买高价的东西,就给他多方示意,价钱必须在某个限度以下。买到了一种便宜的东西,总要十回八回地提及,使焕之觉得讨厌,虽然他口头不说。

她不大出门,就是哥哥那里也难得去;但因为一个中年佣妇是消息专家,她就得知镇上的一切事情。这些正是她困疲而躺着时的消遣资料。某酒鬼打破了谁的头咯,某店里的女儿跟了人逃往上海去咯,某个村里演草台戏是呱呱叫的小聋聋的班子咯,各色各样的新闻,她都毫不容心地咀嚼一遍。当然,对于生育小儿的新闻,她是特别留心听的。东家生得很顺利,从发觉以至产出不过三个钟头,大小都安然;这使她心头一宽,自己正待去冒险的,原来并非什么危险的事。西家生得比较困难,守候了一昼夜,产妇疲乏得声音都很微弱了,婴儿方才闯进世界来;这不免使她担心,假如情形相同,自己怎么担受得起?另外一家却更可怕,婴儿只是不出来,产妇没有力量再忍受,只得任收生婆动手探取,婴儿是取出来了,但还带着别的东西,血淋淋的一团,人家说是心!产妇就永别了新生的婴儿;这简直使她几乎昏过去,人间的惨酷该没有比这个更厉害了,生与死发生在同一瞬间,红血揭开人生的序幕!如果自己被注定的命运正就是那样呢……她不敢再想;而血淋淋的一团偏要闪进她的意识界,晃动,扩大,终于把她吞没了。但是,她有时混合着悲哀与游戏的心情向焕之这样说:"哪里说得定我不会难产？哪里说得定我不会被取出一颗血淋淋的心？如果那样，我不久就要完了！"

焕之真不料她会说出这样的话；这与她渐渐滋长的母爱是个矛盾。而热恋着丈夫的妇人也决不肯说出这样的话；难道恋爱的火焰在她心头逐渐熄灭了么？他祈祷神似的抖声说："这是幻想，一定没有的事！你不要这样想，不要这样想……"

他想她的心思太空闲了，才去理会那些里巷的琐事，又想入非非地构成可怖的境界来恐吓自己，如果让她的心思担任一点工作，该会好得多。便说："你在家里躺着，又不睡熟，自然引起了这些幻想。为什么不看看书呢？你说要看什么书；家里没有的，我可以从学校里拣来，写信上海去寄来。"

她的回答尤其出乎焕之的意料："看书？多么闲适的事！可惜现在我没有这福分！小东西在里面（她慈爱地一笑，用手指指着腹部）像练武功似的，一会儿一拳，一会儿又是一脚，我这身体迟早会给他搞得破裂的；我的心思却又早已破裂，想起这个，马上不着不落地想到那个，结果是一个都想不清。你看，叫我看书，还不是让书来看我这副讨厌脸相罢了？"

焕之一时没有话说。他想她那种厌倦书籍的态度，哪里像几个月之前还嗜书如命的好学者。就说变更，也不至于这样快吧。他不转瞬地看着她，似乎要从她现在这躯壳里，找出从前的她来。

她好像看透了他的心思，又加上说："照我现在的感觉，恐怕要同书籍长久地分手了！小东西一出生，什么都得给他操心。而这个心就是看书的那个心；移在这边，当然要放弃那边。哈！念书，念书，到此刻这个梦做完了。"她淡淡地笑着，似乎在嘲讽别人的可笑行径。她没想到为了做这个梦，自己曾付出多少的精勤奋励，作为代价，所以说着"做完了"，很少惋惜留恋的意思。当然，自立的企图等等也不再来叩她的心门；几年来常常暗自矜夸的，全都消散得不留踪影了。

焕之忽然吃惊地喊出来，他那惶恐的神色有如失去了生命的依据似的，"你不能同书籍分手，你不能！你将来仍旧要在学校里任事，现在不过是请假……"

"你这样想么？我的教师生涯恐怕完毕了！干这个需要一种力量；现在我身体里是没有了，将来未必会重生吧。从前往往取笑前班的同学，学的是师范，做的是妻子。现在轮到自己了；我已做了你的妻子，还能做什么别的呢！"

这样，佩璋已变更得非常厉害，在焕之看来，几乎同以前是两个人。但若从她整个的生命看，却还是一贯的。她赋有女性的传统性格；环境的激刺与观感，引起了她自立的意志，服务的兴味，这当然十分绚烂，但究竟非由内发，坚牢的程度是很差的；所以仅仅由于生理的变化，就使她放了手，露出本来的面目。假如没有升学入师范的那个段落，那么她说这些话，表示这种态度，就不觉得她是变更了。

家务早已归政于老太太，老太太还是用她几十年来的老法子。佩璋常在焕之面前有不满的批评。焕之虽不斥责佩璋，却也不肯附和她的论调；他总是这样说："妈妈有她的习惯与背景，我们应该了解她。"

一句比较严重的话，唯恐使佩璋难堪，没有说出来的是"我们是幼辈，不应该寻瘢索斑批评长辈的行为！"

然而他对于家政未尝不失望。什么用适当的方法处理家务，使它事半而功倍；什么余下的工夫就阅读书报，接待友朋，搞一些轻松的玩意，或者到风景佳胜的地方去散步：这些都像诱人的幻影一样，只在初结婚的一两个月里朦胧地望见了一点儿，以后就完全杳然。家庭里所见的是摘菜根，破鱼肚，洗衣服，淘饭米，以及佩璋渐渐消损的容颜，困疲偃卧的姿态等等，虽不至于发生恶感，可也并无佳趣。谈起快要加入这个家庭的小生命，当然感到新鲜温暖的意味；但一转念想到所付的代价，就只有暗自在心头叹气了。

他得到一个结论：他现在有了一个妻子，但失去了一个恋人，一个同志！幻灭的悲凉网住他的心，比较去年感觉学生倦怠玩忽的时候，别有一种难受的况味。

十九

学校里罢了课！实际上与放假没有什么差别，但从这两个字所含的不安静意义上，全镇的人心就起了异感。学校门前用木板搭了一个台，上头榆树榉树的浓荫覆盖着，太阳光又让重云遮了，气象就显得凄惨，像举行殡殓的场面。一棵树干上贴起五六尺长的一张白纸,墨汁淋漓地写着"救国演讲"几个大字。大家知道这是怎样一回事,互相传告,都跑来听;不多一会儿,就聚集了二三百人。

如果要赞颂报纸的功效,这就是个明显的证据:假若每天没有几十份上海报由航船带来,这个镇上的人就将同蒙在鼓里一样,不知道他们的国家正处于怎样的地位,遇到了怎样的事情。靠着几十份的上海报,他们知道欧洲发疯一般的大战争停止了;他们知道国际间的新局面将在凡尔赛和会中公开地决定了;他们知道中国的希望很大,列强对于中国的一切束缚,已由中国代表在和会中提出废除的要求了。这些消息构成个朦胧的佳境,闪现在大众面前;"佳境已经望见了,脚踏实地的时期当然不会远。"大众这样想着,似觉自己身上"中国人的负担"已轻了一半。但那个未来佳境究竟是朦胧的,随后传来的一些消息就把它打得粉碎。"公开决定"是做梦的话;谁有强力才配开口,开口才算一句话!"废除一切束缚"是这会儿还谈不到;再加上几重束缚,倒是颇有可能的事!世界有强权,没有公理啊!中国有卖国贼,没有政治家啊!这些怨愤凝结郁塞,终于爆发开来:这就是北京专科以上学生激烈的示威运动。他们打伤了高官,火烧了邸宅;他们成队地被捕,却一致表示刚强不屈的精神。一种感觉一时普遍于各地的民众:北京学生正代行了大众要行的事。各地的学生尤其激昂,他们罢了课,组织学生会,起来作大规模的宣传。于是工人罢工商人罢市的事情陆续发生,而执掌交通的铁路工人也有联合罢工的风说。这种情形在中国从来不曾有过；仿佛可以这样说，这是中国人意识到国家的第一遭，是大众的心凝集于一，对一件大事情表示反抗意志的新纪元。

这里镇上一般人虽然大都不知道距离北京多少远，但怀着愤激心情的却居大多数。表示愤激就只有对着报叹气，或者傍着讲报的人击桌子；然而这的确是出于真诚的，并没一点儿虚假。向来主张多一事不如少一事的赵举人也在茶馆里发表议论："这班家伙，只知道自肥；什么国利民福，梦也不曾做到！这回给学生处罚得好。如果打死一两个，那更好，好叫人家看看卖国贼作得作不得！"高小里经教职员议决，为同情于各地民众并鼓动爱国情绪起见，罢课三天。

天气异常闷热，人们呼吸有一种窒塞的感觉。泥地上是黏黏的。重云越叠越厚。可厌的梅雨期快开始了。几百个听众聚集在台前，脸色同天容一样阴沉；中间有几个艳装的浮浪女郎，平时惯在市街中嘻嘻哈哈经过的，这时也收起她们的笑，只互相依傍着轻轻说话。十几个学生各拿着一叠油印品分发给大众；大众接在手里看，是日本对中国提出的二十一条件的"节要"。那二十一条件的提出，使中国特地规定一个国耻日，逢到那一日各地开会纪念，表示知耻，并图奋发，到这时也有四年了；最近的外交纠纷，大部分也由于此；但它的内容是什么，大家似乎茫然。现在接在手里的正就是那东西，当然就专心一意看下去。一些不识字的人听别人喃喃念诵，也知道纸上写的就是那个怪物，便折起来藏在衣袋里；仿佛想道，总有一天剖开它的心肺来看!

一阵铃声响,蒋冰如上了台,开始演讲。他的演讲偏重在叙述,把这一次北京学生的所谓"五四运动"的远因近由顺次说明,不带感情,却有激动的力量。末了说:"现在,各地的工界、商界、学界牺牲了他们的工作、营业、学业,一致起来表示他们的意思了!那意思里包含多少条目,那些条目该是怎样的东西,我不说,我不用说,因为各位心里同别地的各界一样地明白不过。我们眼前的问题是:怎样贯彻我们的意思?贯彻我们的意思要怎样发挥我们的力量?"冰如说到这里就下台。台下没有带点儿浮嚣意味的拍手声,也没有这边一簇人那边一簇人随意谈说的絮语声,仅有个郁塞得快要爆裂开来的静默。

第二个登台的是倪焕之。近来他的愤激似乎比任何人都厉害;他的身躯虽然在南方,他的心灵却飞驰到北京,参加学生的队伍,学生奔走,学生呼号,学生被监禁,受饥饿,他的心灵仿佛都有一份儿。他一方面愤恨执政的懦弱和卑污,列强的贪残和不义,一方面也痛惜同胞的昏顽和乏力。民族国家的事情,大家看得同别人家的事情一样,单让一些贪婪无耻的人,并不是由大家推选,却是自己厚着脸皮出来担当天下之重任的人,去包办,去做买卖,事情哪里会不糟!应该彻底改变过来,大家把民族国家的事情担上肩膀,才是真正的生路啊!——几年以来他那不爱看报、不高兴记忆一些武人的升沉成败的习性,到这时候他觉得应该修正了;必须明了现状,才不至于一概不管；武人的升沉成败里头就交织着民族国家的命运，又岂仅是武人的私事呢。——他恨不得接近所有的中国人，把这层意思告诉他们，让他们立刻觉悟过来。此刻登台演讲，台下虽然只有几百人，他却抱着面对全中国人那样的热情。他的呼吸很急促，胸膈间似乎有一股气尽往上涌，阻碍着他的说话，致使嘴里说的没有心里想的那么尽情通畅。他的眼里放射出激动而带惨厉的光；也可以说是哀求的表情，他哀求全中国人赶快觉悟；更可以说是哭泣的表情，他哭泣中国已经到了不自振作受强邻鄙视的地步。他的右手伸向前方，在空中舞动，帮助说话的力量；手掌张开，作待与人握手的姿势，意思仿佛是"我们同命运的同国人啊，大家握起手来吧"！

　　他承接冰如的话，说国民团结起来，才能贯彻大家的意思。团结得越坚强，力量越大，才能外抗贪狠的列强，内制蠹国的蠡贼。他相信大家不觉醒不团结，由于不明白利害，没有人给他们苦口婆心地这么讲一番；如果有人给他们讲了，其中利害谁都明白了，还肯糊里糊涂过去么？此刻他自己担负的就是这么讲一番的重任，所以竭尽了可能的力量来说；口说似乎还不济事，只可惜没有法子掏出一颗心来给大众看。但是他并不失望，以为明天此刻，这台前的几百人必将成为负责的国民，救国运动的生力军了；因为他们听了他的话，回去总得凝着心儿想，尽想尽想，自然会把他没有讲清讲透的体会出来。他忘了站在台前的正就是前年疑忌学校、散布流言的人；这一刻，他只觉得凡是人同样有一种可塑性，觉悟不觉悟，只差在有没有人给讲说给开导罢了。

　　他踮起脚,耸起身子,有一种兀然不动的气概;平时温和的神态不知退隐到哪里去了,换来了激昂与忧伤;声音里带着煽动的意味;他说:"不要以为我们这里只是一个乡镇,同大局没有什么关系。假如全国的乡镇都觉悟过来,还有什么目的不能达到!他们当局的至少会敛迹点儿,会谨慎起来;因为不只几处通都大邑表示态度,连穷乡僻壤都跳出来了。贪狠的外国至少也会减损点儿不把中国放在眼里的恶习;因为乡镇里的人都知道起来抗争,可见中国不是几个官僚的中国了。在场的各位,不要把自己看轻,大家来担负救国的责任吧!不看见报上载着么?各地人民一致的第一步目标,就是要惩办一些媚外卖国的官僚。要注意,这只是第一步,不是最后一步;以后的目标,我们还有许多。不过这第一步必须首先做到,立刻做到。假若做不到呢?吓!我们不纳租税,我们采取直接的反抗行动!……"

　　忽然来了一阵密集的细雨,雨丝斜射在听众的头顶上,就有好些人用衣袖遮着头顶回身走。一阵并不高扬的嚣声从走散的人群中浮起,带着不平的调子说以下一些话:"我们也来个罢市!""卖国贼真可恶,不知道他们具有什么样的心肝!""不纳租税倒是个办法,我们乡镇与都市同样有切实的力量!"匆匆地各自顺着回家的道路去了。

　　台上的焕之并不因听众走散了一部分而减少热情。雨来了,站在露天的急于躲避,也是人情之常,他完全原谅他们;

不过这原谅的念头沉埋在意识的底里，没有明显地浮上来。在他自己，从树上滴下来的水点落在衣服上，头顶上，面颊上，睫毛上，湿和凉的感觉使他发生志士仁人甘冒苦难的那种心情；他仿佛嫌这阵雨还不够大，如果是狂暴的急雨还要好些，如果是鹅卵大的冰雹那就更好。他闭了闭眼，让睫毛上的水滴同颧颊上的水条合流，便提高嗓音继续说："通常说'民气''民气'，人民应当有一种气焰，一种气概。我国的人民，向来太没有气焰了，太没有气概了；强邻拿我们来宰割，我们由它，当局把我们当礼物，我们也由它！民气销亡了，销亡到不剩一丝一毫。然而不！现在各地人民一致起来救国，又悲壮，又热烈，足见民气到底还保存在我们这里。郁积得长久，发泄出来更加蓬勃而不可遏。我知道这一回的发泄，将为中国开一个新的局面……"

"焕之下来吧，雨越来越大，他们都散了。"蒋冰如仰起头说；粗大的水点滴在他那满呈感服神情的脸上，旧绉纱长衫的肩部和胸部，有好几处茶盏大的湿痕。

"他们都散了？"焕之不由自主地接了一句；才看见二三十个人的背影正在鞋底线一般粗的垂直的雨丝中踉跄奔去，台前朝着自己的脸一个也没有了。他按着淋湿的头发，舍不得似的慢慢跨下台来，连声嚷道："可惜，可惜下雨了，下雨了，你还没有讲呢。"

他这话是对陆三复说的。这时陆三复站在校门的门限以内，垂直的雨丝就落不到他那身白帆布的新西服上；他心里正在感谢这一阵雨,临时取消了他这回并不喜爱的演讲。但是他却这样回答:"不要紧,讲的机会多着呢;不一定要今天在台上讲,往后不论街头巷口都可以讲,反正同样是发表我的意见。"

"不错,街头巷口都可以讲;等会儿雨停了,我们就分头出去!"焕之发现了新道路似的那样兴奋,全不顾湿衣衫贴着他的身体,摹写出胸部与胳臂的轮廓。他又说:"这里茶馆很不少,一天到晚有人在那里吃茶,正是演讲的好地方;我们也该到茶馆里去。"

冰如最恨茶馆,自从日本回来以后,一步也不曾踏进去过;现在听焕之这样说,依理当然赞同,但是总不愿意自己或自己的同伴有走进茶馆演讲救国题目这一回事,便催促焕之说:"我们到里边去,把湿衣服脱了吧。"

从树上滴下来的水点有黄豆一般大了,焕之仿佛觉得这才有点儿痛快;他望了望刚才曾经站满几百个听众现在却织满了雨丝的台前的空间,然后同冰如和三复回入校内。

焕之借穿了三复的旧衬衣,冰如把旧绉纱长衫脱了,一同坐在休憩室里。学校里似乎从来没有今天这样静寂;只听雨声像无数的蟹在那里吐泡沫,白铁水落笃洛洛地①发出单调的音响。有如干过了一桩盛举,他们带着并不厉害的一种倦意,谈论经过的情形以及事后的种种。冰如说:"今天的情形似乎并不坏。这里的人有这么一种脾气,一味嘻嘻哈哈,任你说得喷出

---

① 用白铁或毛竹片承受屋檐流下的雨水,汇集到直立的白铁管或毛竹管流到地下,这就是"水落"。"笃洛洛"是拟声。——作者注。

血来，总觉不关他们的事。我怕今天也会这样，给我们浇一勺冷水。可是不，他们今天都在那里听，听得很切心的样子。"

"他们接了二十一条，我们印刷的那张东西，都瞪着眼睛仔细看。而且个个带回去，没有一个把它随便丢了的。"陆三复这样说，现出得意的神情，仿佛他平时称赞某个运动家能跳多高能跑多快的时候一样。

"究竟同样是国民，国民的义愤大家都有的。"焕之这样解释，心里尽在想许许多多的人经过先觉者的开导，一个个昂首挺胸觉悟起来的可喜情形。谁是先觉者呢？他以为像他这样一个人，无论如何，总算得及格的国民。及格这就好；开导旁人的责任还赖得了么？他击一下掌，叹息说："唉！我们以前不对；专顾学校方面，却忘了其他的责任！"

"你这话怎么讲？"冰如仿佛能领悟焕之的意思，但是不太清楚。

"我们的眼界太窄了，只看见一个学校，一批学生；除此以外，似乎世界上再没有别的。我们有时也想到天下国家的大题目；但自己宽慰自己的念头马上就跟上来，以为我们正在造就健全完美的人，只待我们的工作完成，天下国家还有什么事解决不了的！好像天下国家是个静止的东西，呆呆地等在那里，等我们完成了工作，把它装潢好了，它才活动起来。这是多么可笑的一个观念！"

"确然有点儿可笑。天下国家哪里肯静止下来等你的！"几天来国内的空气激荡得厉害，蒋冰如自然也感觉震动；又听焕之这样说，对于他自己专办学校不问其他的信念，不禁爽然若失了。

焕之点了点头，接上说："真是有志气的人，就应该把眼光放宽大些。单看见一个学校，一批学生，不济事，还得睁着眼看社会大众。怎样使社会大众觉醒，与怎样把学校办好，把学生教好，同样是重要的任务。社会大众是已经担负了社会的责任的，学生是预备将来去担任。如果放弃了前一边，你就把学生教到无论怎样好，将来总会被拖累，一同陷在泥淖里完事。我现在相信，实际情形确是这样。"

"这使我想起年头在城里听到的许博士的议论了。"冰如脸上现出解悟的微笑，问焕之说，"不是跟你谈过么？许博士说学校同社会脱不了干系；学校应该抱一种大愿，要同化社会，做到这一层，才是学校的成功；假如做不到，那就被社会所同化，教育等等只是好听的名词，效果等于零！我当时想这个话不免有点儿偏激；譬如修理旧房屋，逐渐逐渐把新材料换进去不行么？学校教育就是专制造新材料啊。但是现在我也这么想了，凡是材料就得从新制造，不然总修不成伟大坚固的建筑物。我们要直接地同化社会，要让社会大众都来当我们的学生！"

"今天我们开始了第一课了。情势很可以乐观。我们向来是不曾去做，并不是没有这个力量，'是不为也，非不能也'；既然检验出我们的偷懒，以后就不容再偷懒。"

"'是不为也，非不能也'……"冰如顺着焕之的口调沉吟着。

这时候雨停了,檐头还滴着残滴。天空依然堆着云,但发出银样的光亮。冰如和焕之不期而然同时举头望天空,仿佛想这银样的光亮背后,就是照耀大千的太阳,一缕安慰的意念便萌生在他们心里。陆三复也有点儿高兴;雨停了,每天到田野间跑步的常课不至于间断了。

焕之回家,就穿着借来的旧衬衣,走进屋内,一种潮湿霉蒸的气味直刺鼻管(这房屋是一百年光景的建筑了),小孩的尿布同会场中挂的万国旗一样,交叉地挂了两竹竿。他不禁感叹着想:唉,新家庭的幻梦,与实际相差太远了!但是一种新生的兴奋主宰着他,使他这感叹只成为淡淡的,并不在乎的,他有满腔的话要告诉佩璋,便走进卧房。

小孩是男的,出世有五个多月了。最近十几天内,夜间只是不肯睡熟,才一朦胧,又张开小嘴啼哭起来。体温是正常,又没有别的现象,病似乎是没有的。只苦了抱着他睡的母亲;耐着性儿呜他,奶他,整个的心都放在希望他安眠上,自己就少有安眠的份儿。这会儿小孩却入睡了。轻轻把他放上床,她自己也感觉有点儿倦,随即躺在他旁边。渐渐地,眼皮阖上,深长的鼻息响起来了。

焕之看入睡的佩璋,双眼都阖成一线,一圈青晕围着,显出一些紫色的细筋;脸色苍白,不再有少女的光泽;口腔略微张开,嘴唇只带一点儿红意。他便又把近来抛撇不开的想头温理一过:才一年多呢,却像变化到十年以后去了,这中间真是命运在捣鬼!她这样牺牲太可怜了;你看这憔悴的颜色,而且,憔悴的又岂仅是颜色呢!

他顺次地想下去:"无论如何,我没有怨恨她的道理。她的性情,嗜好,虽然变更得不很可爱,可是变更的原因并不在她;她让生命历程中一个猛烈的暗浪给毁了!我应该抚摩她的创伤,安慰她的痛苦;就是最艰难的方法,我也得采取,只要于她有益。至于自己的欢乐,那无妨丢开不问;这当儿还要问,未免是自私的庸人了。"

他的眼光又移到依贴在母亲胸前的小孩。这会儿小孩睡得很浓,脸色是绝对地安静,与夜间那副哭相(大张着的嘴几乎占全脸的一半,横斜的皱纹构成可笑的错综)大不相同。肤色是嫩红。垛起的小嘴时时吸动,梦中一定在吃奶呢。他想:"这样一个小生命,犹如植物的嫩芽,将来材质怎样优美,姿态怎样可爱,是未可预料的。为了他,牺牲了一个母亲的志愿和舒适,不一定就不值得吧。"爱的意念驱遣他的手去抚摩孩子的脸,暂时忘了其他一切。

警觉的母亲便醒了,坐起身来,惺忪地望着焕之说:"你回来了?"

焕之坐下来,傍着她;这正是适宜于温存的时候,因为常会作梗的孩子暂时放松了他们;并且他有满腔的话要告诉她,并排坐着也畅适些。他说:"刚才回来。今天的讲演会,来听的人很不少。"

"唔。怎么,你穿了这样一件衣服?"

"刚才讲演的时候,衣服全淋湿了。这是借的陆先生的。"

"全淋湿了？身体受了湿气会不舒服的。湿衣服带回来了么？"

他稍微感到无聊，答了她的问，回到自己的头绪上去说："今天来听的人都有很好的表示。他们愤懑，他们沉默；愤懑包蕴在沉默里，就不同于浮光掠影的忧时爱国了。他们听我们讲演，把每一个字都咽下去，都刻在心上。这在我是不曾料到的，我一向以为这个镇上的人未必能注重国家大事。——我们太不接近社会了，因而对社会发生这样的误解。告诉你，一个可喜的消息：从今以后，我们要把社会看得同学校一样重，我们不但教学生，并且要教社会！"他说得很兴奋，有如发现了什么准会成功的大计划似的，随后的工夫就只有照着做去罢了。当然，他所期望于她的是赞许他的大计划，或者加以批评，或者贡献些意见，使他的精神更为焕发，他的计划更为周妥。但是，完全不相应，她接上来的是一句不甚了解他意思的很随便的话："难道你们预备给成人开补习班么？"

这太浅薄了，他所说的意思要比她所料度的深远得多；对于这样浅薄的料度，他起了强烈的反感。但是他抑制着反感，只摇着头说："不。我们不只教大家认识几个字，懂得一点浅近的常识；我们要教大家了解更切要更深远的东西。"

"这样么？"她淡淡地看了他一眼，那神情是不想再寻根究柢，就这样不求甚解已经可以过去了。突然间她想起了什么，嫌厌的表情浮上憔悴的脸，起身到衣橱前，使气地把橱门开了。她要找一件东西，但是在久已懒得整理的乱衣堆里翻了一阵，竟没有找到。

他感伤地想：她竟不追问要教大家了解更切要更深远的东西是怎么一回事，这因为她是现在的她了！若在去年刚结婚的时候，这样一个又重要又有味的题目，硬叫她放手也不肯呢。然而一直讲下去与待她追问了再回答，效果是相同的，他便用恳求的声调说："不妨等会儿找东西，听我把话讲完了。"

但是她已经从橱抽斗里找到她所要的东西了。是一双小鞋，黄缎的面，鞋头绣一个虎脸，有红的眉毛，黑瞳白镶边的眼睛，绿的扁鼻子，截齐的红胡须，耳朵是另外缀上的，用紫绫作材料，鞋后跟翘起一条黄缎制的尾巴，鞋里大概塞着棉絮一类的东西。她把小鞋授给他，带着鄙夷的脸色故意地问："你看这个，漂亮不漂亮？"

"啊？这个蠢……"他接小鞋在手，同时把话咽下去。他看了这颜色不调式样拙劣的手工制品，不禁要批评它蠢俗不堪，但是他立刻猜想到这东西出自谁的手，故而说到半中便缩住了。他改为轻声问："是母亲做的吧？"

"还有谁呢？我总不会做这样的东西！"

"请你说轻一点儿。她做给孩子穿的？"

他站起来走到房门口，眼光通过外房和中间，直望母亲的房门：心里惴惴地想，又有什么小纠纷待要排解了。

"自然算给孩子穿的。她拿给我有好几天了；因为是这副样子，我就搁在橱抽斗里。"

"现在怎样？"

他回身走近她,玩赏似的审视手中的母亲老年的手泽,蠢俗等等的想头是远离了,只觉得这上头有多量的慈爱与苦辛。

"她今天对我说:'五月快到了,从初一起一定要把我那双老虎鞋给孩子穿上,这是增强保健,避毒免灾的。'这样的鞋,穿在脚上才像个活怪呢!"

"我看穿穿也没有什么。"

"不,我不要他穿,宁可让他赤脚,不要他穿这样的怪东西!"她颇有点执拗的意味。在类乎此的无关宏旨的事情上,他领略这意味已经有好几回了。他的感情很激动,但并不含怒意,商请似的说:"只是不穿要使她老人家不快活。"

"但是穿了之后,那种活怪的模样,要使我不快活!"

他默然了。他的心绪麻乱起来,不清不楚地想:"老年人的思想和行为,常常遭到下一辈毫不客气的否认和讥评,这也就是这样的一幕。谁错了呢?可以说双方都没有错。然而悲哀是在老年人那一边了!"这只是一种解释而已,对于怎样应付眼前的事件,一时间他竟想不出来。

看了看她的严肃的脸,又看了看床上睡着的孩子,他的眼光终于怅然地落在手中小鞋的花花绿绿的老虎头上。

窗外又淅淅沥沥下起雨来了。

二十

"五四运动"犹如一声信号,把沉睡着的不清不醒的青年都惊醒了，起来擦着眼睛对自己审察一番。审察的结果，知道自己锢蔽得太深了，畏缩得太甚了，了解得太少了，历练得太浅了……虽然自己批判的字眼不常见于当时的刊物，不常用在大家的口头，但确然有一种自己批判的精神在青年的心胸间流荡着。革新自己吧，振作自己吧，长育自己吧，锻炼自己吧……差不多成为彼此默喻只不过没有喊出来的口号。而"觉悟"这个词儿，也就成为最繁用的了。

刊物是心与心的航线。当时一般青年感觉心里空虚，需要运载一些东西来容纳进去，于是读刊物；同时又感觉心里饱胀，仿佛有许多意思许多事情要向人家诉说，于是办刊物。在这样的情形之下，刊物就像春草一般萌生；名称里大概有一个"新"字，也可见一时人心的趋向了。

一切价值的重新估定，渐渐成为当时流行的观念。对于学术思想，对于风俗习惯，对于政治制度，都要把它们检验一下，重行排列它们的等第；而检验者就是觉悟青年的心。这好像是任何时候都可能发生的事，其实不然。一切既已排定了等第，人们就觉得再没什么可疑的，哪是甲等，哪是乙等，一直信奉下去，那倒是非常普通的事。若问甲等的是否真该甲等，乙等的是否非乙等不可，这常在人心经过了一阵震荡之后。明明是向来宝贵的东西，何以按诸实际，竟一点儿也不见稀奇？明明是相传有某种价值的东西，何以生活里撞见了它，竟成为不兑现的支票？疑问越多，震荡越厉害；枝枝节节地讨究太不痛快了，索性完全推翻，把一切重行检验一下吧。这才使既定的等第变更一番。而思想上的这种动态，通常就称为"解放"。

被重新估定而贬损了价值的，要算往常号称"国粹"的纲常礼教了。大家恍然想，那是蛮性的遗留，无形的桎梏，可以范铸成一个奴隶，一个顺民，一个庸庸碌碌之辈，却根本妨碍做一个堂堂正正的人！一向是让那些东西包围着，犹如鱼在水里，不知道水以外还有什么天地。现在，既已发现了"人"这个东西，赶快把妨碍做"人"的丢开了吧！连带地，常常被用来作为拥护纲常礼教的工具的那些学问，那些书本，也降到了很低的等第。崇圣卫道的老先生们翘起了胡须只是叹气，嘴里嘀咕着"洪水猛兽"等等古典的骂人话，但奈何不得青年们要求解放的精神。

西洋的学术思想一时成为新的嗜尚。在西洋，疯狂的大战新近停止，人心还在动荡之中，对于本土的思想既然发生了疑问，便换换口味来探究东方思想。而在我们这个国土里，也正不满意本土的思想，也正要换点儿新鲜的口味，那当然光顾到西洋思想了。至于西洋的学术，与其说是西洋的，不如说是世界的更见得妥当；因为它那种逻辑的组织，协同的钻研，是应用科目来区分而不是应用洲别国别来区分的。天文学该说是哪一洲哪一国的呢？人类学又该说是哪一洲哪一国的呢？唯有包孕极繁富，组织欠精密，特别看重师承传授的我国的学问，才加上国名而有"中国学"的名称。称为"中国学"，就是表示这一大堆的学术材料尚未加以整理，尚未归入天文学人类学等等世界的学术里头去的意思。待整理过后，该归入天文学的归入天文学了,该归入人类学的归入人类学了,逐一归清,"中国学"不就等于零么?现在一般青年嗜好西洋学术,可以说是要观大全而不喜欢一偏,要寻系统而不细求枝节。他们想,"中国学"的研讨与整理,自有一班国学专家在。

从刊物上,从谈论间,从书铺的流水账上,都可以看出哲学尤其风行。随着"人"的发现,这是当然的现象。一切根本的根本若不究诘一下,重新估定的评价能保没有虚妄么?万一有虚妄,立足点就此消失;这样的人生岂是觉悟的青年所能堪的?哲学,哲学,他们要你作照彻玄秘,启示究竟的明灯!

西洋文学也渐渐风行起来。大家购求原本或英文译本来读;也有人用差不多打定了根基的语体文从事翻译,给没有能力读外国文的人读。读文学侧重在思想方面的居多,专作文学研究的比较少。因此,近代的东西特别受欢迎,较古的东西便少有人过问。近代文学里的近代意味与异域情调,满足了青年的求知与嗜新两种欲望。

在政治方面,那么民治主义,所谓"德谟克拉西",几乎是一致的理想。名目是民国,但实际政治所表现的,不是君师主义,便是宰割主义;从最高的所谓全国中枢以至类乎割据的地方政府,没有不是轮替采用这两种主义,来涂饰外表,榨取实利的。而民治主义所标榜,是权利的平等,是意志的自由;这个"民"字,从理论上讲,又当然包容所有的人在内:这样一种公平正大的主义,在久已厌恶不良政治的人看来,真是值得梦寐求之的东西。

各派的社会主义也像佳境胜区一样，引起许多青年幽讨的兴趣。但不过是流连瞻仰而已，并没有凭行动来创造一种新境界的野心，争辩冲突的事情也就难得发生。相反两派的主张往往发表在一种刊物上，信念不同的两个人也会是很好的朋友，绝对不闹一次架。

取一个题目而集会结社的很多，大概不出"共同研究"的范围。其中也有关于行动的，那就是半工半读的同志组合。"劳动"两个字，这时候具有神圣的意义。自己动手洗一件衣服，或者煮一锅饭，好像做了圣贤工夫那样愉快，因为曾经用自己的力量劳动了。从此类推，举起锄头耕一块地，提一桶水泥修建房屋，也是青年乐为的事；只因环境上不方便，真这样做的非常少。

尊重体力劳动，自己处理一切生活，这近于托尔斯泰一派的思想。同时，托尔斯泰的人道主义和无抵抗主义也被收受，作为立身处世的准绳。悲悯与宽容是一副眼镜的两片玻璃，具有这样圣者风度的青年，也不是难得遇见的。

以上所说的一切，被包在一个共名之内，叫作"新思潮"。统称这种新思潮的体和用，叫作"新文化运动"。"潮"的起点，"运动"的中心，是北京；冲荡开来，散布开来，中部的成都、长沙、上海，南部的广州，也呈显浩荡的壮观，表现活跃的力量。各地青年都往都市里跑，即使有顽强的阻力，也不惜忍受最大的牺牲，务必达到万流归海的目的。他们要在"潮"里头沐浴，要在"运动"中作亲身参加的一员。

他们前面透露一道光明；他们共同的信念是只要向前走去，接近那光明的时期决不远。他们觉得他们的生命特别有意义；因为这样认识了自己的使命，昂藏地向光明走去的人，似乎历史上不曾有过。

二十一

冬季的太阳淡淡地照在小站屋上；几株枯柳靠着栅栏挺起瘦长的身躯，影子印在地上却只是短短的一段。一趟火车刚到，汽机的"丝捧丝捧"声，站役的叫唤站名声，少数下车旅客的提认行李声招呼脚夫声，使这沉寂的小站添了些生气。车站背后躺着一条河流，水光雪亮，没入铅色的田地里。几处村舍正袅起炊烟。远山真像入睡似的，朦胧地像笼罩在一层雾縠里。同那些静境比较，那么车站是喧闹的世界了。

"乐山，你来了。欢迎！欢迎！"

倪焕之看见从火车上机敏地跳下个短小精悍的人，虽然分别有好几年了，却认得清是他所期待的客人，便激动地喊出来，用轻快的步子跑过去。

"啊，焕之！我如约来了。我们有五年不见了吧？那一年我从北京回来，我们在城里匆匆见了一面，一直到现在。我没有什么变更吧？"

好像被提醒了似的，焕之注意看乐山的神态，依然是广阔的前额，依然是敏锐的眼光，依然是经常抿紧表示意志坚强的嘴,只脸色比以前苍了些。他穿一件灰布的棉袍,也不加上马褂;脚上是黑皮鞋,油光转成泥土色,可见好久没擦了。不知为什么,焕之忽然感觉自己的青年气概几乎消尽了,他带着感慨的调子说:"没有变更,没有变更,你还是个青年!"

这才彼此握手,握得那样热烈,那样牢固,不像是相见的礼数,简直是两个心灵互相融合的印证。

"你也没有变更,不过太像个典型的学校教师了。"乐山摇动着互相握住的手,无所容心地说。

火车开走了,隆隆的声音渐渐消逝,小车站又给沉寂统治了。

"我雇的船停在后面河埠头,我们就下船吧。"焕之说着,提起脚步在前头走。

乐山四望景物,小孩似的旋了个转身,说:"我的耳朵里像洗过的一样,清静极了,清静到觉着空虚。你在这样的地方,过的是隐士一般的生活吧?你看,田野这样平静,河流这样柔和,一簇一簇的村子里好像都住着'无怀葛天之民',隐士生活的条件完全具备了。"

隐士这个名词至少有点儿优美的意味,但是在焕之听来,却像玫瑰枝一样带着刺的。他谦逊似的回答:"哪里会过隐士一般的生活,差得远呢!"

两人来到河埠头,舟子阿土便到船头挂篙,预备给他们扶手。但是乐山不需要扶,脚下还有三级石级,一跳便到了船头。焕之在后,也就跨上了船。

王乐山是焕之在中学校里的同学,是离城二十里一个镇上的人。家里开酱园,还有一些田,很过得去。他在中学校里是运动的能手,跑跳的成绩都不坏;因为身材短小灵活,撑竿跳尤其擅长,高高地粘在竹竿头这么挪过去,人家说他真像一只猴子。与厨房或是教员捣乱,总有他的份。他捣乱不属于多所声张并无实际的那一派,他往往看中要害,简单地来一个动作或是发一句话,使身受者没法应付。他就是不爱读书,不爱做功课。但是在校末了的一年忽然一变,他喜欢看些子书,以及排满复汉的秘密刊物;运动是不大参加了,捣乱也停了手。这样,与焕之的意趣很相接近,彼此便亲密起来。

焕之经中学校长介绍,开始当教师的时候,乐山也受到同样的待遇。乐山不是没有升学的力量,他任教职完全是为社会做一点事。但是三年小学教师的风味叫他尝够了;在焕之失望悲伤,但没有法想的当儿,他却丢了教职,一飞飞到北京,进了大学预科,到底他有飞的能力啊!两地远隔的朋友间的通信,照例是越到后来越稀,直到最近的二三年,焕之方面每年只有两三封去信了;但是信中也提到新近的工作与乐观的前途,而且不能算不详细。乐山方面的来信,当然,每年也只有两三封,他写得很简短,"知道什么什么,甚慰"之外,就只略叙近状而已。

最近,乐山为了学生会的什么事情,特地到上海。焕之从报上看见了,突然发生一种热望,要同乐山会会面,畅谈一阵。便照报上所载他的上海寓址寄了信去,请他到乡间来玩几天；如果实在不得空，今天来明天走也好，但千万不能拒却。焕之的心情，近来是在一种新的境界里。佩璋的全然变为家庭少奶奶，新家庭的终于成为把捉不住的幻梦，都使他非常失望。在学校里，由他从头教起，可以说是很少袭用旧法来教的，就是蒋冰如的儿子宜华，蒋老虎的儿子蒋华这一班学生，最近毕业了，平心静气地估量他们，与以前的或是其他学校的毕业生并没有显著的差异：这个失望当然也不怎么轻。但是，不知道是渐近壮年的关系呢，还是别的原因，像三四年前那种悲哀颓唐的心绪并不就此滋长起来；他只感到异样的寂寞，仿佛被关在一间空屋子里，有的是一双手，但是没有丝毫可做的事情那样的寂寞。志同道合的蒋冰如，他的大儿子自华毕业一年了，留在家里补习，不曾升学，现在宜华又毕了业，冰如就一心在那里考虑上海哪一个中学校好，预备把他们送进去；对于学校里的事情，冰如似乎已经放松了好些。并且，冰如颇有出任乡董的意思；他以为要转移社会，这种可以拿到手的地位应该不客气地拿，有了地位，一切便利得多。这至少同焕之离开了些，所以更增加焕之的寂寞之感。凑巧旧同学王乐山南来的消息看在眼里，乐山所从来的地方又是"新思潮"的发源地北京，使他深切地怀念起乐山来；他想，若得乐山来谈谈，多少能消解些寂寞吧。便写了今天来明天走也好，但千万不能拒却那样恳切的信。

乐山的回信使焕之非常高兴，信中说好久不见，颇想谈谈，带便看看他新营的巢窟；多留不可能，但三四天是没有问题的。焕之便又去信,说明乘哪一趟火车来最为方便,到站以后,可以不劳寻问,因为自己准备雇了船到车站去接。

船慢慢地在清静的河道中行驶,乐山按焕之的探问,详细叙述"五四运动"灿烂的故事。他描摹当时的学生群众十分生动;提到其中的一小部分人,怀着牺牲一切的决心,希望警觉全国大众,他的话语颇能表达他们慷慨悲壮的气概;谈到腐败官僚被打被烧的情形,言辞间又带着鄙夷的讪笑。焕之虽然从报上知道了许多,哪里抵得上这一席话呢?他的寂寞心情似乎已经解慰了不少,假如说刚才的心是温的,那么,现在是渐渐热起来了。待乐山语气停顿的当儿,他问:"你怎么知道得这么仔细?一小部分人里头,也有个你在吧?"

乐山涎着脸儿笑了,从这笑里,焕之记起了当年喜欢捣乱的乐山的印象。"我没有在里头,没有在里头。"是含糊的语调。他接着说,"'新文化运动'一起来,学生界的情形与前几年大不相同了。每个公寓聚集着一簇青年学生,开口是思想问题,人生观念,闭口是结个团体,办个刊物。捧角儿逛窑子的固然有,可是大家瞧不起他们,他们也就做贼似的偷偷掩掩不敢张扬。就是上海,也两样了。你想,上海的学生能有什么,洋行买办'刚白度'①,就是他们的最高理想!可是现在却不能一概而论。我在上海住的那个地方,是十几个学生共同租下来的,也仿佛是个公寓。他们分工作事,料理每天的洒扫饮

---

① 英文comprador的译音,即洋行买办。——作者注。

食，不用一个仆役。这会儿寒假，他们在寓所里尽读些哲学和社会主义的书，几天必得读完一本，读完之后又得向大家报告读书心得。他们又到外边去学习德文法文，因为外国文中单懂一种英文不济事。像这班人，至少不是'刚白度'的希冀者。"

焕之听得入了神，眼睛向上转动，表示冥想正在驰骋，感奋地说："这可以说是学生界的大进步，转向奋发努力那方面去了。"

"这么说总不至于全然不对吧。"乐山这句话又是含糊的语调。他忽然转换话题，"你喜欢听外面的事情，我再给你说一些。现在男女间关系自由得多了：大家谈解放解放，这一重束缚当然提前解放。"

"怎么？你说给我听听。"

"泛说没有什么意思，单说个小故事吧。有个大学生姓刘的（他的姓名早给报和杂志登熟了，大概你也知道），准备往美国留学，因为在上海等船没趣味，就到杭州玩西湖。有几个四川学生也是玩西湖的，看见旅馆牌子上题着他的姓名，就进去访问他，目的在交换思想。他们中间有个女郎，穿着粉红的衫儿，手里拿一朵三潭印月采来的荷花，面目很不错。那位大学生喜出望外，一意同女郎谈话，艺术美育等等说了一大堆。女郎的心被感动了，临走的时候，荷花留在大学生的房间里；据说这是有意的，她特地安排个再见的题目。果然，大学生体会到这层意思，他借送还荷花为由，到她旅馆里找她。不到三天，就是超乎朋友以上的情谊了。灵隐，天竺，九溪十八涧，六和塔下江边，常常可以看见他们的双影。这样，却把往美国去的船期错过了。两个人自问实在分撒不开，索性一同去吧，便搭下一趟的船动身。同船的人写信回来，他们两个在船里还有不少韵事呢。"

"这大概还是自由恋爱的开场呢。以后解放更彻底，各种方式的新恋爱故事一定更多。"

"我倒忘了，你不是恋爱结婚的么？现在很满意吧？我乐于看看你的新家庭。"

乐山无心的询问，在焕之听来却像有刺的，他勉强笑着说："有什么满意不满意？并在一块儿就是了。新家庭呢，真像你来信所说的巢窟，是在里边存身，睡觉，同禽兽一样的巢窟而已。"

乐山有点奇怪，问道："为什么说得这样平淡无奇？你前年告诉我婚事成功了的那封信里，不是每一个字都像含着笑意么？"

焕之与乐山虽然五年不相见，而且通信很稀，但彼此之间，隔阂是没有的；假若把失望的情形完全告诉乐山，在焕之也并不以为不适宜。不过另有一种不愿意详说的心情阻抑着他，使他只能概括地回答："什么都是一样的，在远远望着的时候，看见灿烂耀目的光彩，待一接近，光彩不知在什么时候早就隐匿了。我回答你的就是这样一句话。"

"虽是这样说，不至于有什么不快意吧？"

"那是没有……"焕之略微感到恍惚，自己振作了一下，才说出这一句。

乐山用怜悯意味的眼光看焕之，举起右手拍拍焕之的肩，说："那就好了。告诉你，恋爱不过是这么一回事。所以我永远不想闹恋爱。"乐山说这个话的神态与声调，给予焕之一种以前不曾有过的印象，他觉得他老练，坚定，过于他的年纪。

乐山望了一会儿两岸的景物，又长兄查问幼弟的功课似的问："你们的革新教育搞得怎样了？"

"还是照告诉你的那样搞。"

"觉得有些意思吧？"

"不过如此——但是还好。"焕之不由自主地有点儿气馁，话便吞吞吐吐了。

"是教学生种地，做工，演戏，开会，那样地搞？"

"是呀。近来看杜威的演讲稿，有些意思同我们暗合；我们的校长蒋冰如曾带着玩笑说'英雄所见略同'呢。"

"杜威的演讲稿我倒没有细看，不过我觉得你们的方法太琐碎了，这也要学，那也要学，到底要叫学生成为怎么样的人呢？"

"我们的意思，这样学，那样学，无非借题发挥，根本意义却在培养学生处理事物、应付情势的一种能力。"

"意思自然很好；不过我是一个功利主义者，我还要问，你们的成效怎么样？"

乐山又这样进逼一步，使焕之像一个怯敌的斗士，只是图躲闪，"成效么？第一班用新方法教的学生最近毕业了，也看不出什么特殊的地方。我想,待他们进了社会,参加了各种业务,才看得出到底与寻常学生有没有不同;现在还没遇到试验的机会。"

"你这样想么?"乐山似乎很诧异焕之的幻想的期望。他又说,"我现在就可以武断地说,但八九成是不会错的。他们进了社会,参加了各种业务,结果是同样地让社会给吞没了,一毫也看不出什么特殊的地方。要知道社会是个有组织的东西,而你们教给学生的只是比较好看的枝节;给了这一点儿,就希望他们有所表现,不能说不是一种奢望。"

那些无理的反对和任情的讥评,焕之听得多了;而针锋相对,本乎理性的批评,这还是第一遭听到。在感情上,他不愿意相信这个批评是真实的,但一半儿的心却不由自主地向它点头。他怅然说:"你说是奢望,我但愿它不至于十二分渺茫!"

"即使渺茫,你们总算做了有趣的事了。人家养鸟儿种花儿玩,你们玩得别致,拿一些学生代替鸟儿花儿。"

"你竟说这是玩戏么?"

"老实说,我看你们所做的,不过是隐逸生涯中的一种新鲜玩戏。"乐山说着,从衣袋里取出一本英文的小书,预备翻开来看。焕之却又把近来想起的要兼教社会的意思告诉他,联带说一些拟想中的方案,说得非常恳切,期望他尽量批评。

乐山沉着地回答道:"我还是说刚才说的一句话,社会是个有组织的东西。听你所说,好像预备赤手空拳打天下似的,这终归于徒劳。要转移社会,要改造社会,非得有组织地干不可!"

"怎样才是有组织地干?"

"那就不止一句两句了……"乐山用手指弹着英文小本子,暂时陷入沉思。既而用怂恿的语气说,"我看你不要干这教书事业吧,到外边去走走,像一只鸟一样,往天空里飞。"同时他的手在空间画了一条弧线,表示鸟怎样地飞。

"就丢了这教师生涯吧。"焕之心里一动,虽然感觉实现这一层是很渺茫的。他还不至像以前那样厌恨教师生涯,但是对于比这更有意义的一件不可知的东西,他朦胧地憧憬着了。

这时候河道走完了,船入一个广阔的湖,湖面白茫茫一片。焕之凝睇默想道:"此时的心情,正像这湖面了。但愿跟在后头的,不是生活史上的一张白页!"

二十二

一九二五年五月三十一日,天气异常闷郁。时时有一阵急雨洒下来,像那无情的罪恶的枪弹。东方大都市上海,前一天正演过暴露了人类兽性、剥除了文明面具的活剧;现在一切都沉默着,高大的西式建筑矗立半空,冷酷地俯视着前一天血流尸横的马路,仿佛在那里想:过去了,这一切,像马路上的雨水一样,流入沟里,就永不回转地过去了!

倪焕之从女学校里出来是正午十二点。他大概有一个月光景没剃胡须了,嘴唇周围和下巴下黑丛丛的,这就减少了温和,增添了劲悍的意味。他脸上现出一种好奇的踊跃的神采,清湛的眼光里透露出坚决的意志,脉管里的血似乎在激烈地奔流。他感到勇敢的战士第一次临阵时所感到的一切。

本来想带一把伞,但是一转念便不带了;他想并不是去干什么悠闲的事,如访朋友赴宴会之类,身上湿点儿有什么要紧;而且,正唯淋得越湿,多尝些不好的味道,越适合于此时的心情。如果雨点换了枪弹那就更合适,——这样的意念,他也连带想起来了。

他急步往北走,像战士赶赴他的阵地;身上的布长衫全沾湿了,脸上也得时时用手去擦,一方手巾早已不济事;但是他眉头也不皱,好像无所觉知似的。这时候,他心里净是愤怒与斗争的感情,此外什么都不想起,他不想起留在乡镇的母亲、妻、子,他不想起居留了几年犹如第二故乡的那个乡镇,他不想起虽然观念有点改变但仍觉得是最值得执着的教育事业。

来到恶魔曾在那里开血宴的那条马路上,预料的而又像是不可能的一种景象便显现在他眼前。一簇一簇的青年男女和青布短服的工人在两旁行人道上攒聚着,这时候雨下得很大,他们都在雨里直淋。每天傍晚时候,如果天气不坏,这两旁行人道上拥挤着的是艳装浓抹的妇女与闲散无愁的男子,他们互相欣赏,互相引诱,来解慰眼睛的乃至眼睛以外的饥渴;他们还审视店家玻璃橱里的陈列品,打算怎样把自己的服用起居点缀得更为漂亮,更为动人。现在,时间是午后,天气是大雨,行人道上却攒聚着另外一批人物。他们为什么而来,这一层,焕之知道得清楚。

那些攒聚着的人物并不是固定的，时时在那里分散，分散了重又聚集；分散的是水一般往各家店铺里流，不知从什么地方来的人立刻填补了原来的阵势。焕之知道他们在做些什么，便也跑进一家店铺。认清楚这家是纸店，是跑进去以后的事了。几个伙计靠在柜台上，露出谨愿的惊愕的表情；他们已经有一种预感，知道一幕悲壮的活剧就将在眼前上演。

焕之开口演讲了。满腔的血差不多都涌到了喉际，声音抖动而凄厉，他恨不得把这颗心拿给听众看。他讲到民族的命运，他讲到群众的力量，他讲到反抗的必要。每一句话背后，同样的基调是"咱们一伙儿"！既是一伙儿，拿出手来牵连在一起吧！拿出心来融合在一起吧！

谨愿的店伙的脸变得严肃了。但他们没有话说，只是点头。

焕之跨出这家纸店，几句带着尖刺似的话直刺他的耳朵："中国人不会齐心呀！如果齐心，吓，怕什么！"

焕之向声音传来的方向看，是个三十左右的男子，青布的短衫露着胸，苍暗的肤色标明他是在露天出卖劳力的，眼睛里射出英雄的光芒。

"不错呀！"焕之虔敬地朝那个男子点头，心里像默祷神似的想，"露胸的朋友，你伟大，你刚强！喊出这样简要精炼的话来，你是具有解放的优先权的！你不要失望，从今以后，中国人要齐心了！"

那个男子并不睬理别人的同情于他，岸然走了过去。焕之感觉依依不舍，回转头，再在他那湿透的青布衫的背影上印上感动的一瞥。

忽然"丁零零"的铃声在马路中间乱响,四五辆脚踏车从西朝东冲破了急雨,飞驰而去。小纸片从驾车者手里分散开来,成百成百地和着雨丝飞舞,成百成百地沾湿了落在地上。这是命令,是集合的命令,是发动的命令!攒聚在行人道上的一簇一簇的人立刻活动起来;从横街里小衖里涌出来的学生和工人立刻分布在马路各处;"援助工人","援助被捕学生","收回租界","打倒帝国主义"等等的标语小传单开始散发,并且贴在两旁商店的大玻璃上;每一个街角,每一家大店铺前,都有人在那里开始演讲,立刻有一群市民攒聚着听;口号的呼声,这里起,那里应,把隆隆的电车声压低了,像沉在深谷的底里。郁怒的神色浮上所有的人的脸;大家的心像是在烈火上面的水锅子里,沸腾,沸腾,全都想念着同一的事。

有好几批"三道头"①和"印捕",拔出手枪,举起木棍,来驱散聚集在那里的群众,撕去新贴上去的标语。但他们只是徒劳罢了,刚驱散面前的一群,背后早又聚成拥挤的一堆,刚撕去一张标语转身要走,原地方早又加倍奉敬,贴上了两张。武力压不住群众的沸腾的心!

于是使用另外一种驱散的方法,救火用的橡皮管接上自来水管,向密集的群众喷射。但是有什么用!群众本已在雨中直

---

① 租界里的巡捕在衣袖上标明等级。"三道头"是衣袖上佩三条符号的巡捕,等级最高。——作者注。

淋,那气概是枪弹都不怕,与雨水同样的自来水又算得什么!"打倒帝国主义"的呼声春雷一般从四面轰起来,盖过了一切的声音。一家百货公司屋顶花园的高塔上忽然散下无数传单来,飘飘扬扬,播送得很远;鼓掌声和呼喊声突然涌起来,给这一种壮观助威。

这时候,焕之疯狂似的只顾演讲,也不理会面前听的是一个人或是多数人,也不理会与他做同样工作的进行得怎样了;他讲到民族的命运,他讲到群众的力量,他讲到反抗的必要,讲完了,换个地方,又从头讲起。他曾站上油绿的邮政筒,又曾站上一家银楼用大方石铺砌的窗台;完全不出于考虑,下意识支配着他这样做。

鼓掌声和呼喊声却惊醒了他。他从沉醉于演讲的状态中抬起头来,看见各色纸片纷纷地从高空飞下。一阵强烈的激动打击他的心,他感觉要哭。但是他立刻想:为什么要哭?弱虫才哭!于是他脸上露出坚毅的微笑。

三点钟将近,两旁店铺的玻璃窗上早贴满了各种的标语和传单;每一个市民至少受到了一两回临时教育,演讲就此停止;满街飞舞的是传单,震荡远近的是"打倒帝国主义"的呼声,焕之也提高了声音狂呼,字字挟着重实的力量。

擎着手枪怒目瞪人的"三道头"和"印捕""华捕"又冲到群众面前示威,想收最后的效果;马路上暂时沉寂一下。但随即有一个尖锐的声音,冲破了急雨和闷郁的空气:"打倒帝国主义!"

焕之赶紧看,是学校里的密司殷,她站在马路中间,截短的头发湿得尽滴水,青衫黑裙亮亮地反射水光,两臂高举,仰首向天,像个勇武的女神。

"打倒帝国主义!"像潮水的涌起,像火山的爆发,群众立刻齐声响应。焕之当然也有他的一声,同时禁不住滴了两点眼泪。

"丁零零"的脚踏车又飞驰而过,新的命令传来了:"包围总商会!"总商会在市北一所神庙内,群众便像长江大河一般,滚滚地向北流去;让各级巡捕在散满了传单的马路上从容自在地布起防线来。

神庙的戏台刚好做主席台;台前挤满了气势旺盛的群众,头上下雨全不当一回事,像坐在会议厅内一样,他们轮流发表意见,接着是辩论,是决定目前的办法。

最重要的办法决定下来了:请总商会宣布罢市;不宣布罢市,在场的人死也不退出!一阵热烈的掌声,表示出于衷心地赞同这个办法。

女学生们担任守卫的职务,把守一重一重的门户;在要求未达到以前,参加的人只准进,不准出!

商会中人物正在一个小阁里静静地开会,起初不知道群众为什么而来,渐渐地听出群众的要求了,听见热烈的掌声了;终于陈述意见的代表也来了。但是商会中人物决断不下,秩序是不应该搅乱的,营业是各家血本攸关的,贸贸然罢市,行么?

然而一阵阵猛烈的呼噪像巨浪迭起,一个比一个高,真有惊心动魄的力量。在这些巨浪中间，跳出些浮出些白沫来，那就是"请总商会会长出来答复！派代表去请！"小阁里的人物都听明白。

沉默着，互相看望尴尬的脸，这表示内心在交战。继之是切切细语，各露出踌躇不安的神色，这是商量应付目前的困难。决定了！会长透了口气站起来，向戏台所在踉跄跑去。

当会长宣布同意罢市的时候，呼喊的浪头几乎上冲到天了："明天罢市！明天罢市！明天罢市呀！"

这声音里透露出格外的兴奋，"咱们一伙儿"的范围，现在就等于全上海市民了，工、商、学界已经团结在一起！

女学生的防线撤除了；群众陆续散去；戏台前的空地上留着成千成万的泥脚印，天色是渐近黄昏了，还下着细雨。

焕之差不多末了一个离开那神庙。他一直挤在许多人体中间，听别人的议论，也简短地发表自己的意见，听别人的呼噪，也亢奋地加入自己的声音；他审视一张张紧张强毅的脸；他鄙夷地但是谅解地端详商会会长不得已而为之的神色；完全是奇异的境界，但是他不觉得不习惯，好像早已在这样的境界里处得熟了。他一路走，带着一部分成功的喜悦；在许许多多艰难困苦的阶段里，今天算是升上一级了。跟在后头展开的局面该于民族前途有好处吧？群众的力量从此该团结起来吧？……一步一步踏着路上的泥浆，他考虑着这些问题。

焕之开始到上海任教师，离开了乡间的学校和家庭，还只是这一年春天的事。

蒋冰如出任乡董已有四年,忙的是给人家排难解纷,到城里开会,访问某人某人那些事;校长名义虽然依旧担任,却三天两天才到一回校。这在焕之,觉得非常寂寞;并且还看出像冰如那样出任乡董,存心原很好,希望也颇奢,但实际上只是给人家当了善意或恶意的工具,要想使社会受到一点儿有意义的影响,那简直没有这回事。曾经把这层意思向冰如说起。冰如说他自己也知道,不过特殊的机会总会到来吧,遇到了机会,就可以把先前的意旨一点儿一点儿展布开来。这样,他采取"守株待兔"的态度,还是当他的乡董。焕之想:一个佩璋,早先是同志,但同志的佩璋很快就失去了,唯有妻子的佩璋留着。现在,同志的冰如也将渐渐失去了么?如果失去了,何等寂寞啊!

王乐山的"组织说"时时在他心头闪现。望着农场里的花木蔬果,对着戏台上的童话表演,他总想到"隐士生涯""梦幻境界"等等按语。就靠这一些,要去同有组织的社会抵抗,与单枪匹马却想冲入严整的敌阵,有什么两样?教育该有更深的根底吧?单单培养学生处理事物应付情势的一种能力,未必便是根底。那么,根底到底是什么呢?

几次的军阀内战引导他往实际方面去思索。最近江浙战争,又耳闻目睹了不少颠沛流离的惨事;他自己也因为怕有败兵到来骚扰,两次雇了船,载着一家人,往偏僻的乡村躲避;结果败兵没有来,而精神上的震撼却是难以计算的损失。怎样才可以消弭内战呢？呼吁么？那些军阀口头上也会主张和平，但逢到利害关头，要动手就动手，再也不给你理睬。抵抗么？他们手里有的是卖命的兵，而你仅有空空的一双手，怎么抵抗得来？难道竟绝无法想么？不，他相信中国人总能在艰难困苦的环境中开辟一条生路，人人走上那一条路，达到终点时，就得到完全解放。

在辛亥年成过功而近来颇有新生气象的那个党，渐渐成为他注意考察的对象。乐山说要有组织，他们不就是实做乐山的话么？后来读到他们的第一次代表大会宣言了，那宣言给予他许多解释，回答他许多疑问；所谓生路，他断定这一条就是。十余年前发生过深厚兴味的"革命"二字，现在又在他脑里生根，形成固定的观念。他已经知道民族困厄的症结，他已经认清敌人肆毒的机构，他能分辨今后的革命与辛亥那一回名目虽同，而意义互异，从前是忽略了根本意义的，所以像朝露一样一会儿就消亡了，如今已经捉住了那根本，应该会结美满的果。

同时他就发现了教育的更深的根底：为教育而教育，只是毫无意义的玄语；目前的教育应该从革命出发。教育者如果不知革命，一切努力全是徒劳；而革命者不顾教育，也将空洞地少所凭借。十年以来，自己是以教育者自许的；要求得到一点实在的成绩，从今起做个革命的教育者吧。

他连忙把这一层意思写信告诉乐山，像小孩得到了心爱的玩物，连忙高兴地跑去告诉父母一样。这时候，乐山住在上海有两年了，回信说，所述革命与教育的关系，也颇有理由。

用到"也"字，就同上峰的批语用"尚"字相仿，有未见十分完善的意思。同信中又说，既然如此，到外边转转吧，这将增长不少的了解与认识。以下便提起上海有个女子中学，如果愿意，就请担任那里的教职；这样，依然不失教育者的本分。

他对于"也"字并不介意，只觉得得到乐山的赞同是可慰的事。而到外边转转的话，使他血脉的跳动加强了。不是乡间的学生无妨抛弃，而是他自己还得去学习，去阅历；从增进效率这一点着想，抛弃了乡间的学生又有什么要紧呢？像清晨树上的鸟儿一样，扑着翅膀，他准备飞了。

佩璋自然颇恋恋，说了"结婚以后，还不曾分离过呢"这样的惜别的话。他用爱抚的神态回答她，说现在彼此渐渐解除了青年的娇痴性习，算来别离滋味也未必怎样难尝；况且上海那么近，铁道水程，朝发夕至，不是可以常常回来么？佩璋听了，也就同意；她当然不自觉察，她那惜别的话正是题中应有之义，而发于内心的热情，仅占极少的成分而已。

第二个舍不得他的是蒋冰如。但是经他开诚布公陈说一番之后，冰如就说："你还有教育以外的大志，就不好拖住你了。那方面的一切，我也很想知道，希望你做我的见识的泉源。"接着说两个儿子在上海，请就近照顾；他马上要写信，叫他们逢星期可以到女学校去。最后约定在上海会面的时期，说并不太远，就在清明前后他去看儿子的时候；他常常要去看儿子（这是几年来的惯例），因而彼此常常可以会面，与同在一校实在无多差别。这样，以劝留为开端，却转成了欢送的文章。

母亲是没有说什么,虽然想着暮年别子,留下个不可意的媳妇在身边,感到一种特殊的悲凉。

这一回乘船往火车站去的途中,心情与跟着金树伯初到乡间时又自不同。对于前途怀着无限的希望,是相同的;但这一回具有鹰隼一般的雄心,不像那一回仿佛旅人朝着家乡走,心中平和恬静。他爱听奔驰而过的风声,他爱看一个吞没一个的浪头,而仿佛沉在甜美的梦里的村舍、竹树、小溪流,他都觉得没有什么兴味。

女学校是初中,但是课程中间有特异的"社会问题"一目。他骤然看见呆了一下,像有好些理由可以说它不适当似的;但是一转念便领悟了,这没有错,完全可以同意。在两班学生的国文之外,他就兼教了"社会问题"。

到上海的"五卅惨案"发生时,他已习惯于他的新生活;青年女学生那种天真活泼,又因环境的关系,没有那些女性的可厌的娇柔,这在他都是新的认识。蒋冰如已来过两次,都作竟日之谈;从前是不觉得,现在却觉得冰如颇带点儿乡村的土气息了。

二十三

工厂罢了工。庞大的厂屋关上黑铁板的窗,叫人联想到害疮毒的人身上贴的膏药;烟囱矗立在高头,不吐出一丝一缕的烟,像绝了气的僵尸。商店罢了市。排门不卸,只开着很狭的一扇门,像在过清冷的元旦节,又像家家都有丧事似的。学校罢了课。学生蜂一样蚁一样分散开来,聚集拢来,干他们新到手的实际工作;手不停,口不停,为着唯一的事,那心情与伏在战壕中应敌的战士相同。

全上海的市民陷入又强又深的愤恨中。临时产生的小报成为朝晨的新嗜好。恐怖的事实续有发生,威吓的手段一套又一套地使用;读着这些新闻,各人心里的愤恨更强更深了。戏馆里停了锣鼓,游戏场索性关上了大门,表示眼前无暇顾及娱乐事情了,因为有重要超过娱乐事情万倍的事情担负在肩上。

街上不再见电车往来。电车是都市的脉搏,现在却停顿了。往来各口岸的轮船抛着锚只是不开。轮船是都市的消化器官和排泄器官,现在却阻塞了。血流停顿,出纳阻塞,不是死象是什么?那班吸血者几十年惨淡经营造成的这个有世界意义的现代都市上海,顿时变成了死的上海。

然而死了的仅是都会这个怪物而已。——这就是说,不死的,乃至蓬蓬勃勃有春草怒生似的气势的,正在这死骸里激剧地增长,那是爱民族愿为民族而献身的心!

焕之怀着那样一颗心,在荒凉的马路上走着。仲夏的太阳光已有叫人发汗的力量。他本可以坐人力车,但是想着酱赤的背心上汗水像小蛇一般蜿蜒流下来的景象,就宁可烦劳自己的一双脚,不愿去牵累别人的一双。反射青光的电车轨道尽向后面溜走,而前面却尽在那里伸长,仿佛是地球的腰环,没有尽头的。行人极少,平时常见的载货载人的独轮小车一辆也不见，偶然有一辆摩托车寂寞地驶过，就像撒过一个大胡椒瓶，不过飞入牙齿喉舌间的，不是胡椒而是灰沙。

他带着不自意识的游戏心情，两脚轮替地踏着一条电车轨道走，同时想着淹没了全上海的这一回大风潮：

"这一回，比较'五四'，气势更来得汹涌。但'五四'却是这一回的源头。有了那时候的觉醒，现在才能认定路子，朝前走去。范围自然更广大了，质量自然更结实了。工人群众那种就是牺牲一年半载也心甘情愿的精神，从前是没有的；那种认识了自身的力量与组织的必要，纷纷加入严正的队伍的事实，从前也没有。"

一个印象浮现在他脑里：几百个青布短服的朋友聚集在一片广场上，闲了下来的手齐握着仇恨的拳头。他们依次地走向一间小屋，那是低得可以摸着檐头的小屋，领取实在不够维持的维持费。吃饱一个人还很勉强，何况有爷娘，有妻子。但是他们丝毫不露愁怨的神色，他们知道临到身上来的是斗争，斗争中间大家应该耐点儿苦，为的是最后的胜利。他们摊开手掌，接受一枚双银毫的当儿，用感动的眼光瞪着那亮亮的小东西，仿佛说：为了民族的前途，决不嫌你来得这样孤单！

近来他常常跑到一些工业区，以上的印象是他很受感动而且非常佩服的。什么一种力量约束他们，使他们的步伐那样严肃而有力呢？同伴的互相制约，宣传者的从事激励，当然都是原因。但重要的原因决不在此。那不比随便说说，如爱国呀齐心呀一类的事；那须得牺牲一家老小的本来就吃不饱的口粮，须得大家瘪起肚皮来，——哪里是当玩耍的？如果没有更重要的原因，没有潜藏在他们心里以至每一个细胞里的能动的原因，即使有外面种种的约束，这种情况怕也不会实现吧。

他的步子踏得加重；两手捏得紧紧，就像那些仇恨的拳头；身上的长衫仿佛卸下了，穿的是同那班朋友一样的青布短服。他的想头却从青布短服的朋友类推到另外的一批：

几年的乡居，对于向来不甚亲切的农民，他有了不少了解。从外表看，平静的田野，幽雅的村舍，好像乡间完全是烦恼飞不到的地方。但是你如果略微看得透些，就知道其间包藏的忧伤困苦，正不亚于共骂为"万恶"的都市。农业技术老守着古昔传下来的，对于一年比一年繁盛的害虫，除了叹息天不肯照应，没有其他办法。田主的剥削，胥吏的敲诈，坏和狠都达到想象不到的程度，农民们只好特别廉价卖掉仅有的收获去缴租，自己日后反而用高价籴每天的饭米；或则出了四分五分的利息，向人家借了现钱去缴租，抵押品是相依为命的手下的田地，清偿期是明年新谷登场的时候。这真像负了重载还逐渐压上大石头，今年不跌倒，明年后年总会跌倒的。所有跌倒的，有一条公认的出路，到城里去，或者到上海去。他们以为那些地方多余的是工作，随地散布的是金钱，带一双手去，总可以取得些工钱，维持自己的希望并不怎么奢的生命。这真是极端空想的幻梦！他们哪里知道都市地方正有大多数人被挤得站不住脚呢！——还有北部农民的状况，虽然不曾目睹，耳闻的却也不少。农民无异田主的奴隶；田主修寨筑堡，要了农民的力气，还要他们供给购备材料的钱。官府的捐税，军队的征发，好像强烈的毒箭，一枝枝都直接射着在农民身上。又有土匪。辛辛苦苦种下来的，说不定因一场混战踏得精光，说不定将来动手收获的并不是原来耕种的那双手。他们那种和平的心性改变了，改变得痛恨那祖宗相传世世依靠为生的农作；因为担任了农作就像刻上了"人间的罪犯"的记号，就将有百种的灾害降到身上来！他们愿意丢开农作，抛弃家乡，到外面去当兵，做人家争权称霸的工具；虽说把生命抵押出去，但临阵溃散是通常的事，这中间就颇有希望；何况当农民是吃人家的苦，当了兵就有叫人家吃苦的资格，一转身之间，情势悬殊，又何乐而不为？因此，连年内战，不缺乏的是兵，要多少有多少，纵使第一回的饷款也不足额定的数目，还是有人争着去当兵。

他这样想的时候，仿佛看见一大批状貌谨愿，额角上肩背上历历刻着人间苦辛的农民，他们擎起两臂，摇动着，招引着，有如沉溺在波浪中的人。"这样地普遍于这个国土里了么？"他挣脱迷梦似的定睛细认，原来是马路旁边晒在太阳光中的几丛野草。

"在这一回的浪潮中，农民为什么不起来呢？他们太分散了。又该恨到中国的文字。这样难认难记的文字，唯有没事做的人才能够学，终年辛苦的农民就只好永没有传达消息的工具；少了这一种工具，对于外间的消息当然隔膜了。但是他们未必就输于工人。工人从事斗争，有内在的能动的原因，那种原因，在农民心里不见得就没有吧。从生活里深深咀嚼着痛苦过来的,想望光明的意愿常常很坚强,趋赴光明的力量常常很伟大;这无待教诲,也没法教诲,发动力就在于生活本身。"

对于日来说教似的自己的演讲,他不禁怀疑起来了。以前在小学里教课,说教的态度原是很淡的,一切待学生自动,他从旁辅导而已。现在对着工人,他的热诚是再也不能加强的了,却用了教训孩子似的态度。他以为他们知道得太少了,什么都得从头来,自学辅导的方法弛缓不过,不适于应急之用,于是像倾注液体一样,把自己的意见尽量向他们的瓶子里倒。眼前引起的疑问是:他们果真知道得太少么?他们的心意果真像空空的一张白纸或者混沌的一块石头么?自己比他们究竟多知道一些么?自己告诉他们的究竟有些儿益处么?……

他摇头,强固地摇头,他用摇头回答自己。他想,唯有他们做了真正有价值的工作,产生了生活必需的东西;现在说他们知道得太少,那么谁是知道得多的?他们没有空闲工夫,把自己天花乱坠地向人家宣传,他们缺少了宣传的工具——文字,这是真的;实在呢,他们比一个读饱了书的人,知道的绝不会少到怎样地步,而且所知的内容决不浮泛,决不朦胧。如果说,属于读饱了书的人一边的定然高贵,深至,而属于其他一边的只能卑下,浅薄,那是自以为高贵深至的人的夸耀罢了,并不是世间的真实。

他的鼻际"嗤"的一声,不自觉地嘲笑自己的浅陋,仿佛觉得自己的躯干忽然缩拢来,越缩越小,同时意想着正要去会见的那些青布短服的朋友,只觉得他们非常伟大。

"我,算得什么!至多是读饱了书的人一边的角色,何况又没有读饱了书!"

几句话像天空的鹰隼一样,突然劲健地掠过他的胸次,"中国人不会齐心呀!如果齐心,吓,怕什么!"

"这不是永不能忘的那日子的下一天,在枪弹一般的急雨中,在攒聚着群众的马路旁,遇见的那个三十左右的男子的话么?换了名人或博士,不,就是中学生或小学生,至少就得来一篇论文;渊博的,'西儒''先贤'写上一大串,简陋的,也不免查几回《辞源》。但是实际的意义,能比那个男子的话高明了多少?还不是半斤八两?如果有什么需要审慎瞻顾之处,就连这点儿意思都不能表达清楚。总之,像那个男子一类的人,他们没学会博雅的考据,精密的修辞,他们没学会拿一点点意思这样拉,那样拉,拉成可以叫人吃惊的一大篇,这是无可辩护的。另一类人却学会了他们没学会的,能够把同样一个意思,装饰成不知多少同等好看的花样。那就是'有教育程度',那就是受外国人尊重的'高等华人'!——什么高等!浮而不实的东西!"

几乎连学校里一班颇为活跃的女学生,连那天在马路中振臂高呼、引起群众潮水一般的热情的密司殷,他都认为卑卑不足道,无非是浮而不实的东西。他把脚步跨得很急,像赶路回乡的游子;时时抬起头来向前边看,眼光带着海船上水手眺望陆地的神情;额上渗出些汗滴,在上唇一抹短髭上,也缀着好几滴汗。

"去还是要去,不过得改变态度。我不能教训他们,我的话在他们全是多余的。——固然不能说满腔热忱是假的,但发表意思总该有些用处,单单热诚是不济事的。——反而我得向他们学习。学习他们那种朴实,那神劲健,那种不待多说而用行为来表现的活力。用他们的眼光看世界,世界将另外成个样子吧?看见了那另外的样子,该于我有好处,至少可以证明路向没有错,更增前进的勇气。"

他设想自己是一条鱼,沉没在"他们"的海水中间,彻头彻尾沾着"他们"的气氛;而"他们"也是鱼,同他友好地结队游泳;他感觉这有人间难得的欢快。他又设想自己是一只鸟,现在正在飞行的途中,阴沉的树林和雾翳的地面早已消失在视力之外了;前边是光明的晴空,万古煊耀的太阳显出欢迎的笑脸,而他飞行的终点正就是这个太阳!他自己也不明白,为什么今天的感情特别激越,心思特别开展;他觉得一种变动已经在身体的微妙的部分发生,虽然身体依旧是从前的身体。

在前面马路的右方,矗立着三座四层的厂屋;水泥的墙壁承受阳光,反射出惨白色,所有黑铁板窗都紧紧地关上,好像中间禁锢着不知多少死囚。

厂屋那边是黄浪滚滚的黄浦江。这时候正上潮,江面鼓动,鼓动,似乎要涨上天去。数十枝桅樯簇聚在一处,徐徐摆动;桅索繁密地斜曳地下垂。对岸的建筑物显得很小,有如小孩玩弄的房屋模型。上头是淡蓝的天。如果是心情悠闲的人,对于这一幅简笔的"江潮图",一定感到诗趣,说不定会像艺术家似的深深吟味起来。他这时候的心情却绝对不悠闲,所以看在眼里也无所谓诗趣。

大约有一二百工人聚集在厂屋前的场地上。他们排列整齐,像军队操练似的。小小的旗子在他们中间飘动。直射的阳光照着他们的全身。

一会儿,每个人的右手轰然齐举,望过去像掀起一方大黄石。同时又听到坚实而雄壮的呼声,"坚持到底!"

他开始跑步,向那边奔去;一个久客在外的游子望见了自己家屋的屋标,常常会那样奔跑。自己像鱼呀,像鸟呀,这一类想头主宰着他,他所感受的超乎喜悦以上了。

二十四

下年秋天一个阴沉的下午,焕之接到了佩璋的一封信。在上海是会忘了季节的,只看学校里的凉棚由工人拆除了,就知道这是秋天。课室内教师的演讲声,空落落地,像从一个洞穴内发出。时时听见一两声笑声或呼唤声,仿佛与这秋气弥漫的环境很不调和似的,那是没有课的学生在宿舍里消磨她们的时光。

究竟是有过每三天通一回信的故事的,现在并没变更得太多,大约隔十来天彼此就写封信。缠绵的情话当然删除了,那是青年时期浪漫的玩意儿,而现在已经跨出了这个时期。家庭前途的计划也不谈了,现实的状况已经明显地摆在面前,还计划些什么？何况焕之方面已经看不起这个题目了。于是，剩下来的就只有互相报告十天内的情况，又平凡，又朴素，正像感情并不坏的中年夫妇所常做的。不过焕之的信里，有时也叙述近来所萦想的所努力的一件事；为了邮局里驻有检查邮件的专员，叙述不能十分清楚，但是够了，佩璋能从简略的叙述里知道他所指的一切。

佩璋的信是这样的：

焕之如晤：

　　来信读悉。所述各节，无可訾议，人而有志，固宜如是。唯须处之以谨慎，有如经商，非能计其必赢，万勿轻于投资，否则徒耗资本，无益事功，殊无谓也。秋风渐厉，一切望加意珍卫，言不尽意，幸能体会。（"渐厉""加意"旁边都打着双圈）盘儿习课，极不费力。构造短文，文法无误，且能仿一段而成多段。自然科最所深嗜。采集牵牛花子一大包，谓明年将使庭中有一牵牛花之屏风。经过田野，则时时观察稻实之成长情形。此儿将来成就如何固未可言，——殆非庸碌人也。彼每日往还，仍由我伴行。在小学见群儿奔跃呼笑之状，不禁头晕。回忆昔年，亦尝于此中讨生活，今乃望而却步，可笑又复可念。母亲安健，我亦无恙，可以告慰。

璋手启

看完了这封信,似乎吃了不新鲜的水果,焕之觉得有一种腐烂的滋味。"非能计其必赢,万勿轻于投资",真是经商的人还不至于这样懦怯,难道经商以上的人需要这种规劝么?从目前的情势看,革命成功固然是可以预料的事,但从事革命的人决不因预料可以成功才来从事革命。假如大家怀着那种商人心理,非到一定能成功时决不肯动一动,那就只有一辈子陷在奴隶的境界里,革命的旗帜是永远竖不起来的。但是他随即客观地想:像佩璋那样,完全处在时代的空气以外,采取旁观态度是当然的;她又不愿意违反丈夫的意旨,所以说出了这奖赞而带规劝的话。他复校似的重读这封信的前半部分时,谅解的心情胜过了批评的意念,就觉得腐烂的滋味减淡不少了。

说是谅解,自然不就是满意。他对于佩璋简直有很多不满意处,不过像好朋友的债务一样,一向懒得去清理,因为清理过后,或许会因实际的利害观念,破坏了彼此的友谊,而那友谊是并不愿意它破坏的。他把制造这些不满意的责任归到命运,命运太快地让孩子闯进他们的家庭里来了。孩子一来,就夺去了她的志气,占有了她的心思和能力!看她每天伴着孩子往还,毫不感觉厌倦,又体味着孩子的一切嗜好与行动,她竟像是为孩子而生活似的。

"如果到这时候还没有孩子,情形或许会完全不同。她既有向往教育革新的意愿,未必不能彻悟到教育以外的改革吧。那么她现在应该是:头发截到齐耳根,布料的长袍紧裹着身体,脸上泛着兴奋的红色,走起路来,步子成一种有味的韵律；写起信来，是简捷的白话，决不会什么什么'也'地纠缠不清……"

他似乎感到一阵羞愧，把眼睛闭了一闭；专从这些表面上着想，不是太浮浅太无聊了么？于是他更端地想：

"如果……她现在应该有一种昂首不羁的精神，一种什么困苦都吃得消的活力，应该是突破纪录的女性的新典型，像眼前的几个女子那样。她能出入地狱似的贫民窟，眉头也不皱一皱；她能参加各种盛大的集会，发表摄住大众心魂的意见。我与她，夫妻而兼同志，那是何等的骄傲，何等的欢欣！"

然而真实的现在的她立刻涌现于脑际：皮肤宽松而多脂，脸上敷点儿朱，不及真血色来得活泼，前刘海，挂在后脑的长圆髻；牵着孩子，讲些花鸟虫鱼的故事给他听；还同老太太或是邻舍不要不紧地谈些柴米的价钱，时令的变迁，以及镇上的新闻，等等；完全是家庭少奶奶的标本。

他爽然若失了。从窗洞望出去，露出在人家屋顶上的长方形的一块天，堆叠着灰白的云，好像专照人间暗淡心情的一面镜子。他不要看那块天，无聊地再看搁在桌子上的佩璋的信。"殆非庸碌人也"，仿佛初次看到这一句，他把头枕在椅子的靠背上，又引起漫想的藤蔓：

"不是庸碌人，当然好；在数量这么多的人类中间，加上一个庸碌人，又有什么意思！不过我也不希望他成英雄，成豪杰。英雄豪杰高高地显露出来，是要许多人堆砌在他脚底下作基础的。这是永久的真实；就是在最远的将来，如果有英雄豪杰的话,这个现象还是不会改变。我怎能希望儿子脚底下叠着许多人,他自己却高高地显出在他们上头呢?我只希望他接受我的旗。展开在我们前头的,好像不怎么远,说不定却是很长的一条路;一个人跑不完很长的一条路,就得轮替着跑。我只希望他能在我跑到筋疲力尽的时候,跳过来接了我手里的旗,就头也不回地往前飞跑!"

这些想头无异浓酽的酒,把暂时的无聊排解开了。有如其他作客的父亲一样,他忽然怀念起家里的盘儿来。他想到他的可爱的小手,想到他的一旋身跑开来的活泼的姿态,想到他的清脆可听的爱娇的语音,尤其想到他的一双与母亲一般无二的清湛的眼睛。

房门被推了进来。他回头看,站起来欢迎说:"你来了,我没料到。来得正好,此刻没事,正想有个人谈谈。"

轻轻走进来的是蒋冰如,满脸风尘色;呢帽子压在眉梢,肩膀有点儿耸起,更露出一种寒冷相。他疲惫地在一把椅子上坐下,说:"刚从他们大学里来;黄包车,电车,又是黄包车,坐得我累死了。"

他透了一口气,接着说:"决定明天把他们带回去了。看这种情形,纵使风潮暂时平息下来,也不过是歇歇气,酝酿第二回的风潮,万不会好好儿上什么课的!"

"为了这事,你特地到上海来么?"焕之坐在原来的椅子里,仿佛不相信地瞪着冰如的脸。

"不是么?你知道我在乡间每天看报多么着急?这个学校

多少学生被逮捕了,那个学校多少学生被开除了;于是,这个学校闹风潮了,那个学校闹风潮了。我那两个是不会混在里头的,我知道得清楚;但是,这样乱糟糟的局面,谁说得定不会被牵累?我再也耐不住,马上赶了来。他们对我说,风潮似乎可以平息了,下星期大约要上课。我想,上课是名儿,再来个更激烈的风潮是实际;索性回去温习温习吧。所以明天带他们回去。"

焕之带点儿神秘意味笑着,点头说:"再来个更激烈的风潮,倒是很可能的事情。一班学校当局,这时候已经宣告破产,再也抓不住学生的心;学生跑在前头,面对着光明,学校当局却落在后头,落得很远很远,专想抛出绳子去系住学生的脚。重重实实地摔几跤,正是他们应得的报酬!"

"依你的意思,学校当局应该怎么样才对呢?"冰如脱了帽,搔着额角,显露一种迷惑的神情。

"应该领导学生呀!教育者的责任本来是领导学生。学生向前跑,路子并没有错;教育者应该跑在他们前头,同时鼓励他们。"

"这是无论如何办不到的。对于学校当局,谁都能加以责备,又况是这样的政局。我觉得他们那样谨慎小心,实在很可以原谅。"

"我觉得最不可以原谅的,正是他们的谨慎小心。他们接受了青年的期望与托付,结果却抛撇了青年!"

"还有一层,"冰如似乎捉住了一个重要意思,抢着说,"学生搁下了功课,专管政治方面的事情,我觉得也不是个道理。"

焕之兴奋地笑着说:"大学教授不肯搁下他们三块钱四块钱一点钟的收益,富商老板不肯搁下他们'日进斗金'的营业,就只好让学生来搁下他们的功课了。还有工人,农民,倒也不惜搁下他们的本务,来从事伟大的事业。一些不负责任的批评者却说美国学生怎么样,法国学生怎么样,总之与中国学生完全不一样,好像中国学生因为与外国学生不一样,就将不成其为学生似的。他们哪里能了解中国现代学生的思想!哪里能认识中国现代学生的心!"

冰如不说话,心里想现在焕之越发激进了,来上海还不到两年,像他所说的"向前跑"真跑得很远。自己与他的距离虽然还没到不能了解他的程度,但感情上总嫌他作的是偏锋文章。

焕之看冰如不响,就接着自己的话说下去,面目上现出生动的神采,"中国现代学生有一颗伟大的心。比较'五四'时期,他们有了明确的思想。他们不甘于说说想想便罢,他们愿意做一块寻常的石子,堆砌在崇高的建筑里,不被知名,却尽了他们的本分。'往南方去!往南方去!'近年来成了学生界的口号。长江里每一条上水轮船,总有一大批青年男女搭乘,他们起初躺着,蜷着,像害了病似的,待一过侦查的界线,这个也跳起来,那个也跳起来,一问彼此是同道,便高唱《革命歌》,精神活跃,竟像是另外一批人。你想,这是怎样的一种情景!"

冰如微觉感动,诚挚地说:"这在报上也约略可以见到。"

"我看不要叫自华宜华回去吧。时代的浪潮,躲避是不见得有好处的。让他们接触,让他们历练,我以为才是正当办法。"焕之想着这两个秀美可爱的青年,心里浮起代他们争取自由的怜悯心情。

"话是不错。不过我好像总有点儿不放心。有如那个时行的名词,我恐怕要成'时代落伍者'吧。"冰如用自己嘲讽的调子,来掩饰不愿采用焕之的意见的痕迹。

外面一阵铃声过后,少女的笑语声,步履的杂沓声,便接连而起;末了一堂功课完毕了。焕之望了望窗外的天,亲切地说:"我们还是喝酒去吧。"

他们两个在上海遇见,常到一家绍酒店喝酒。那酒店虽然在热闹的马路旁,但规模不大,生意不怎么兴盛,常到的只是几个经济的酒客;在楼上靠壁坐下,徐徐喝酒,正适宜于友好的谈话。

在初明的昏黄的电灯光下,他们两个各自执一把酒壶,谈了一阵,便端起酒杯呷一口。话题当然脱不了时局,攻战的情势,民众的向背,在叙述中间夹杂着议论。随后焕之谈到了在这地方努力的人,感情渐趋兴奋;虽然声音并不高,却个个字挟着活力,像平静的小溪涧中,喷溢着一股沸滚的泉水。

他起先描摹集会的情形:大概是里街中的屋子,床铺,桌子,以及一切杂具,挤得少有空隙,但聚集着十几个人;他们并不是来消闲,图舒服,谈闲天,屋子尽管局促也不觉得什么。他们剖析最近的局势,规定当前的工作,又传观一些秘密书报。他们的面目是严肃的,但严肃中间透露出希望的光辉;他们的心情是沉着的,但沉着中间激荡着强烈的脉搏。尤其有味的,残留着的浊气,以及几个人吐出来的卷烟的烟气,使屋内显得朦胧,由于灯光的照耀,在朦胧中特别清楚地现出几个神情激昂的脸相来,或者从朦胧得几乎看不清的角落里,爆出来一篇切实有力的说辞来;这些都叫人想到以前读过的描写俄国革命党人的小说中的情景。集会散了,各自走出,"明儿见"也不说一声;他们的心互相联系着,默默走散中间,自有超乎寻常的亲热,通俗的客套是无所用之的。

  随后他又提出一个人来说:"王乐山,不是曾经给你谈起过么?他可以算得艰苦卓绝富有胆力的一个。在这样非常严重的局势中,他行所无事地干他的事。被捕,刑讯,杀头,他都看得淡然;如果碰上了,他便无所憾惜地停手;不碰上呢,他还是要干他的。一个盛大的集会中,他在台上这么说:'革命者不怕侦探。革命者自会战胜侦探的一切。此刻在场的许多人中间,说不定就坐着一两个侦探!侦探先生呀,我关照你们,你们不能妨害我们一丝一毫!'这几句说得大家有点儿愕然;但看他的神态却像一座屹然的山,是谁也推不动的,因此大家反而增强了勇敢的情绪。他是第二期的肺病患者,人家说他的病可厌,应当设法休养。你知道他怎么说?他说:'我脑子里从来不曾想到休养这两个字。一边干事业,一边肺病从第二期而第三期,而毁掉我的生命;我的生命毁掉了,许多人将被激动而加倍努力于事业:这是我现在想到的。'你看,这样的人物怎么样?"

灯光底下,焕之带着酒意的脸显得苍然发红;语声越到后来越沉郁;酒杯是安闲地搁在桌子上了。

冰如咽了一口气,仿佛把听到的一切都郑重地咽了下去似的,感动地说:"实在可以佩服!这样的人物,不待演说,不待作论文,他本身就是最有效力的宣传品。"凝想了一会儿,呷了一口酒,他又肯定地说:"事情的确是应该干的;除了这样干,哪里来第二条路?——可惜我做不来什么,参加同不参加一样!"

焕之的眼光在冰如酡然的脸上转了个圈儿,心里混合着惋惜与谅解,想道:"他衰老了!"

二十五

局势的开展非常快,使一班须得去应付它的人忙不过来。每个人每天有好几个集会,跑了这里又要跑那里,商议的结果要分头去计划,去执行;心思和体力尽情消磨,全不当一回事。应该感到疲倦了吧?不,决不。大家仿佛艺术家似的,一锥一凿辛苦经营的伟大雕像快要成功了,在最后的努力里,锥与凿不停地挥舞着,雕刻着,手腕是无所谓疲倦的;想到揭开幕布,出于己手的伟大雕像便将显露在万众眼前的时候,引起最高度的兴奋,更增添不少精力。

教育这个项目当然是不容轻易忽略的。为谋变更以后,能够从容应付这个项目起见,先组织了一个会。倪焕之是现任教师,虽然他的观念已变,不再说"一切的希望悬于教育",但对于未来的教育却热切地憧憬着;谁也知道这个会里少不了他。

集会已经有好几次了,对于每次的决议,焕之觉得满意的多。不论在制度上,在方法上,会众都根据另一种理论(就是与快要断命的现状所根据的理论不相同的那一种)来持论立说;向来对现状不满意的各点,自然不会再容纳在新的决议里。这些新的决议实行的时候,焕之想,教育该会显出它的真正的功能吧。

这一天集会散了,他与王乐山同行,天快黑了,料峭的春风颇有寒意,他抱着一腔向往光明的热情,拉住乐山的胳臂谈刚才没谈完的题目。他说:"这个乡村教育问题,我想是非常深广非常切要的。农民不难明了自己的地位与使命,但必须得到一点儿启发,还有农业技术的改进,更须有详细的指导:这种责任都归于乡村教育。这个工夫做得好,才像大建筑一样,打下了很深的基础,无论如何总不会坍败。"

王乐山沉静地点头。他近来越来越冷峻,好像不知道灿烂的一幕就将开始似的,使焕之觉得奇怪,可又不敢动问。他呷嘴说:"只是没有这样多相当的人才,局势开展得这样快,就见得不论哪一方面都缺少人;多数人又喜欢往热闹的场合去工作;乡村教育的事冷僻寂寞,只有十分彻悟的人才愿意干。自然,新局面一开展,放个风声出去,说现在要招人担任乡村教育,应征的人一定会像苍蝇一样聚拢来;但是,聚拢来的要得要不得,却成问题。"

"这当然不能让任何人滥竽充数。我们所不满意的现状里,并不是绝对没有乡村教育。他们教农民识几个字,懂得一点儿类乎迷信的社会教条;实际是教他们成为更有用更驯良的奴隶!那样的乡村教育,我们既然绝对排斥,哪里可以让一个滥竽的人担任其事?"

"看来师范学校的学生也不见得都行吧?"

"这是一班主持师范教育的人该死的罪孽。他们把师范学校设置在都市里,一切设施全以都市为本位;虽然一部分师范生是从乡村出来的,结果也就忘了乡村。比较好点儿的师范学校,它们的附属小学往往是一般小学校里最前进的,教育上的新方法,新理论,都肯下功夫去试验,去实践。但是他们总免不了犯一种很不轻的毛病,就是把他们的学童看作属于都市的,而且是都市里比较优裕的阶级的。师范生在试教的时期,所接触的是这样被看待的学童,待回到乡村去,教育纯粹的乡村儿童,除了格格不相入哪还有别的?至于乡村的成人教育,那些主持师范教育的人连梦也没有做到;如果责备他们,他们一定会叫冤枉。"

"这样说来,开办多数的乡村师范,也是眼前切要的事情。"

"自然咯,至少与政治工作人员训练所同样切要。"

"你来一个详细的计划吧!"乐山说着,眼光射到路旁边新设置的铁丝网。一排店屋被拦在铁丝网外面,只留极窄的一个缺口,让行人往来。天色已经昏黑,晕黄的电灯光照着从缺口间憧憧往来的人影,历乱,促迫,颇呈鬼趣。

"活见鬼!他们以为这样做,就把掠夺到手的一切保护好了!"焕之不能像乐山一样无所激动,他恨外国人表示敌意,又笑他们看见新局面挟着山崩潮涌的气势到来,到底也会心虚胆怯;每遇见横街当路的铁丝网以及军舰载来的服装各异的兵士,他总禁不住要这样说。

"站在他们的地位,不这样做又怎样做呢?难道诺诺连声,把掠夺到手的一切奉还我们么?如果这样,世间还会有冲突斗争的事么?唯其一面要掠夺,一面要抵抗,各不相下,冲突斗争于是发生。谁的力量充实,强大,胜利就属于谁。"说的是关于冲突斗争的话,乐山却像谈家常琐事,毫不动声色。

"从现在的情势看,胜利多半属于我们这一面;长江上游的外交新故事,就是胜利的序幕。"焕之依然那么单纯,这时候让多量的乐观占据着他的心,相信光明境界立刻就会涌现无异于相信十足兑现的钞票。他又得意地说:"他们外国人私下里一定在心惊肉跳呢;派兵士,拦铁丝网,就因为禁不起恐怖,用来壮壮自己的胆的。你想,他们谁不知道这时候的上海市民,每一个都怀着准备飞跃的雄心,每一个都蓄着新发于硎的活力,只待那伟大戏剧的开幕铃一响,就将一齐冲上舞台,用开创新纪录的精神活动起来。这在他们的经验里是找不到先例的,要想象也没有能力;唯有神秘地感觉恐怖,是他们做得到的。"

"你看过钱塘江的潮水么?"

"没有。还是十年以前到过一趟杭州,在六和塔下望钱塘江,江流缓缓的,不是涨潮的时候。"

"去年秋季,我到海宁看过潮。起初江流也是缓缓的,而且很浅,仿佛可以见底似的。不知道怎么,忽然听到一种隆隆隆的轻声,像是很远地方有个工厂,正开动着机器。人家说那就是潮水的声音,距离还远,大概有百把里路。不到十分钟,那声音就变得非常宏大,仿佛包笼着宇宙,吞吐着大气,来喝破这平静悠闲境界的沉寂局面,为那奔腾汹涌的怒潮作先驱。可是,潮头还没一点儿踪影。看潮的人都默然了;激动鼓膜同时又震荡心房的雷一般的巨声有韵律地响着,大家感觉自然力的伟大与个人的藐小;那声音领导着一个完全不同的世界,它不顾一切,它要激荡一切,这样想时,极度紧张的神秘情绪便塞满各人的胸膛。这正好比此刻上海人的心情。不论是谁,只要此刻在上海,就听到了那雷一般的巨声,因而怀着极度紧张的神秘情绪。预备冲上舞台的,怀着鬼胎,设法壮壮自己的胆的,在这一点上,差不多是一个样。"

"你好闲暇,描写看潮水,竟像他们文学家不要不紧写小品文。"

"当时一个同去的朋友问我,'这潮水尚未到来,巨声笼罩天地的境界,有什么可以比拟?'我说,古人的《观潮记》全是废话,唯有大革命前夕足以象征地比拟。刚才偶然想起这句话,就说给你听听。"

随后两人都默然,各自踏着印在马路上的自己的淡淡的影子走去。忽然乐山自言自语说:"我这颗头颅,不知道在哪一天给人家砍去。"

是何等突兀的一句话!与前面的话毫不接榫。而且是在这晚上说,在焕之想来,简直全无意义。他疑怪地带笑问:"你说笑话吧?"

"不,我向来不爱说笑话。"乐山回答,还是他那种带点儿冷峻意味的调子。

"那么,在今天,你作这样想头,不是过虑么?"

"你以为今天快到结笔完篇的时候了么?如果这样想,你错了。"

"结笔完篇的时候当然还没到,但是至少已经写了大半篇。若就上海一地方而论,不能不说立刻可以告个相当的段落。"

"大半篇哩,相当的段落哩,都没说着事情的实际。告诉你,快要到来的一幕开场的时候,才是真正的开端呢!要写这篇文章需要担保品,担保品就是头颅。"

"不至于这样吧?"焕之怅然说。他有如得到了一件宝物,却有人说这件宝物恐怕是破碎的,脏污的,因而引起将信将疑的惆怅。

"不至于?看将来的事实吧!——再见,我拐弯走了。"

虽患肺病却依然短小精悍的背影,一忽儿就在杂沓的人众车辆中消失了。

这一夜焕之睡在床上,总抛撇不开乐山那句突兀的话。那句话幻成许多朦胧的与期望完全相悖的景象,使焕之嗅到失望和哀伤的腐烂一般的气息。从那些景象里,他看见各种的心,又看见各种的血;心与心互相击撞,像古代战争时所用的擂石,血与血互相激荡,像两股碰在一块儿的壮流。随后,腐烂的心固然腐烂了,生动的心也疲于冲突,软铺铺的,像一堆朽肉;污浊的血固然污浊了,清新的血也渐变陈旧,红殷殷的,像一派死水。于是,什么都没有,空虚统治了一切。

他模糊地想,自己给迷梦弄昏乱了,起来开亮电灯清醒一会儿吧。但是身躯好像被缚住了,再也坐不起来。想要翻身朝外,也办不到,只把原来靠里床的右腿搁到左腿上,便又云里雾里般想:

"这一件,我亲眼看见的……那一件,我也亲眼看见的……成立!产生!万岁!决定!这样干!一伙儿!这些声音至今还在耳朵里响,难道是虚幻的不成?不,不,绝不虚幻,千真万真。"

但是他心头仿佛翻过书本的另外一页来:

"这样变化,据一些显露的端倪来推测,也颇有可能吧。……丢过来的是什么?嗐!是腐烂的心!……咦!污浊的血沾了我的衣裳!……那不是乐山的头颅是什么?"

他看见乐山的头颅像球场中的皮球一样,跳到这里又窜到那里;眼睛突出着,眉毛斜挂着,切断的地方一抹红,是红丝绒的坐垫。既而知道没有看得真。乐山不是肺病第二期么?这是乐山的肺腐烂了涌上来的血。但是随即又大彻大悟地想,哪有这回事,自己一定在做梦了;停住吧,不要做梦吧。这想念倏地消逝,他又看见新年市场中小贩手里的气球似的东西,这边一簇,那边一簇,在空中浮动。定睛细认,眼睛突出着,眉毛斜挂着,原来个个都是乐山的头颅……

"军队已经到了龙华!啊,龙华!你们起来呀,这哪里是沉沉春睡的时候!"滞白的晨光封闭着的宿舍里,像九天鸣鹤一般嘹亮地喊出来的,是密司殷的声音。她一夜没睡熟,看见窗上有点儿曙色的时候,便溜到外边去,迎候从望平街过来的报贩。

一阵洋溢着欢喜、热诚以及生命的活力的呼声立即涌起来接应:"来了么?啊,我们的军队终于来了!"

接着便是一阵匆忙而带着飞跃意味的响动;女学生们起来穿衣服,开箱笼,嘴里哼着"起来"的歌儿,每一个字都像在那里鹘落鹘落跳。有几个拉开窗帘,推开窗子仰望;啊!畅好的天气,初升的太阳放射出新鲜的红光。

焕之就被这一阵响动闹醒,觉得头脑有点儿晕眩。待听清楚女学生们的呼喊时,一阵震动像电流一般通过全身,他就觉得从来没有这样兴奋过,也从来没有这样清醒过;那兴奋和清醒的程度不能用语言文字来表达,除了自身感受,再没别的办法可以领略它的深浅。昨夜的荒唐可笑的幻梦,终于是幻梦罢了;好久好久抛撒不开,也只有昏迷中才会这样;在清醒的此刻,只要脑筋有一丝的精力,就会去想别的切实紧要的题目,哪里肯无端去寻那些无聊的梦思!这样想着,他霍地站起身来,披上一件短棉袄,犹如战士临阵时披上他的铁甲。

若说这当儿还能够心定神宁,那除非是槁木死灰似的废物;再不然,就是具有大勇的英雄。在两者都不是的焕之,此刻只想往外跑;他知道像钱塘潮一样壮大雄伟的活剧即刻就要开幕,他愿意当一个表演者同时做一个观览者;表演兼观览时的心情,是怎样激动怎样畅快的味道,他没法预料,急于要去亲尝。但是另外一个意念拖住了他:局势已经发展到这样,乡村师范的详细规划不是很急需了么?花费半天的工夫,把它写好了,再到外边去,才是正经呢。

然而,他又怎能够坐定下来写乡村师范的计划呢?女学生们取出买来了几天的饼干,糖果,以及毛巾、牙刷之类,一份份地分配着,用女性特有的细心这样包,那样扎,预备去慰劳她们所谓"我们的军队";近乎忘形的笑语声纷然而起,使他的心痒痒的,似乎要大笑,又似乎要哭,结果只好走出房间,参加她们的工作。

一个女学生说:"一声也不响,拿一份东西授给一个兵士,这有什么意思?我们应该说些话才对。"

另一个女学生毫不思索地接上说:"可说的话多得很,运货车也装不完呢。'你们是革命的前锋!''你们是解放之神!''你们一年多的成绩,永远刻在全国民众的心上!''你们的牺牲精神,展开中国新历史的首页!'……"

"我要这样对他们说:'兵,中国已经有了几千年;但是为民众的属于民众的兵,你们是破天荒!不为民众的不属于民众的兵,不是奴隶,便是喽 ;唯有你们,都不是!为了这个，我们敬你们，爱你们，赠你们一份聊表微意的东西。'"

"好！这样说再好不过了；你就做我们全体的代表！"大家齐声喊说，手里的工作格外来得勤奋有劲了。

"我是一句话也不想说。"

大家回过脸来看说这句话的密司殷；天真而强毅的表情洋溢在她的眉眼唇吻间，足见她的话比这样那样说含有更深的意义。几个人便问："为什么一句话也不想说？"

"不说的说，亲切得多呢。我只想给他们每人亲一个嘴！"

"哈哈！"大家笑起来了。但是笑声像夏天的雨脚一样随即收住了；她们从她那比恋爱时候更为辉耀的眼光里，比高呼狂喊更为激动的带抖的声音里，体会到她的全部心情，因而受了传染似的，自己的嘴唇也起了与兵士们亲一亲的强烈欲望。

"唉！真该给他们每人亲一个嘴。"焕之感叹着说，冲破了暂时的静寂；他的感动，是到了若在前几年便会簌簌下泪那样的深度了。

慰劳品分配完毕是九点多钟。焕之回到房里，重又想那时时在脑里旋转的乡村师范的题目。他想到农民的政治认识，他想到农村的经济压迫，他想到改进农业技术，他想到使用机器；乡村师范，正如一帖期望能收百效的药，哪一方面应该清，哪一方面应该补，必须十分审慎斟酌，才能面面见功。他几次提笔预备写上纸面，但几次都缩住了，以为还没想得充分周妥。旗呀，枪呀，火呀，血呀的一些影子，又时时在他心门口闪现着，引诱着，仿佛还在那样轻轻地呼唤："出来吧！出来吧！今天此刻，亏你还坐得住！出来吧！出来吧！"

写成一张纸的时候，已经是十二点了，匆匆吃过午饭，一双脚再也不肯往房里走，他便跑出了学校。电车已经停开，因为电车工人有他们的集会。几个邮差骑着脚踏车飞驰而过，不再带着装载信件的皮包或麻布袋，手里都提一个包扎得很方正的纸包，是预备去亲手赠予的慰劳品。

他觉得马路间弥漫着异样的空气。很沉静，然而是暴风雨立刻要到来以前那一刹那的沉静；很平安，然而是大地震立刻要爆发以前那一刹那的平安。每个人的眼里都闪着狂人一样的光，每个人的脸上都现出神经末梢都被激动了的神色；虽然有的是欢喜，有的是忧愁，有的是兴奋，有的是恐慌，他们的情绪并不一致。昨天乐山说的钱塘潮的比喻倏地浮上心头，他自语道："他们听着那笼罩宇宙吞吐大气的巨声，一时间都自失在神秘的诧愕里了。啊！伟大的声音！表现'力'的声音！"

突然间，一阵连珠一般的爆竹声冲破了沉静平安的空气；马路两旁的人都仰起了头。焕之对准大众视线集注的所在看去，原来是一家广东菜馆，正在挂起那面崭新的旗帜；旗幅张开来，青呀，白呀，尤其是占着大部分的红呀，鲜明地强烈地印入大众的眼，每个人的两手不禁飞跃一般拍起来。

"中国万岁啊！革命万岁啊！"正像钱塘江的潮头一经冲到，顿时成为无一处不跃动无一处不激荡的天地；沉静和平安从此退位，得不到人家一些儿怜惜或眷恋。涨满这条马路的空间的，是拍掌和欢呼的声音。

· 247 ·

一手按着腰间的手枪的"三道头"以及肩上直挂着短枪的"印捕"眼光光地看着这批类乎疯狂的市民,仿佛要想加以干涉,表示他们的威严;然而他们也聪明,知道如果加以干涉,无非是自讨没趣,故而只作没看见,没听见,依然木偶似的站在路中心。

焕之觉得自己的身体似乎被一种力量举起,升在高空中;同时一颗心化为不知多少颗,藏在那些拍掌欢呼的人们腔子里的全都是。因为升在高空中,他想,从此要飞翔了!因为自家的心就是人们的心,他想,从此会博大了!他不想流泪,他不去体会这一刻的感情应该怎样描写;他只像瞻礼神圣一样,重又虔诚地看一眼那面青呀白呀尤其是占着大部分的红呀的崭新的旗帜。

他觉得双腿增添了不少活力,便急步往北跑。这家那家的楼头相继伸出那面动人的旗帜来,每一面伸出来,引起一阵热烈的掌声和欢呼。

"砰!……砰!……砰!"

"听!火车站的枪声!"

路人侧着耳听,显出好奇而又不当一回事的神色,有如七月十四日听法国公园里燃放声如放炮的焰火。

"劳动的朋友们!你们开始使用你们的武装了!在火车站的一部分敌人部队,只供你们新发于硎的一试而已。你们还要……"焕之这样想,步子更大更急,直奔火车站而去。

二十六

　　大海的浪潮涌起，会使海面改观。然而岂止海面呢？潮从通海的江河冲进来，江河里的大船巨舶便失了魂似的颠簸起来；又从江河折入弯曲的小河，小河里的水藻以及沿岸的草木也就失去了它们的平静，浮呀，沉呀，动呀，荡呀，好久好久，还是不见停息。

　　那壮大的潮头还没冲到上海的时候，好比弯曲小河的乡镇间已经感到了时代的脉搏，失去了它的平静；用前面叙过的话来说，就是听到了隆隆隆的潮声了。

　　镇上人中间，对于这个不平静最敏感的，你道是谁？

　　就是那年新年里，在训练灯会里"采茶姑娘"的所在的门口，穿着玄色花缎的皮袍子，两个袖口翻转来，露出柔软洁白的羊毛，两手撑在腰间，右手里拿一朵粉红的绢花，右腿伸前半步，胸膛挺挺的，站成个又威风又娴雅的姿势的，那个蒋老虎——蒋士镳。十年的岁月，只在他的胖圆脸的额上淡淡地刻了几条皱纹，眼睛还是像老虎眼一样，有摄住别人的光芒，胸膛也还是挺挺的。他懂得外面万马奔腾地冲过来的是什么样一种势力，他又明白自己是什么样一等人，自己在社会间处什么样一个地位。一向处在占便宜的一面，假如从今世运转变，自己处处都得吃亏，那是多么懊恼的事？然而他只把忧虑隐藏在心里，不愿意挂到嘴唇边来唱。唱是徒然表示自己心虚没用而已,再没有其他意义;以强者自负的他,关于这一层当然清楚。但是到底"言为心声",他在儿子面前吐露了似乎事不干己的一句感叹话:"革命到来的时候,不知道要搅成怎么样一个局面呢!"

他的儿子蒋华嗤地一笑,笑中间含着复杂的意味,耸一耸肩说:"所有土豪劣绅都要打倒,不容他们再来贻害社会!"

这句话恰是针锋相对;他又怜悯地看了父亲一眼,意思仿佛是眼前的一个就是要被打倒的,然而,可怜不足惜!

"都要打倒?你怎么知道?"

"报上不是登着么?像广东,像湖南,像湖北,都一样,重的枪毙,轻的游街示众。我们的计划,也就是要这么来!"蒋华的两颊都红了起来,这不是羞愧或害怕,而是夸耀的光彩;他说到"来"字,右手握着拳头向空中突地一击,表示他的决心。

"你们的计划?你们有什么计划?"蒋老虎虽然这样问,心里已经明白了一大半;原来这孩子近来鬼鬼祟祟忙着的是这些事;看他不出,他倒会走最时髦最便宜的路!同时心里的忧虑也就减轻了一大半;正要想找路子,探门径,可不知道近在眼前,就在自己家里。

"在这时候明说也没有什么要紧了。我们党部里计划待军事势力一到,就做出些痛快的事情来,给民众看看。"

"也要拿几个人枪毙,几个人游街?"

"唔!即使不这样,也就差不多。"蒋华的答语偏偏这样含糊。

"我，该不在其内吧？"蒋老虎一副情急的神态，两颗圆眼珠瞪着儿子，简直是他生平第一遭；也可以说，正因为对手是儿子，他才毫不隐藏，表露出生平第一遭的窘态来。

在同伴中以直爽著名的蒋华忽然感觉口齿间不大顺适，吞吐地回答："他们对于你也说了好些闲话呢。说你……"

"不用细说了，"蒋老虎止住了蒋华讷讷不吐的话，同时一缕希望飞快地扩大，用带有感情的声调接上说，"中国需要革命，我十二分相信。民国元年，我也加入过国民党。现在还是要加入，你就给我介绍一下吧。"

蒋华心头水泡似的浮起"觉悟""合作""顺我者来"一些词语，看看魁伟而略见苍老的父亲的体态，实在也不像个应该打倒的家伙，便一口应承说："我这里有空白表格，填写了就可以去提出；待我解释一下，谅来一定通过。"

"你怎么解释呢？"蒋老虎还有点儿不放心。

"我只消说一句话，今是昨非，谁都相信有这回事吧？况且，革命不是几个人专利的，谁有热心，谁就可以革命！"

"这解释好！"蒋老虎从来不曾像这样亲切地称赞过他的儿子；在平时，他觉得儿子泼而不悍，勇而不狠，同自己比起来，有如小巫之与大巫，是值不得称赞的。

自得地点了点头之后，蒋老虎关心地问："你们大概都是些年轻小伙子吧？"

"不是年轻小伙子也不会来。都是当年高等里的同学。"

"你们对于镇上的事情不会太熟悉。"

蒋华像被星卜先生说中了过去的事一样,眨着眼说:"可不是!昨天讨论农民运动的问题,关于田亩,搅了半天,简直搅不清楚。还有商市的各项捐税也不明白,预备到了公开的时候去实地调查。"

"这许多,我都清楚,我都明白。你要知道,你爸爸自从懂事到今朝,没有吃过人家什么亏,就因为有这一点儿知识。"

"现在你加入了,就像有了个军师,一切事情便当得多。"先前是想父亲可怜不足惜,此刻却一变而为钦敬,在蒋华并不以为矛盾。他的忠于团体的诚意是千真万真的;得到父亲这样一个军师,他的高兴不亚于通过了十个快意的议案,"我马上拿表格来。今天晚上就有集会,可以提出。"

蒋老虎止住了他儿子问:"不是有什么书么?拿几本来,待我看看。"

"因为检查得严,没有从上海带来。这不要紧,公开以后自然会堂而皇之大批大批地运来,那时候看不迟——也非常近了。"

蒋华说罢要走,又记起了一桩,回转头说:"只有那份《遗嘱》,我们抄在那里。字数不多,读熟很容易。不过,要当主席才用得到背诵呢。"

蒋老虎第一次参加集会的时候,怀着一种平时不大有的严正心情;但是看到一同开会的十几个,都是冒冒失失的小伙子,有几个还离不大开父母似的,严正心情便松弛了。中间有高等里的体育教员陆三复,他当年扭住了蒋华,不让上他的课,最近却不念旧恶,经蒋华的介绍加入了;此刻他抿紧嘴唇,脸红红地坐在角落里,望着这位久已闻名、多少有点儿可怕的新同志。

议题是继续上一次集会所讨论的,公开出去的时候,做哪一些表显力量的工作?有人就说东栅头的三官堂,平时很有些人去烧香许愿,是迷信,决不容于革命的时代,应该立刻把它封掉。有人主张立刻宣布减租,农民的背上负着多重的压迫,即使完全免租,未必就便宜了他们。有人说至少要弄几个恶劣腐败的人游游街,才好让民众知道新势力对于这批人是毫不容情的。

蒋老虎待再没有人发表主张了,才像佛事中的老和尚一般,稳重地,不带感情地说:"各位的意思都很好,我觉得都可以办,并且应该办。不过事情要分别个先后;该在后的先办了,一定是遗漏了该在先的,这就不十分妥当。譬如,我们这里只有十几个人,一朝公开出去,说我们就是新势力,谁来信服我们?在这一点上,我们不要先下些功夫么?"

"这倒可以不必,"耸起一头乱发的主席接上说,"我们并非假冒,上级机关是知道的,还不够证明么?"

"并非假冒,当然。贴几张上级机关的告示,来证明我们的地位,我也知道有这么个办法。然而不辛辣,不刺激。我的意思,新势力到来了,要用快刀利斧那样的气势,劈开民众的脑子,让他们把那强烈的印象装进去,这才有我们施为的余地,这才可以把一切事情干得彻底。"蒋老虎耐着性儿解说,像开导一班顽劣的手下人。

"那么,爸爸,你看该怎样下功夫,说出来就是。"蒋华爽直地说。

在集会中间忽然来了"爸爸",大家感到滑稽,脸上浮着笑意;有几个忍不住,出声笑了。

"我的意思,该有一两个人迎上去,同快到上海的军队接洽,要他们务必到我们镇上来;即使不能来大队,一连一排也好;如果他们一定不肯来,就说我们这里土匪多,治安要紧,不可不来。革命军!大家想象如同天神一般的,现在却同我们并排站在民众面前,这是多么强烈的一个印象!"

"这意见好!"大家喃喃地说,表示佩服,就算表决通过了这一项。

"还有,"蒋老虎并不显露他的得意,眼光打一个圈儿看着会众说,"这里的几十名警察,也得先同他们接洽。并不是说怕他们不利于我们,在这个局势之下,他们也不敢;我是要他们亲热地站到我们这边来,加强我们的力量。"

大家又不假思索地表示赞同。在前一些时,这班青年神往于摧毁一切旧势力,曾经像幻梦一般想象到奔进警察局,夺取警察手里的枪械的伟举;此刻却看见了另外一个幻象,自己握着平时在桥头巷口懒懒地靠着的警察的手,彼此互称"同志"。

蒋老虎见自己已经有催眠家一样的神通,又用更忠实的调子说:"警察那方面,我可以负全部责任。他们都相信我,我说现在应该起来革命,他们没有一个肯干反革命的。此外,我看还得介绍一些人吧。"

"这里有革命性的人太少了,尽是些腐败不堪、土劣队里的家伙,哪里要得!果真有革命性的人,当然越多越好;我们决不取那种深闭固拒的封建思想!"主席说明人数不多的缘故,含着无限感慨。

"不见得太少吧,"蒋老虎略一沉思说,"据我观察,土劣队里的家伙大都是自以为上流阶级的人物;而下层阶级里,我知道,有革命性的实在不少。他们尝到种种的痛苦,懂得解放的意义比什么人都清楚,他们愿意作革命的急先锋!"他说到末了,声音转为激越,神色也颇飞扬,正像一个在行的煽动家。

"蒋同志说得痛快,革命的急先锋,唯有下层阶级才配当!"一个戴眼镜的高个儿青年接上喊说;在这一群里,他是理论的运输者,平日跑上海跑什么地方都由他担任。

"那么,我们决定从下层阶级里征求同志,借以加强革命的力量。"主席嘱咐似的说。旁边执着铅笔,来不及似的急忙书写的一个,就把这一句也记了下来。

"这一层,我也可以负点儿责任;待我介绍出来,让大家通过。"蒋老虎的语气到此一顿,继续说,"说到这里,应该先办的事情似乎差不多了。接着就可以谈谈我们对于本镇的施为。我以为,做事要集中,擒贼要擒王;东一拳,西一掌,是没有什么意思的,认定了本镇腐败势力的中心,一股脑儿把它铲除,才是合理的办法。"

戴眼镜的高个儿抢着说:"前回我们已经讨论过,本镇腐败势力的中心是我们的校长蒋冰如。他什么都要把持,高等校长是他,乡董是他,商会会长又是他。他简直是本镇的皇帝。革命爆发起来,第一炮当然要瞄准皇帝!"

不知道主席想起了怎样一个意思,略带羞惭地向陆三复说:"我们现在与他没关系了,你陆先生却还在校里当教师。"

"那没有什么,"陆三复慌张地摇着头,"我同你们一样,为公就顾不得私。"羞红从脸颊飞涨到颈际,右颊的瘢痕仿佛更突起了。

"蒋冰如拿学校当他的私产!"愤愤地说这句话的是一个自命爱好艺术、近来却又看不起艺术的青年,"去年我去找他,说学校里的艺术功课让我担任吧,报酬倒不在乎。一套的敷衍话,说再好也没有,可惜没有空缺。徐佑甫那种老腐败,至今还留在那里。刘慰亭的英文,英国人听起来简直是外国文,他却一年年地用下去,只因为他们俩关点儿亲。这些都是学阀的行径,已经够得上被打倒的资格!"

"再说他当乡董,"蒋华暴躁地接着说,"人家女人要求离婚,他却判断说能不离最好,这明明是受了那男人的好处,故而靠着乡董的威势,来压迫可怜的女人!"

"他的儿子自华宜华眼里看不起人,遇见了我们同学,似理不理的,仿佛说'我们是上海的大学生,你们是什么!'也是一对要不得的宝贝!"这语音来从陆三复的右边。主席斜过眼光去,看见一双燃烧着妒恨之火的眼睛。

蒋老虎宽容地笑着说:"儿子是另外的问题。学校里用人不当,劝女人家最好不要离婚,也还是小节,都可以原谅。我们应该从大体上着想,他到底是不是腐败势力的中心;如果是,就不客气地打倒他!"

他这是欲擒故纵的章法。那高个儿不耐再听下去,抬起右臂嚷道:"这是不待讨论的问题!几年以来,镇上一切事情都归他,什么狗头绅士狗头财主都推尊他作挡箭牌,他又有许多田,开着几家铺子,是个该死的资本家。他要不是腐败势力的中心,那就可以说我们镇上是进步到不需要革命了!"

"那么,毫不客气,打倒他!"蒋老虎的笔法至此归到本旨;他微微一笑,然后同一班青年商量打倒的步骤。

听到了远远的潮声而心头不平静的,镇上还有许多,那大概是有点儿资产的人。几回的内战使他们有了丰富的经验,一听见军队快到,就理箱子,卷铺盖,往上海跑;到得上海,不管一百块一间楼面,十块二十块宿一宵旅馆,总之是得庆更生;待传说打仗结束了,重又扶老携幼,拖箱带笼回转来。他们想,现在又得温一下旧课了。他们又从报纸上知道一些远地的情形,疑信参半,要在想象中构成一种实况又不可能;这就比以前几回更多恐怖的成分,因而觉得上海之行更不可免。几天里头,为了送上海去的人到火车站,所有船只被雇一空,谁要雇乘须得在几天以前预定。

金树伯是决定夫妇两个跑上海了;依据情理,当然要去问一声他妹妹,要不要带着孩子和老太太一齐走。佩璋回答说,焕之来信没有谈到这一点；老太太不用问，可以断定她不肯走的，单是自己和孩子走又绝没有这个道理；还是不要多事吧，反正家里也没有什么引人家馋涎的东西。树伯总算尽了心，也不再劝驾，说声"回来时再见"便分别了。

树伯又跑到冰如那里，却真有结伴的意思。不料冰如的回答完全出乎他的意料。冰如说："以前几回你们避到上海去，我还相当赞同。唯有这一回，我绝对反对你们走；简直是自扰，没有一点儿意义！"

"为什么呢？这一回比前几回又不同啊！"

"正因为不同，所以没有逃避的必要。是革命军，不比军阀的队伍，哪里会扰民？至于党人，现在虽还不知道在本镇的是谁，然而你只要看焕之，像焕之那样的人，难道是肯扰民的？不要劳神白花钱吧，坐在家里等着看新局面就是了。"

"但是报上明明记载着，他们所到的地方，拥护什么呀，打倒什么呀，骚扰得厉害。"

"他们拥护的是农工。农工一向被人家无理地踩在脚底下，既然是革命，拥护他们的利益是应该的。他们打倒的是土豪劣绅，为害地方的蟊贼。我们自问既非土豪，又非劣绅，拳头总打不到我们身上。譬如蒋士镳，平时欺侮良善，横行乡里，那倒要当心点儿，他就有戴起纸帽子游街的资格。"

"你得想想你自己的地位……"树伯这样说时，心头浮起一句记不清出处的成语，"彼可取而代也"。

冰如无所容心地笑问："你说我的乡董的地位么？这又不

是什么有权有利的职务,无非为地方上尽点儿义务罢了。况且,我也不一定要把持这个地位;革命家跑在我前头,我很愿意让他们干。"

他又说:"可是现在职务还在肩上,我总不肯随便。我以为在这个时期里,一班盗匪流氓乘机闹乱子,倒是要防备的;所以我召集今天的防务会议。不料他们都跑走了,只到了四个人;像你,要走还没走,也没有到。我们四个只好去同警察所长商量,请他吩咐弟兄们,要加紧防卫,尤其是夜间。"

树伯似乎只听到冰如的一句话,因而跑上海的意念更为坚决,"不是他们都跑走了么?难道他们全是庸人自扰,没有一点儿意义?我决定明天一早走,再见吧!"

二十七

高个儿到上海接洽的结果,并没有邀到一连或一排的革命军一同回来。刚才赶到的军事长官说,那个乡镇偏僻,军事上不见重要,这里上海又这样乱糟糟,没有派部队到那里去的道理。火车是不通了,高个儿搭了邮局特雇的"脚划船"回镇;搭这种船是要躺着不动的,他就把当天的一捆新闻纸权作枕头,那上面刊载着火光呀,枪声呀,青天白日呀,工人奋斗呀,等等特刻大号字的惊人消息。一百多里的水程,射箭一般的"脚划船"行来,晚上九点左右也就到了。蒋老虎陆三复以及一班青年见回来的光是个高个儿,不免失望。然而不要紧,还可以"收之桑榆",警察方面早已接洽停当,每一个人的胳臂上将缠起"青白"的符记,表示他们是能动的而非被动的力量。高个儿描摹在上海的所见所闻给大家听,说民众那样壮烈伟大,恐怕是历史上的破天荒。这引得大家跃跃欲试,恨不得自己手里立刻来一支枪。

一捆新闻纸当晚分散开来,识字的不识字的接到了占命的灵签似的,都睁着眼睛看。一个人愕然喊一声"来了!"这"来了!"就像一种毒药,立刻渗入各人的每个细胞,在里边起作用。那种感觉也不是惊恐,也不是怅惘,而是面对着不可抗拒的伟大力量的战栗。自己就要同那伟大力量打交道了么?想来是个不可思议,而且也无可奈何。有些人是前几天就买好了腌鱼,咸菜,预备到必要时,像蛹儿一样让自己关在茧子似的家里,这会儿暗自思量,大概是关起来的时候了。

下一天天刚亮时,乡镇的上空停着一层牛乳色的云,云底下吹动着峭寒的风,感到"来了!"的人们半夜不眠,这时候正沉入浓睡。忽然一阵海啸似的喊声涌起来,"各家的人起来啊!革命势力到来了!起来开民众大会!民众大会!会场在高等门前的空场上!各家的人起来啊!起来啊!"

浓睡的人们起初以为是出林的乌鸦的噪声,渐渐清醒,辨明白"起来啊!""到来了!"的声音,才知道不对;同时"来了!"的毒素在身体里强烈地作用着,竟像大寒天裸体跑到风雪中,浑身筋骨尽在收拢来那样地直凛。买好腌鱼咸菜的,当然把被头裹得紧一点儿,算是增了一层自卫的内壳。此外的人虽然凛,也想看看"未见之奇",便慌忙地穿衣起身。

开出门来,谁都一呆,心里默念"啊!这,蒋老虎!"这一呆并非真的呆,而是杂糅着庆幸和失望的心情。庆幸的是准备受拘束,却知道实际上并没多大拘束,失望的是怀着热心看好戏,却看到个扫边老生,两种心情相矛盾,可又搅在一起,因而心灵的活动似乎暂时停顿了。怎么蒋老虎也在里头?看他挺胸凸肚,一手执着司的克①,这边一挥,那边一指,一副不可一世的气概,他还是一伙里的头脑呢!再看这一伙人,穿长衣服,学生模样的,穿短衣服,工人或"白相人"模样的,有的指得出他们的名字,有的好生面熟,就是不太面熟的,也断得定是本镇人;他们这样历乱地走过,时时把嘴张得像鳜鱼的一样,高声呼喊,得意扬扬的脸上,都流露凶悍之气,很像一群半狂人的行列。咦!还有警察。平时调班,"替拖替拖"往来的,不就是这儿个么?——不是吧?这一群不是所谓"来了!"的吧?然而他们明明在那里喊,告诉人家他们正是所谓"来了!"的,并且他们都有符记,警察缀在制服的袖管上,其余的人缀在衣襟上。

观看的人们虽然这么想,可是没有一个挂到唇嘴边来议论的;为要看个究竟,渐渐跟上去,跟上去,使这个行列增长声势;女人蓬着头发也来了,小孩子衣服还没扣好也来了。受了呼喊声的感染,这批跟随者也不自主地呼喊起来,有声无字

---

① 手杖英语的音译。——编者著。

地,一例是"啊!……啊!……啊!"

在一路的墙壁上,一般人初次看到闻名已久的"标语",原来是红绿黄白各色的纸条儿,上面写着或还像样或很不堪的字。句子就是在报上看熟了的那些,倒也并不觉得突兀。不过中间有几条,却是为本镇特制的,就是"打倒把持一切的蒋冰如!""打倒土豪劣绅蒋冰如!""勾结蒋冰如的一班人都该打倒,他们是土劣的走狗!"

有些人想:"土豪劣绅,原来就是蒋冰如那样的人。他自以为到过东洋,看别人家总是一知半解,不及他;土劣的可恶大概就在这等地方。他出来当乡董,同以前的乡董没有什么两样,并没使出他的全知全解来,遇有事情找到他,他既不肯得罪这边,也不愿碰伤那边,这种优柔的态度,一定又是土劣的一项资格。"

另外一些人这样想:"编一本戏,写一部小说,其间生,旦,净,丑,忠臣,义士,坏蛋,傻子,须色色俱全。大概革命也是差不多的一回事,土豪劣绅是革命中少不得的一种角色。轮到本镇,蒋冰如就被选出来,扮演这个角色。"

到底哪些人想得对,自然谁也没有作答复。行列来到高等门前的空场时,一共足有七八百人,轰然的声音把藏在榆树榉树叶丛中飞飞跳跳的麻雀吓得飞一个空。场上先有十来个警察在那里,还有四五个佩有符记的人,其中一个是陆三复;他穿起第一天上身的中山服,夸耀地四顾,有如小孩吃喜酒穿了新衣裳。场中心叠起几只美孚牌煤油的木箱子,算是演说台。台左竖起一面早在大众心中可是第一次映入大众眼中的旗子,一阵风吹过,舞动的夺目的红色给予大众一种说不出的强烈印象。

起先是高个儿跨上木箱子,宣布说,从今天起,"我们的势力"到了这里了。为什么要到来呢?到来了又怎样呢?他接讲了无时不涌在喉咙口的熟极而流的理论。从理论又转到实际,结句说:"我们要把本镇彻底改造过,使它成个全新的革命的镇!"

"彻底改造本镇呀!"蒋华擎起他的帽子直喊。他见大众忘了似的,没有接应,又用更高的声音提示说:"喂!口号!"

"彻底改造本镇呀!"错杂在群众中间,佩有符记的人这才聚精会神地喊出口号来。

"啊!……啊!……啊!"其他一部分人受催眠似的附和着喊,竟把这个民众大会点缀得颇有空前壮烈的气势。

"我有提案!"

大众看爬上木箱子开口的,是个塌鼻子的青年,虽然知道他是本镇人,但是不清楚他姓什么,喧声便错落地静下来。他就是那个自命爱好艺术、近来却又看不起艺术的青年。他两臂前屈,两个拳头矗在距太阳穴四五寸的空间,急促地说:"要彻底改造本镇,必须肃清一切腐败势力,打倒一批土豪劣绅!本镇腐败势力的中心,土豪劣绅的魁首,是哪一个,也不待我说,你们大家都知道,是蒋冰如!他把持一切,垄断一切,本镇多多少少的被压迫者,全吃他的亏!所以我在民众大会里提议,我们第一个打倒他!从今天起,再不让他过问镇上一丝一毫的事!以前他种种罪恶,待党部里仔细查明,然后同他算账!"

"打倒蒋冰如啊!赞成!赞成!打倒蒋冰如啊!"应声比先前来得格外快,而且更响。

"啊!……啊!……啊!"

提案算是通过了。依一班青年的意思,还有把蒋冰如拖到民众大会上来,宣布他是土豪劣绅,以及封闭他的铺子,没收他的田产,等等节目,仿佛这些都是题中应有之义,短少了这些就不像个样儿。由于蒋老虎的主张,这些节目从略了。他说,打倒蒋冰如的目的,在从全镇人的心目中取消他一切行动的可能;还有呢,叫作"杀鸡给猢狲看",好让与蒋冰如臭味相同的人物知趣点儿,不敢出来阻挠革命的行动。要达到这两个目的,在民众大会上宣布出来也就够了,何况还有标语。过于此,就不免是"已甚",似乎不必。几天来时时集会,蒋老虎已从青年中间取得了无条件的信仰,所以这个应该被骂为"温情的"的主张,居然也得到全体的同意。

蒋老虎站在木箱子左侧拂动的旗子底下,镇上有数的几个人物这时候正在他心头闪过,他逐一给他们一句鄙夷的斥骂,"这比蒋冰如还差得远!"于是抬眼望照在淡淡的朝阳中一律带着苍白色的群众的脸,成功的喜悦像一口甜浆,直灌到他的心窝,他想:"你们完全属于我了!"

刘慰亭也是给街上的呼喊声催醒的一个。醒来之后本想不去管它，重复入睡；但是这颗心再也安定不下来，仿佛小孩听到门外在那里敲锣鼓，演猴子戏似的。破一回例，起个早起，出去看看吧，他这样想时，就爬起来。

起初也无非寻常的好奇和诧愕而已，待看到花花绿绿的标语中间特殊的几条，他一想不对，在自己大门前观看不很妥当，就回进来关上大门，从后门出去抄小路，一口气跑到冰如家里。

冰如家并不贴近市街，还没知道镇上已经涌起了猛烈的浪潮；冰如是给慰亭催促起身的。

"你走吧！"慰亭气咻咻的，许多话凝结为一句话，喷吐似的说出来。

"什么？"冰如全然不明白。

"土豪劣绅！他们说你是！标语贴满街！现在开民众大会去了！说不定马上就要打到你这里来！"慰亭一句紧一句地说。

"土豪劣绅！我？"冰如像突然跌在冰冷的河里，四肢浮浮的，完全失了气力；头脑也有点儿昏，思想仿佛一圈一圈飞散的烟，凝不成个固定的形式。

"是呀，他们说你是！蒋老虎也在里头呢，看样子他还是头脑！你走吧，先往随便哪一处乡间去躲一躲。吃眼前亏是犯不着的！"

"哪里！没有的事！他怎么会是头脑，他连参加在里头也不配！"冰如这才冒起怒火来，他为革命抱不平，比较为自己不平的更多。

"但是他明明在里头,拿着司的克指挥一群人!有好几个是我们从前的学生,蒋老虎的儿子蒋华也在里头!"

"他会革起命来,我当然是土豪劣绅了!"冰如说不出地悲愤,他已经看见了革命前途的影子,"可是我决不走!我老等在家里,等他来抄我的家,捉我去戴高帽子游街,甚而至于把我枪毙!"

慰亭代冰如担着深切的忧愁自去。后来他遇见往民众大会观看的人,听到算账的话,重又悄悄地从小路赶到冰如家里。"真的可以走了!"他转述他所听到的。

"要算账!"冰如立刻要奔出去似的,"我现在就同他们去算!"

慰亭很不满意冰如的不知变通;但一把拖住了他,坚劝说:"他们正像刚才旺起来的火,你何苦,你何苦自己投进去呢?"

"唉!"一腔冤苦循着血脉周布到全身,冰如突然怀念起倪焕之来,"怎能立刻遇见他,谈一谈这时候不知道是什么味道的心绪呢!"

二十八

上海开了个全新的局面。华界和租界成为两个国度似的,要越过那国界一般的铁丝网有各色各样的麻烦;有时竟通不过去,那些武装外国人也不给你说明什么理由。在所谓"华界"里,充满了给时代潮流激荡得近乎疯狂的人,武装的,蓝布衫裤的,学生打扮的,女子剪了发的,在无论哪条路上,你总可以看见一大群。最有奇趣的要算是同军阀残部战斗而得胜了的工人。他们把所有战利品全都带在身上,有的交叉背着三枝枪,有的齐腰挂着红缨的大刀(是从所谓大刀队那里拿来的,有好些革命者的项颈,尝过这种大刀的锋刃的滋味呢),有的耸起肩膀抬着一支机关枪,有的束一条挂刺刀的皮带(这是最寒碜的了);那些武器由那些人各色各样的服装衬托着,就觉得有完全不同于平常军队的一种气氛。就是只束一条挂刺刀的皮带的,脸上也显露非常光荣的神采,开口总是高声,步子也格外轻快。

　　旗子到处飞扬,标语的纸条几乎遮没了所有的墙壁。成群的队伍时时经过,呼喊着,歌唱着,去参加同业的集会或者什么什么几色人的联欢大会。一切业务都在暂时停顿的状态中。这好比一场大火方才熄灭,各人震荡的心魂不能立刻安定下来,于是把手里的业务搁在一旁,却去回想当时的惶恐情形,并预计将来的复兴状况。这时候的上海人这样想,以前的一切过去了,像消散的烟雾一般过去了;此后新来的,等它慢慢地表现出来吧。这中间当然掺杂着希望和疑惧,欢欣和反抗;但是,以前的一切过去了,这个观念在各个心里却是一致的。

　　倪焕之是好几天没有充分地睡一觉,安适地吃一顿了;为了许多的事纷至沓来,一一要解决,要应付,把新来的能力表现出来,他虽然不想去参与别的事,只愿在教育方面尽力,可是各种集会必得去参加,也就够他忙的了。他带着好几天前草就的乡村师范的计划,从这个集会里出来,又参加到那个集会里去,却始终没有机会提出他的计划。

对于教育方面,也不是绝不理会;但忙着的是接收这个学校,清查那个学校的事。从前当校长充什么主任的,这时候大都列名在学阀一览表里,他们不是潜伏在租界里闃奥的处所,便是先已到别处游历去了;学校里只留下几个科任教员或事务员之类,除了双手拿学校奉献再没有其他手笔,所以接收和清查的事一点儿困难也没有。随后便是派校长(用委员会名义的便是委员长),指定职员之类的措施,同政治上的变更差不多是同样的步骤。

这一晚,焕之回学校,很高兴能捉住王乐山,与他同行。王乐山的忙碌比焕之更甚,谁要同他从从容容谈一席话几乎是不可能的事;此刻居然有一段时间与他同行,可以谈谈最近的观感,在焕之真是高度的欣慰。夜很深了,寂静的街上只有他们两人的脚声;渐渐转得明亮的街灯照着他们,画在地上的影子渐渐短了,又渐渐长了,时而在前了,又时而在后了,刻刻在那里变幻。桥头或十字路口,本来是警察的岗位,现在却站着带着战利品的工人,两个一岗,沉默地,森严地,执行他们新担在身上的重大而又有趣的职务。

"乐山,有些话想同你谈谈,几天来一直没有机会,只得咽住在喉咙口。"焕之吞吞吐吐地开头说,声音散在空间,阴沉沉的。

"哈,没有机会,"乐山带笑说,"照这几天的情形看,我们要聚几个朋友谈谈闲天,好像永远没有机会的了。我的药都没有工夫调来吃。这身体也是贱的,这样朝不睡,夜少眠,过度地使用它,又不给它吃药,倒也不觉得什么,并没比以前更坏些。"

"这是你把所有的精神都提了起来,兴奋过度了的缘故。但是身体终究是血肉做的,你总得好好地保养它。"焕之这样说,心里想到目前人才的急需和寥落,以及乐山的第二期肺病,珍重爱惜的意思充塞满腔,便对乐山那依然短小精悍的身影深深地瞥了一眼。

"你预备同我谈些什么?"乐山撇开关于身体的谈论。他有点儿懊悔,无意间说起身体,却引起了焕之老太太似的劝慰口吻。他不愿意受这样的劝慰。他以为一个人的身体是值不得想一想的事,何时死亡,何时毁灭,由它去就是;谁要特地保养身体,一定是闲得没法消遣了。

"我觉得现实的境界与想望中的境界不一样,而且差得远。这几天我时时刻刻想着的就是这个意思,我要告诉你。"焕之扼要地吐露他的意思,声音沉着而恳挚。

"你想望过一个如何如何美妙庄严的境界了么?"乐山回问,是老教师面对天真的小学生的声调。

"当然咯!"焕之的答应带点儿诧异,这诧异里包含着"你难道不么?"

"我可不曾想望过!"乐山似乎已经听见了焕之含意未伸的疑问,"我知道人总是人,这一批人搞不好,换一批人会突然好起来,那是忘掉了历史的妄想。存这种妄想的人有他应得的报酬,就是失望的苦闷。莫非你已经陷在失望的苦闷里了?"

"不,我没有失望!"自信刚强的程度比以前有进步、对于最近看到的一切也觉得有不少满意之处的焕之,听到失望两字,当然坚定地否认,"不过我以为我们应该表现得比现状更好些,我们应该推动历史的轮子,让它转得比平常快。"同时他用右手向空间推动。

"这就对了。我们能够做的,只有推动历史的轮子,让它转得比平常快。我们努力呀!"乐山说到末了一句,不再是冷然的口吻,脚步也踏得重实点儿。

"就像对于教育方面的措置,我以为应该取个较好的办法。从前的教育不对,没有意义,不错呀;但是我们得把对的有意义的教育给与学生。改善功课呀,注重训练呀,以及其他的什么什么,都是首先要讨究的题目。"

"我想学校功课要在社会科学和生物学人类学方面特别注重,才有意义,"乐山独语似的说,随着又说,"啊,我打断你的话了。且不说我的意思,你说下去吧。"

"现在完全不讨究这些,"焕之承接他自己的头绪说,似乎没有听到乐山的插语,"学生们停了课,也不打算几时给他们开学,却只顾把这个学校接收下来,把那个学校受领下来,像腐败长官一到任,就派手下人去接管厘卡税局一样,这算什么办法?"

"先生,你要知道这也是必要的手续呢。"

"是必要的手续,我当然知道。但是在办了手续之后,还有怎样的方针,不是一次也不曾详细讨论过么?唉,还有些很丑的现象呢!"焕之的声音里不免带着气愤,同时他感到发泄了郁积以后的畅快。

"你说哪些是很丑的现象?"乐山明明知道焕之所指的是什么,但是故意问;这种近乎游戏的心情,在他算是精神劳动以后的消遣。

"你同我一样,每一件都看在眼里,而且,照你的思想和见解,你决不会不知道哪些是很丑的现象。你果真不知道么?还是……"

"我知道,"乐山感动地回答,对于刚才的近乎游戏的心情,仿佛觉得有点儿抱歉,"告诉你,推动历史的轮子的热望,我自问不比你差,事情投进你的眼里,你以为看不惯的,一定也逃不了我的眼睛的检察。"

"那就不用说了。总之,那种图谋钻营、纯为个己的情形,常使我忽然呆住,发生疑念,这是不是在现在的时代?要是在已经过去的旧时代,那倒十分配合。但事实告诉我,这明明是在现在的伟大的新时代!"

乐山默然了。他想得很深,想到局势推移的倾向,想到人才缺乏的可虑,想到已经过去的旧时代未必真成过去。悲观在他心里是扎不下根的;然而像寡援的将军深入了敌阵那样的焦虑,这会儿又强烈地沸腾起来。但是他不愿意把这种焦虑说给焕之听。他看焕之,像焕之自己所说的,终究是个简单而偏于感情的人，如果说给他听，无非使他增加些发生愤慨的材料而已，这又有什么意思？

"我几次提出我的乡村师范的计划，"焕之见乐山不开口，又倾吐他发泄未尽的愤慨，"你是竭力怂恿我草拟这个计划的，他们大多数却说这是比较可以从缓的事。我们是中国，是农民支撑起来的中国，却说乡村教育不妨从缓，那还有什么应该从速举办的事！大家袖手谈闲天看白云就是了，还要革什么命！"

"你们谈教育的不是有这样说法么？勉强灌注的知识并不真切，须要自身体验得来的才真切，所以孩子要弄火就让他弄火，要玩刀就让他玩刀。现在有些事情做得错误，正可比之于孩子的弄火和玩刀；待烫痛了手，割破了指头的时候，该会得到些真切的知识。从这样想，也不是没有意义。"

"但是有早知道火会烫手、刀会割破指头的人在里头呢。陪着大家一同去干那初步的自身体验，岂不是白吃苦头，毫无意义。"

"那么你的意思怎样？你要叫早知道火会烫手、刀会割破指头的人从集团里退出，站在一旁么？"乐山的语音颇严峻。

"那并不。"焕之像被慑服了似的回答。

"唔，并不。那还好。"乐山舒了一口气，又说，"谁要站在一旁，谁就失去了权利，他只能对着历史的轮子呆看，看它这样转，那样转，转得慢，转得快，但是不能用自己的手去推动它！以我想，这样的人绝对无聊。"

焕之似乎已从乐山方面得到了好些慰藉;与乐山那石头一般的精神相形之下,见得自己终于脆弱,因而自己勉励自己,应该更求刚强,徒然的烦愁要尽力排斥。他想了一阵,捉住乐山的手掌,紧紧地捏着,说:"佛说我不入地狱谁入地狱,这句话有意思呢。"

"佛也许一辈子是地狱里的住民,因为他愿意与一切众生负同样的罪孽,受同样的命运!"是乐山毅然的声口。

焕之觉得手心里热烘烘的,他并非捏着一个人的手掌,简直是捏着一颗炽炭一般的心。

二十九

十几天后的一个晚上,焕之独个儿坐在一条不很热闹的街上的一家小酒店里。酒是喝过七八碗了,桌面上豆壳熏鱼骨之类积了一大堆,他还是叫伙计烫酒。半身的影子映在灰尘封满的墙壁上,兀然悄然,像所有的天涯孤客的剪影。这样的生活,十几年前他当教员当得不乐意时是过过的,以后就从不曾独个儿上酒店;现在,他回到十几年前来了!

这几天里的经历,他觉得太变幻了,太不可思议了。仿佛漫天张挂着一幅无形的宣告书,上面写着:"人是比兽类更为兽性的东西!一切的美名佳号都是骗骗你们傻子的!你们要推进历史的轮子么?——多荒唐的梦想!残暴,愚妄,卑鄙,妥协,这些才是世间真正的主宰!"他从这地方抬起头来看,是这么几句，换个地方再抬起头来看，还是这么几句；看得长久点儿，那无形的宣告书就会像大枭鸟似的张开翅膀扑下来，直压到他头顶上，使他眼前完全漆黑，同时似乎听见带笑带讽的魔鬼的呼号，"死！死！死！"

认为圣诗一般的，他时时歌颂着的那句"咱们一伙儿"，他想，还不是等于狗屁！既然是一伙儿，怎么会分成两批，一批举着枪，架着炮，如临大敌，一批却挺着身躯，做他们同伙的枪靶？他忘不了横七竖八躺在街上、后来甚至于用大车装运的那些尸首，其中几个溢出脑浆，露出肚肠的，尤其离不开眼前，看到什么地方，总见那几个可怕又可怜的形相好似画幅里的主要题材，而什么地方就是用来衬托的背景。

自从那晚同归叙谈，捏住乐山的手掌作别以后，他再不曾会见过乐山。他无论如何料不到，那回分别乃是最后的诀别！消息传来，乐山是被装在盛米的麻布袋里，始而用乱刀周围刺戳，直到热血差不多流完了的时候，才被投在什么河里的。他听到这个消息，要勉强表现刚强也办不到了，竟然发声而号。他痛苦地回想乐山那预言似的关于头颅的话。又自为宽解地想，乐山对于这一死，大概不以为冤苦吧。乐山把个己的生命看得很轻，被乱刀刺死与被病菌害死，在他没有多大分别。自身不以为冤苦的死，后死者似乎也可以少解悲怀吧。但是，这个有石头一般精神的乐山，他早认为寻常交谊以上的唯一的朋友；这样的朋友的死别，到底不是随便找点儿勉强的理由，就可以消解悲怀的。他无时不想哭，心头沸腾着火样的恨，手心常常捏紧，仿佛还感到乐山的手掌的热！

密司殷是被拘起来了，他听到她很吃点儿苦，是刑罚以外的侮辱，是兽性的人对于女性的残酷的玩弄！但正因为她是女性，还没被装入麻布袋投到河里；有好几个人垂涎她的美艳的丰姿，她的生命就在他们的均势之下保留下来。他痛心地仇恨那班人，他们不为人类顾全面子，务欲表现彻底的恶，岂仅是密司殷一个人的罪人呢！

此外他又看到间隙与私仇正像燎原的火，这里那里都在蔓延开来，谁碰到它就是死亡。人生如露如电的偈语，到处可以找到证明的事实；朝游市廛夕登鬼录的记载，占满了日报的篇幅。恐怖像日暮的乌鸦，展开了乌黑的翅膀，横空而飞，越聚越多，几乎成为布满空际的云层。哪一天才会消散呢？其期遥遥，也许宇宙将永远属于它！

他自然是无所事事了；乡村师范计划的草稿纸藏在衣袋里，渐渐磨损，终于扔在抽斗角里。以无所事事之身，却给愤恨呀，仇怨呀，悲伤呀，恐怖呀，各色各样的燃料煎熬着，这种生活真是他有生以来未曾经历的新境界。种种心情轮替地涌上心头，只有失望还没轮到。他未尝不这样想，"完了，什么事情都完了！"但是他立刻就想到，在诀别唯一的朋友乐山的那个晚上，曾经坚定地立誓似的对他说"我没有失望！"乐山听了这句话离开了人世，自己忍心欺骗他么？于是竭力把"什么事情都完了"这个意念撇开。同时记起乐山前些时说的现在还正是开始的话，好像又是个不该失望的理由。然而今后的希望到底在什么地方呢,他完全茫然。前途是一片浓重的云雾,谁知道往前走会碰到什么!

这唯有皈依酒了。酒,欢快的人喝了更增欢快,寻常的人喝了得到消遣,而烦闷的人喝了,也可以接近安慰和兴奋的道路。不等到天黑,就往这家小酒店跑,在壁角里的座头坐下,一声不响喝他的闷酒;他这样消遣,一连有四五天了。

邻座是四个小商人模样的人物,也已经喝了不少酒,兴致却正勃勃,"五啊!""对啊!"在那里猜拳。忘形的笑浮在每个人的红脸上,一挥手,一顾盼,姿势都像舞台上的角色。后来他们改换题目,矜夸地,肉麻地,谈到法租界的春妇。一个卷着舌头大声说:"好一身白肉,粉嫩,而且香!"其余三个便哄然接应:"我们去尝尝!去尝尝!"

焕之憎厌地瞪了他们一眼,对着酒杯咕噜说:"你们这班蠢然无知的东西!这样的局面,你们还是嘻嘻哈哈的,不知道动动天君!难道要等刀架在脖子上,火烧到皮肤上,才肯睁开你们的醉眼么?"

"嗤!"他失笑了。酒力在身体里起作用,还没到完全麻醉的程度,这时候的神经特别敏感,他忽然批判到自己,依旧对着酒杯咕噜说:"我同他们两样的地方在哪里?他们来这里喝酒,我也来这里喝酒;他们不动天君,我虽动也动不出个所以然;所不同者,他们嘻嘻哈哈,我却默默不响罢了。如果他们回过来责问我,我没有话可以回答。"

他喝了一口酒之后,又觉得这样的想头类乎庄子那套浮滑

的话,怎么会钻进自己的脑子里来的。这几天来差不多读熟了的日本文评家片上伸氏的几句话,这时候就像电流一般通过他的意识界:

> 现在世界人类都站在大的经验面前。面前或许就横着破坏和失败。而且那破坏和失败的痛苦之大,也许竟是我们的祖先也不曾经受过的那样大。但是我们所担心的却不在这痛苦,而在受了这大痛苦还是真心求真理的心,在我们的内心里怎样地燃烧着。

这是片上伸氏来到中国时在北京的演讲词,当时登在报上,焕之把它节录在笔记簿里。最近检出来看,这一小节勉励的话仿佛就是对他说的,因此他念着它,把它消化在肚里。

> 痛苦不是我们所担心的,唯具有大勇的人才够得上这一句。我要刚强,我要实做这一句!愤恨,仇怨,悲伤,恐怖,你们都是鬼,你们再不要用你们的魔法来围困我,缠扰我,我对你们将全不担心,你们虽有魔法也是徒然!

他把半杯残酒用力泼在地上,好像这残酒就是他所不屑担心的魔鬼。随着又斟满了一杯,高高一举,好像与别人同饮祝杯似的,然后咕嘟咕嘟一口气喝干了,喃喃自念:

"真心求真理的心,在我的内心里,是比以前更旺地燃烧着！你是江河一样浩荡的水也好，你是漫没全世界的洪水也好，总之灭不了我内心里燃烧着的东西！"他笑了，近乎浮肿的红脸上现出孩子一般纯真的神采，好像一点儿不曾尝过变幻的世味似的。

但当放下空杯的时候，他脸上纯真的神采立刻消隐了；他感到一阵突然的袭击，空杯里有个人脸，阴郁地含着冷笑，那是乐山！于是思念像一群小蛇似的往四处乱钻，想到乐山少年时代的情形，想到乐山近几年来的思想，想到乐山的每一句话，想到乐山的第二期肺病；"他那短小精悍的身体，谁都以为是结核菌的俘虏了，哪知竟断送于乱刀！刀从这边刺进去，那边刺进去，红血像橡树胶一样流出来，那麻布袋该染得通红了吧？他的身体又成个什么样子？当他透最后一口气的时候，他转的是什么念头？"仿佛胸膈间有一件东西尽往上涌，要把胸膛喉咙涨破似的，他的眼光便移到灰尘满封的墙上。啊！墙上有图画，横七竖八的尸体，死白的脑浆胶粘着殷红的血汁，断了的肠子拌和着街上的灰沙，各个尸体的口腔都大张着，像在作沉默的永久的呼号。他恐怖地闭上眼睛，想"他们在呼号些什么？"却禁不住"哇——"的一声哭出来了。哭开了头反而什么都不想，只觉得现在这境界就是最合适最痛快的境界，哭呀，哭呀，直哭到永劫的尽头，那最好。他猝倒似的靠身在墙上，眼泪陆续地淌，倒垂下来的蓬乱的头发完全掩没了眉额，哭声是质直的长号。

"怎么，哭起来了？"四个小商人模样的人物正戴起帽子要走,预备去尝法租界的"好一身白肉",听到哭声,一齐住了脚回头看。

"酒装在坛子里是好好的,装到肚子里就作怪了。本来,不会吃酒装什么腔,吃什么酒!"就是那个标榜"好一身白肉"的这么说,现在他的声音更模糊了,但他自以为说得极有风趣,接着便哈哈地笑。

"想来是他的姘头丢了他了。"一个瘦脸的看焕之三十多的年纪,面目也还端正,衣着又并不褴褛,以为除了被姘头抛弃,决不至于伤心到酒醉号哭;他也非常满意自己的猜测,说罢,狂吸手中只剩小半截的卷烟。

"姘头丢了你,再去姘一个就是。伏在壁角里哭,岂不成个没出息的小弟弟?"第三个这样劝慰,但并不走近焕之,只望着他带玩笑地说。

这些话,焕之丝毫没有听见;他忘却了一切,他消融在自己的哭声里。

伙计走过来,并不惊异地自语:"唔,这位先生吃醉了。"又向四个也已吃到可以啼哭的程度的顾客说:"他今天多吃了两三碗,醉了。前几天没多吃,都是好好的。"

"我原说,酒装在坛子里是好好的,为什么不把多吃的两三碗留在坛子里呢?哈!哈!哈!走吧,走吧,法租界的铁门快要关了。"

四个人便摇晃着由酒精主宰的身体下楼而去。

"先生,醒醒吧!喂,先生!"伙计推动焕之的身躯。

"你告诉我,什么时候会见到光明?"这完全出于下意识,说了还是哭。

"现在快九点了,"伙计以为他问的是时刻,"应该回去了。这几天夜里,早点儿回去睡觉为妙。"

"你说是不是有命运这个东西?"

"算命么?"伙计皱了皱眉头,但是他有的是招呼醉人的经验,便用大人哄小孩的声调说,"有的,有的,城隍庙里多得很,都挂起招牌,你要请教哪一个由你挑。要现在就去么?那么,醒醒吧!"

"有的么?你说有的么?哇——哇——我也相信有的。它高兴时,突然向你袭击,就叫你从高高的九天掉到十八层地狱!"

"你说什么?我不明白。"伙计不免感到烦恼,更重地推动他。

"我要脱离它的掌握,我要依旧超升起来,能不能呢?能不能呢?"

伙计见他醉到这样,知道非用点儿力气不能叫他醒过来了;便抱起他的身躯,让他离开座椅,四无依傍地站着。

他的双脚支持着全身的重量,同时感觉身躯一挺,他才回复了意识,虽然头脑里是昏腾得厉害。他的眼睛开始有着落地看四周围,从泪光中辨清楚这是酒店,于是记起号哭以前的一切来了。长号便转成间歇的呜咽,这是余势了,犹如从大雨到不雨,中间总得经过残点滴答的一个阶段。

"先生,回去吧,如果懒得走,我给你去雇辆车。"伙计亲切地说。

"不,哪里!我能走回去,不用车。"他的手抖抖地掏出一把小银圆付酒钱。

在街上是脚不点地地飞跑,身躯摇晃异常,可是没有跌倒。也没有走错路,径进寓所,摸到自己的床铺倒头便睡。女子中学是消灭了,像被大浪潮冲去的海边的小草一样;因而他与一个同事租住人家的一间楼面,作为暂时的寓所。那同事看他回来,闻到触鼻欲呕的一阵酒气。

半夜里他醒来,口舌非常干燥,像长了一层硬壳;头里剧痛,说不来怎么个痛法;身体彻骨地冷,盖着一条棉被好像没有盖什么;四肢都发酸,这样屈,那样伸,总是不舒服。同事听见他转侧,问他为什么睡不着。他颤声回答:"我病了!"

三十

早上,那同事起来摸焕之的前额,是烫手的高度的热。他连声叫唤"给我喝水",喝了两满杯还是喊嘴里干。腹部鼓鼓的,时时作响;起来了好几回,希望大便,却闭结着排泄不出来。神色见得很困顿;咻咻地,张着嘴尽是喘气。这分明是大病的排场,那同事就替他去请医生。

下午医生来了。做了应有的一切手续,医生冷峻地宣告说:"大概是肠窒扶斯,明天热度还要高呢。"写好药方便匆匆去了。

肠窒扶斯！焕之在半昏沉中听到这个名词，犹如半空中打下个霹雳；他仿佛看见墨黑的死神已经站在前面了。对于自己的死亡，近十年来他没有想到过，即使恐怖占领了大地的最近时期，他也不相信自己会遇到什么危险；有如生活在大陆上的人，不去想那大陆的边缘是怎么样的。此刻，却已经临到沿海的危崖，掉下去就是神秘莫测的大海。他梦呓似的说：“肠窒扶斯！我就要结果在肠窒扶斯吧？三十五不到的年纪，一点儿事业没成功，这就可以死么？唉，死吧，死吧！脆弱的能力，浮动的感情，不中用，完全不中用！一个个希望抓到手里，一个个失掉了，再活三十年，还不是那样？同我一样的人，当然也没有一个中用！成功，是不配我们受领的奖品；将来自有与我们全然两样的人，让他们去受领吧！啊，你肠窒扶斯！”

他牵肠挂肚地怀念着佩璋；又好像她就在这里，但是只见个背影，绝不回过头来。

"啊，佩璋！我了解你，原谅你！回过头来呀，我要看看你当年乌亮亮的一对眼瞳！为什么还不回过来呢？我离开了你，你寂寞得苦；现在，我在你身边了！盘儿功课好，我喜欢他。但是尤其要紧的是精神好，能力好。要刚强！要深至！莫像我，我不行，完全不行！母亲呀，你老了，笑笑吧，莫皱紧了眉头。为了你的可怜的儿子，你就笑笑吧！啊，你肠窒扶斯！"

那同事在旁边听他一半清楚一半模糊的话，实在有点儿窘，而且怕，只好推动他说，想写封快信到他家里去，请他夫人出来担任看护，比较周妥得多。他仿佛要坐起来的样子，急急驳正说:"快信太慢,在这个时期,尤其慢。你替我打个电报吧,叫她今天就来!"

那同事暗地摇摇头,他那镇上哪里通电报,足见他昏迷得厉害了。且不管他,便写了封信出去投寄快邮。又知道他的妻兄住在英租界的某旅馆里,顺便也去通知了一声。

下一天上午十点光景,树伯来了。他走近病人床前呼唤:"焕之,焕之,你病了么?我来了。"

"你?你是谁?"焕之抬起上眼皮,似乎很沉重,瞪着眼睛说,"喔,你是乐山。你来得好极了,我们一同去开会。"

那同事悄然向树伯说:"你看,病到这样地步了!昨夜吃下的药不见效,热度像医生所说,比昨天更高了。"他又想唤醒焕之,说,"喂,是你令亲金树伯金先生来了!"

"啊?你说有命运这个东西么?"又是全不接榫的呓语。

"唉!"树伯焦心地叹着气,两个手指头在架着金丝边眼镜的鼻梁部分尽是摩擦,像要摩平那些皱纹似的。"今天还是请昨天那个医生吧。"他说着,环视室内。真是很可怜的一间屋子:两个床铺,一横一竖摆着,便占去了全面积的三分之一。沿窗一张方桌子,两个粗制的圆凳子。桌面乱堆着书籍、报纸、笔、砚、板刷、热水瓶之类,几乎没有空处,各样东西上都布着一层煤灰和尘沙。沿窗左角,孤零零地摆个便桶。右角呢,一个白皮箱,上面驮着一个柳条箱,红皮带歪斜地解开着。此外再没有别的东西。树伯看着,颇感觉凄凉;在这样的环境中生病,就不是重病也得迟几天痊愈。他又想焕之本不该离开了家庭和乡间的学校来到上海,如果境况能好点儿,自然向好的方面迁调,现在却弄成失业飘零,那远不如安分地守在乡间好了。而况这个病是著名的恶症,看它来势又并不轻,说不定会发生变故;那更不堪设想了,老母,弱妻,幼子,家里空无所有,怎么得了!他不禁起了亲情以外的难以排遣的忧虑。

医生重行诊察过后,炫能地说:"不是我昨天说的么?今天热度又升高半度了。明天还要升高呢。"

"不至于发生变故吧?"树伯轻声问,神色惶急,失掉了他平时闲适的风度。

"现在还说不定,要一礼拜才有数。先生,是肠窒扶斯呢!最好能与旁人隔绝,否则或者要传染开来。"医生说了职务上照例的话,又开了药方自去。

树伯迁延到夜间八点钟,向那同事表示歉意,说:"租界的铁门关得早,现在只好回去,明天再来。留先生独个儿陪着病人,真是说不尽地抱歉,也说不尽地感激!好在舍妹那边既然有快信去,后天总可以到来。那就有她照顾一切了。"

"有我在这里,先生放心回去。传染的话,虽然有这个道理,但我是不怕的。"那同事想到两年来的友谊以及最近时期的相依飘零,涌起一种侠义的心情,故而负责地这样说。

"难得,难得!"树伯好像做了坏事似的,头也不回,便跑下黑暗的扶梯。

焕之是完全昏迷了,呓语渐稀,只作闷得透不过气来似的呻吟。脸异样的红;眼睛闭起;嘴唇干到发黑,时时翕张着。

身体常想牵动,然而力气衰弱,有牵动之势而牵动不来,盖在身上的一条棉被竟少有皱痕。

但是他看见了许多景象,这些景象好像出现在空空的舞台上,又好像出现在深秋时候布满了灰色云层的天空中,没有装饰意味的背景,也没有像戏剧那样的把故事贯穿起来的线索。

他看见许多小脸相,奸诈,浮滑,粗暴,完全是小流氓的模型。倏地转动了,转得非常快。被围在中心的是个可怜的苍蝇。看那苍蝇的面目,原来是他自己。再看那些急急转动马上要把苍蝇擒住的,原来是一群蜘蛛。

他看见一群小仙人,穿着彩色的舞衣,正像学校游艺会中时常见到的。他们爱娇,活泼,敏慧,没有一处不可爱。他们飞升了,升到月亮旁边,随手摘取晶莹的葡萄来吃。那葡萄就是星星。再看小仙人们的面目,是蒋华、蒋自华、蒋宜华等等,个个可以叫出他们的姓名。

他看见一个穿着青布衫露着胸的人物,非常面善,但记不清他是谁。他举起铁锤,打一块烧红的铁,火花四飞,红光照亮他的脸,美妙庄严。一会儿他放下铁锤仰天大笑,嘴里唱着歌,仿佛是"我们的……我们的……"忽然射来一道电光,就见电影的字幕似的现出几个字:"有屈你,这时候没有你的份!"天坍山崩似的大灾祸跟着降临,尘沙迷目,巨石击撞,毒火乱飞。经过很久很久的时候,眼前才觉清楚些儿。那露胸的人物被压在乱石底下,像一堆烧残的枯炭;白烟袅袅处,是还没烧完的他那件青布衫的一角。

他看见头颅的跳舞。从每个头颅的颈际流下红血，成为通红的舞衣。还有饰物呢，环绕着颈际的，纠缠在眉间耳边的，是肚肠。跳舞的似乎越聚越多了，再没有回旋进退的余地；舞衣联成汹涌的红海，无数头颅就在红波上面浮动。不知道怎么一来，红海没有了，头颅没有了，眼前一片黑。

他看见母亲，佩璋，蒋冰如，王乐山，徐佑甫，陆三复，金树伯，刘慰亭，他们在开个庆祝宴，王乐山是其中被庆祝者。好像是宴罢余兴的样子，乐山起来表演一套小玩意儿。他解开衣服似的拉开自己的胸膛，取出一颗心来，让大家传观。大家看时，是鲜红的活跃的一颗心；试把它敲一敲，却比钢铁还要刚强。他又摘下自己的头颅，满不在乎地抛出去。接着他的动作更离奇了，他把自己的身体撕碎，分给每人一份，分下来刚好，不多也不少。受领他的赠品的都感服赞叹，像面对着圣灵。

他看见个女子，全身赤裸，手足都被捆住。旁边一个青年正在解他的漂亮西装。他的脸抬起来时，比最丑恶的春画里的男子还要丑恶。

他看见一盏走马灯，比平常的大得多，剪纸的各色人物有真人一般大，灯额上题着两个大字，"循环"，转动的风轮上也有两个大字，"命运"。

他看见佩璋站在洒着急雨的马路中间。群众围绕着她，静候她的号令。她的截短的头发湿透了，尽滴水，青衫黑裙亮亮地反射着水光。她喊出她的号令，同时高举两臂，仰首向天，像个勇武的女神。

他看见无尽的长路上站着个孩子,是盘儿。那边一个人手执着旗子跑来,神色非常困疲,细看是自己。盘儿已作预备出发的姿势,蹲着身,左手点地,右手反伸在后面,等接旗子。待旗子一到手,他就像离弦的箭一样发脚,绝不回顾因困疲而倒下来的父亲。不多一会儿,他的小身躯只像一点黑点儿了。在无尽的长路上,他前进,他飞跑……

佩璋独自赶到上海,没有送着焕之的死,焕之在这天上午就绝了气。她的悲痛自不待说。由树伯主持,又有那个同事帮助料理,成了个简单凄凉的殡殓。树伯看伤心的妹妹决不宜独自携柩回去,便决定带了夫人伴行,好在时势的激浪已经过去,就此回到家乡去住,也不见得会遇到什么可怕事情了。

设奠的一天,蒋冰如来吊,对于泪痕狼藉的佩璋和骤然像加了十年年纪的老太太,说了从衷心里发出的劝慰话。佩璋虽然哀哭,但并不昏沉,她的心头萌生着长征战士整装待发的勇气,她对冰如说:"盘儿快十岁了,无妨离开我。我要出去做点儿事;为自己,为社会,为家庭,我都应该做点儿事。我觉悟以前的不对,一生下孩子就躲在家里。但是追悔也无益。好在我的生命还在,就此开头还不迟。前年焕之说要往外面飞翔,我此刻就燃烧着与他同样的心情!"

老太太的泪泉差不多枯竭了,凄然的老眼疑惑地望着媳妇。盘儿也想着父亲流泪,又想象不出母亲要到哪里去,他的身体软软地贴在母亲膝上。

在旁的树伯当然不相信她的话,他始终以为女子只配看家;但从另外一方面着想,觉得也不必特别提出反对的意见。

冰如叹了口气,意思是她到底是躲在家里的少奶奶,不知道世路艰难,丈夫死了,便想独力承当丈夫的负担。但是在原则上,他是赞成她的。他对她点头说:"好的呀!如有机会,当然不妨出去做点儿事。"

"一个人总得有点儿事做才过得去。"这时候他说到他自己了。那一班同他为难的青年,现在固然不知奔窜到哪里去了,但与青年们同伙的蒋士镳独能站定脚跟,而且居然成为全镇的中心;在蒋士镳,似乎不再有同他为难的意思,然而他总觉得这个世居的乡镇于他不合适。什么校长呀,乡董呀,会长呀,从前想起来都是津津有味的,现在却连想都不愿意想起。可是,悠长的岁月,未尽的生命,就在家里袖着双手消磨过去么?向来不曾闲过的他,无论如何忍不住那可怕的寂寞。于是在茫茫的未来生涯中,他开辟出一条新的道路。他看看佩璋又看看树伯说:"没有事做,那死样的寂寞真受不住。我决定在南村起房子。那地方风景好,又是空地,一切规划可以称心。房子要朴而不陋,风雅宜人。自己住家以外,还可以分给投契的亲友。这就约略成个'新村'。中间要有一个会场,只要一个大茅亭就行。每隔几天我在里边开一回讲,召集四近的人来听。别的都不讲,单讲卫生的道理,治家的道理。世界无论变到怎么样,身体总得保卫,家事总得治理。人家听了我的,多少有点儿好处。而且,大概不会有人来禁止我的。"

他望着焕之的灵座,又说:"焕之若在,他一定不赞同我的计划,他要说这是退缩的思想。但在我,眼前唯有这一条新的道路了!"

一九二八年十一月十五日写毕